張大千研究叢書

大風堂存稿

曾熙書畫題跋録

曾繁滌 編

上海書畫出版社

謹以此書紀念曾熙誕辰一百六十周年

曾熙七十歲像

校釋説明

（一）本書以張善孖手稿《大風堂存稿》爲底本（以下簡稱『原稿本』），另再參考其他有關書畫作品、詩文題跋等進行校釋、斷句。

（二）凡原稿本中之錯字，在原字後以（ ）予以校正；原稿本中之漏字，在漏字處以[ ]予以補入；原稿本中之衍字，在文後之《校記》中予以説明；原稿本中所出現某些不辨字，以□予以代之。

（三）對原稿本中所出現之某些异體字、别體字、俗體字、假借字等，均儘可能按現行出版之文字規範要求予以處理；凡改動之文字可能産生歧義時，則仍采用原字。

（四）原稿本中所涉及之畫作，凡有漏記題跋文字者，如能查詢到原作，即將原作上之文字補録，并在《校記》中予以説明。凡原稿本中之文字與原作上之文字有差异者，即以原作上之文字爲准。

（五）校釋之『按』語，説明原稿本中所涉及書畫作品之公私今藏處，或該作品所刊印之出版物之出處（圖書名稱、出版社及出版年月等）。如該作品曾經多次出版或展覽，則儘可能以第一次出版或展覽爲准。

（六）對原稿中所涉及人物之生平、字号、齋名、生卒年等，在『按』語中將予以簡要介紹。所參考之史料以王中秀、曾繁滌編著《曾熙年譜長編》爲主，輔之參考其他有關文獻。

（七）本書所附録之三篇選輯文字：《曾熙傳記資料選輯》《曾熙詩文題跋選輯》《大風堂詩文題跋選輯》，均爲《大風堂存稿》原稿本中所無，因對本書之閲讀具有一定之參考價值，故附録於書末。

（八）爲方便讀者查閲核對，在對原著録做釋文時，按照作品序號與原文頁碼相對照的原則逐一編碼。其中前一數碼爲序號，後一數碼爲原著録的頁面。

因《大風堂存稿》至今已有近百年，故造成原稿中之諸多信息缺失，又加之原稿中諸多文字不辨，更因校釋者水平有限，雖經三年時間竭盡所能，轉益多師，然錯謬、粗疏之處恐難避免，懇請海内外方家不吝賜教、指正爲盼。

序

朱萬章

與很多書畫家迥然有別的是，曾熙（一八六一—一九三〇）在創作大量書畫的同時，留下不計其數的書畫題跋。這些題跋，有題他人的，也有題自己的。他人中，有題前人的，也有題時賢的；有鑒藏心得，也有臨池感悟；有長篇大論，也有隻言片語。無論何種形式，既可概見其畫論、書學思想，亦可略窺其藝術歷程，是研究其藝術生成的重要藍本。

作爲兼具法眼的書畫鑒藏家，曾熙評騭前人，往往深得要領，如《題王宸山水册》云：『蓬樵老人自守永州後，畫中氣骨爲之一變。蝯叟嘗言此老得三湣异勝，其鬱鬱兀兀，自成一家風概。髯曰：能變家法乃能守家法，麓臺之於西廬，蓬樵之於麓臺，觀此知非十八者不足與論畫也。此册爲最晚之作，尤爲難得，稼翁其珍秘之。』『蓬樵老人』爲王宸（一七二〇—一七九七），字子凝、紫凝、子冰，號蓬心、蓬薪、蓬樵，江蘇太倉人，擅畫山水，與王昱、王愫、王玖并稱『小四王』。『蝯叟』爲書法家兼書畫鑒藏家何紹基（一七九九—一八七三）。王宸爲清初『四王』之一的王時敏（西廬）六世孫，王原祁（麓臺）曾孫，故曾熙有『能變家法乃能守家法』之謂，正如王原祁之於王時敏、王宸之於王原祁一樣。『十八者』乃源自佛經《地藏菩薩本願經》中的『十八者眷屬歡樂』，指誠意、止心、修身、齊家。曾熙對王宸的藝術嬗變歷程及畫風淵源了然於心，據此不難看出，非深諳王宸畫理者不能至。再如《題張瑞圖人物册》，則是以詩歌形式歌咏其畫藝：『佛無色嚴相，云何得其象。佛無色聲相，即心即佛相。果亭善寫佛，下筆勢奔放。天然草稿書，忽現應真狀。哈叟喜護持，壽與佛無量。』張瑞圖（一五七〇—一六四四），字長公，號二水、果亭山人，福建晋江人，善書法，與董其昌、邢侗、米萬鐘并稱『晚明四家』，又兼擅繪畫，尤以山水見長。該題跋中所言及的人物册，乃其傳世作品中罕見者，曾熙洞悉其佛教禪理與繪寫特色，可謂得個中三昧。在品評鑒賞之外，曾熙還將所心儀的前賢畫藝運之於自己的筆墨實踐中，以他山之石攻玉。在自題畫作中，曾熙對『四僧』之一的髡殘浸淫尤深，其山水得其法乳尤多，如《仿古山水册》中題識曰：『以石溪筆勢寫此，氣韵略有近處。』『石溪』即髡殘，善畫山水，以渾厚蒼勁見稱，曾熙即以其『筆勢』寫山水、松石，以焦墨、秃筆揮灑，在得石溪筆意之外，融入己意；《贈馬宗霍無盡溪山圖》中也題識云：『無盡溪山殘秃筆，不襲其形取其液。精神直接三百年，天闕雲深開三益。』曾熙對鄉

無盡溪山圖　一九二六年

南岳結廬圖　一九二三年

賢石溪可謂情有獨鍾，在山水中不僅肖其形，更是遥相神挈，『直接三百年』。在題詩之後，他還進一步闡述其對石溪的膜拜之意：『石溪《溪山無盡長卷》，蔣孟蘋兄所藏，假置齋中，偶臨一過。凡下筆必有得，以髯胸相合也。石溪證果天闕，而玉梅華庵又在天闕，故有三益之句。』有意思的是，在該畫的曾熙題識之外，尚有時人痴豚的題跋：『髯翁書法與梅庵爲一時之瑜亮，晚年好寄興於繪事，尤得當世所推崇。熙廬主人出示此幀，運筆蒼勁，有文長、石濤之概，洵爲其生平之精品，爰志數語歸之。』『髯翁』即曾熙，因其晚年號農髯，故名；『梅庵』即李瑞清（一八六七—一九二〇），與曾熙齊名，均爲張大千之師；『文長』爲晚明畫家徐渭，『石濤』即清初『四僧』之一的道濟，兩人均以寫意花卉、山水著稱。痴豚的跋語，無疑彰顯了時人對曾熙晚年山水畫的褒揚之意。該畫確乎能熔諸家之長於一爐，空靈而老辣，乃其簡淡遒勁畫風的代表。早年張大千在山水畫中表現出的文人雅趣與筆墨情趣，很顯然便筆始於此。

曾熙的題畫録中，不乏叙事散文，且有感而發，因物寄興，折射其藝術行迹，乃其探究其藝術嬗變——甚至是洞察其時社會生態的稗官野史，如作於一九二三年的《都門烟柳圖》（廣東省博物館藏）中題識：『壬辰入都，其時鐵道未築，買舟繇天津泝通州，所經楊柳村一帶，驛亭曉烟，若斷若續，舍舟登岸，遠望村落，在白雲緑樹之間。太平之民，農者安耕，舟者安楫，所謂安者各安其分耳。《易》言：小人乘君子之位，則凶。世亂如此，惟「不安分」三字可以蔽之。偶憶前境，寫此三嘆。』曾熙記録了『壬辰』即光緒十八年（一八九二）自己游歷京津所見一派祥和景象，由此作畫之時軍閥混亂、民不聊生的社會現狀乃『不安分』所致。作者以畫筆寫楊柳依依，千條萬條緑絲縧，一葉輕舟游弋於楊柳岸，遠處茅屋、淺山淡影。與其説這是曾熙的寫生憶寫，毋寧説是其嚮往的精神家園，是在『世亂如此』的嚴酷現實下的遁世構想。而其優雅的文字記述，亦可視作一篇民國時期的《世説新語》，所折射的社會狀態正是這一時期文人眼中的真實呈現，從另一視角爲我們提供了晚清民國時期的士人心態。

非常有趣的是，在曾熙的題畫中，他經常會記録一段人生歷程，或友朋交游、或江山卧游，甚至記録所經歷的風土人情、衣食住行，如日記，也像游記，幾乎囊括了他藝術行迹和個人生活的各個方面，讓我們看到一個棱角分明、有血有肉的藝術家形象。他在《南岳結廬圖》中，便記載了家鄉的奇石异景，并由此勾起飲茶之思：『自九峰山，蜿蜒直起祝融，其間多奇石，或依山築堡以避亂，或結茆種瓜以爲業。此寫石頭寨境也。山石雲氣舒翔，其産茶多异香；其人壽，常至百歲。距髯山居之廬，直十餘里耳。山人嘗以雲茶芽相贈，每取宇石岩泉水煎之，其味清以瑟，今八年不飲此茶矣。寫此，頗有蒓菜之思。』這種情真意切的題畫短語，爲我們呈現了一個情感豐富的書畫家形象。

曾熙首先是一個書法家。其書得力於《華山碑》《張黑女墓志》及《夏承碑》最多，兼融漢隸的圓筆與魏碑的渾厚於一體，在晚清民國書壇獨樹一幟。所以，在其行世的書畫中，以書法最多。他所寫的書法，不同於當時很多文人雅士，大多抄録前人詩句或自作詩，而他多寫書法感悟，或品評前賢。因而，他的大多數書法作品，又可看作是其書學理念的結晶。如其在爲『仲武仁兄』所書行書條幅中寫道：『朱子謂書法，米元章理會得，黄山谷理會不得；石庵云：山谷非不解書理，其天禀如此，亦自盡其才而已。予謂宋三家，勢成鼎足。蘇出太傅，取横勢；山谷出《鶴銘》，取縱勢；米由褚窺平原，如鷹之善下。』文中，『米元章』即米芾，『黄山谷』即黄庭堅，『石庵』即劉墉，『蘇』即蘇軾，『褚』即褚遂良，『平原』即顔真卿。在不足百字的書法作品中，曾熙便將前人對蘇、黄、米三家的論述及自己的心得體會表露無遺，微言大義，盡得書學要旨。

曾熙平生以詩文、書法名滿海内，及門弟子衆多。晚年定居上海後，喜收藏、品鑒古今書畫，且與海上書畫家、鑒

三　山水圖　一九二五年

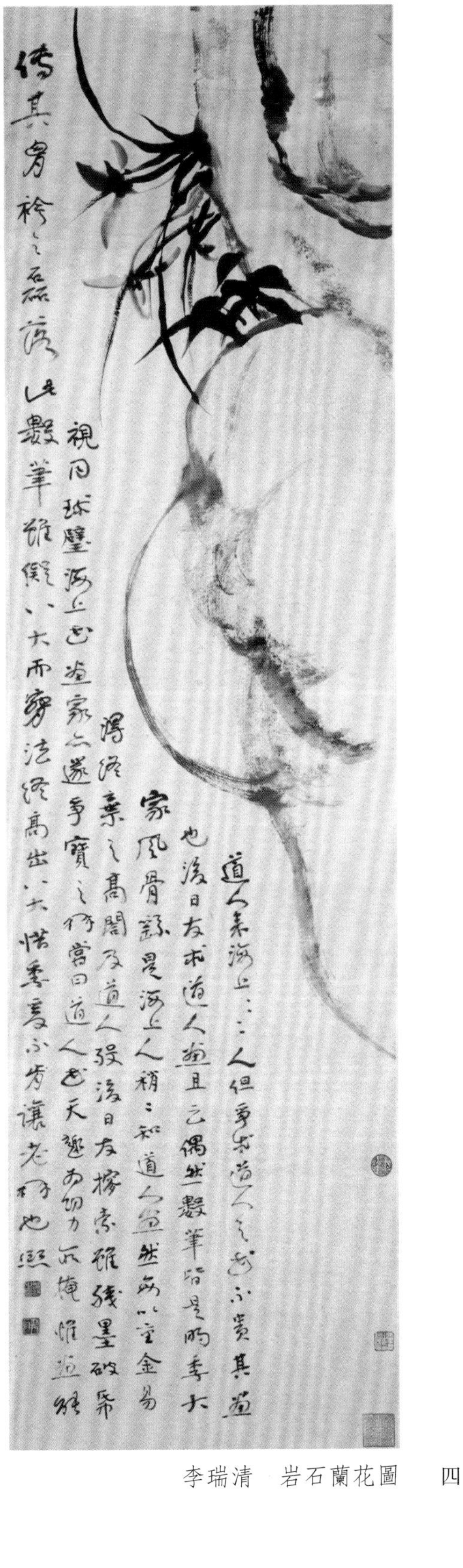

李瑞清　岩石蘭花圖

張大千　松石圖　一九二三年

藏家多有交往。其生前撰寫有諸多關於書畫、碑帖等的詩文題跋，散見於各類書畫作品、報刊雜志之中，惜未有專集行世。張善孖早年隨曾熙研學書畫期間，隨手抄録的《大風堂存稿》，保存了許多曾熙有關古今書畫的詩文題跋，可稱爲『第一手文獻』。曾熙作爲清末至民國年間一位典型的士大夫『遺民』和文人書畫家、鑒藏家，《大風堂存稿》已然超越其詩文之本身，故其文獻價值不言而喻。因而，《大風堂存稿》的校注、勘定與刊行，其學術意義也就無需贅言了。

二〇二〇年八月於京城梧軒

（作者爲中國國家博物館研究館員）

大風堂師生友朋圖片選登

大風堂主人張善孖、張大千合影
二十世紀二十年代末攝於上海西門路西城里一六九號門前

張善孖在作畫
二十世紀三十年代攝於蘇州網獅園

張大千在作畫
攝於二十世紀四十年代

大風堂主人與日本友人合影　一九二八年春攝於上海
張善孖（前排左二）　林源三郎（前排中）　張大千（後排左一）

爛漫社雅集　一九二八年五月攝於上海
右起：黄賓虹　俞劍華　陳剛叔　熊松泉　蔡逸民　張善孖　馬駘　張大千

曾熙與友人合影　一九三〇年攝於上海
曾熙（前排中）　張大千（後排右一）　王个簃（後排右二）

大風堂主人與友人合影　一九三〇年攝於上海
右起：陳定山　張善孖　陳剛叔　張大千　吴天翁

大風堂主人合影　二十世紀三十年代攝於蘇州網獅園
右起：張大千　張善孖

大風堂同門會上海分會公祝大千夫子五秩華誕辰

大風堂同門會上海分會公祝大千夫子五秩華誕合影　一九四八年五月攝於上海
張大千（前右七）　徐雯波（前右六）　楊浣清（前右五）　李秋君（前右三）　陳巨來（前左二）

目録

附録

曾熙書畫題跋録相关書畫作品

大風堂録曾熙書畫題跋　圖版

山水立軸 為映斗先生作 癸亥十月

祝融高插雲漢上終古雲氣相摩盪白雲深處有异人不許人間規名相 將至衡山縣十里望岳有此景

山水立軸 与弟子馬績周別于邛池漁父

賢郎寄一舟孤心託雙瀑絶巘直巔天趣蒼松緣崖上疑有避秦人巢雲恣偃仰舍舟將從之一時悅幽賞前夕不成寐戲寫此晨起展視設想取境頗有幽奇之趣適邛池漁父來大奇此畫遂和招隱一首与之漁父工山水自夏馬以迄本朝寫之無不工乃亦愛髯畫耶

山水立軸 為

泰西養生家嘗稱山居人多壽考畫史元之大癡山人

樵明之文沈國朝之石田年皆八十或九十不但居山人多
壽能書山水六百年大壽所謂探造化之奇與自然生趣
父生老兄以髯論爲何如

無量壽佛

唯唯之德迺和迺雍唯唯之惠　迺邑中之迺小學誨迺
鄉人辟迺湖田湖鄉仰寧燕朱議之公實成之公勤于樊
人嗣内政既齊人稱慈惠公子勤學自東至遠既鄉
趙氏寶參筆貢生子既賢大昌永年與佛同壽彊
之萬年

誠齋先生六十覽壽既寫佛讚作此頌

癸亥冬

山水立軸

江嶼喜新晴茅亭露猶濕紅葉經秋後灼灼映朝
日渡江陟重岡言訪幽人宅白門在山曲求之少人跡寄
語商山人毋爲留候識

髯性喜石田石溪但求之氣骨不耐臨摹其分處

合處任意出入處但止于天機之自然而矣此係帝內府所
藏當嘉道間帝尚能愛墨
山水立軸　甲子元月
縣將軍廟左上尋岣嶁古蹟有此境今居海上將十歲矣因
以石溪道人筆意寫此昔年攀蘿捫葛摩崖禹碑
此境如在目前
山水立軸
三峰如抱笏橫峙海之濱檣帆天際下如與雁為群傍
岐多村舍雲樹氣氤氳移居將從之獨留世外春
岳寺春眺圖
白石一脈起山東安萬山盤侍今日主春來雲氣更深幽縷
縷思勢難吐禪林萬樹隱半空眺起看雲光態態攜
鼓且訪不磨石大書特書薄蒼穹
甲子二月寫
陶潛事耕耨五輩寧不足況有負郭田築堤能障水當

3

春蕉梅綠竹歌生歡熹宅畔竹青青老竹應生子新筍
和春葵此味甘且美何時過君廬攜酒酬隣里
瑞林同學兄于門前藥圃種梅竹歌自得蓋有
靖節之遺風寫此蔬筍以答清愛

佛像二軸　為一我五弟作
有法非佛無法即佛有佛非佛無佛即佛我是佛非
佛我是我非我無佛無我還之自然釋迦云可
一我五弟近好佛且專一佛學視此倡何如
甲子浴佛日兄熙薰沐寫此

花卉二軸　為蕘臣老同學作
食肉令人俗食筍令人清蓮花正是味得酒須自傾

松　為趾麟姪作
耿耿抱兹貞信兮獨寤寐其誰語歷霜霰而不遷篤兮
舒雲氣而成雨恥浮名之欺世兮託忠孝以自謝言詩
大其其誰信可與清榮而容与吾獨愛此幽姿兮澗元

4

氣于太古

松

秋夫先生別將十歲書此聊以志念

獨抱太初心坐嘯澗中石鐵骨不可磷蒼然古之直

髯年來意讀畫興之所到隨意揮灑無法律之束縛任天機之翔舞知畫者多激賞然難庸史語也

松石立軸

此石真成適門人季爰見之以為有青籐之空妙而骨韵當勝之髯曰此真能作艸篆之藤耳書此奉博一笑髯補衲心太平庵

蒼欝兮玉立朱英兮霞粲異香千里兮華信因風散石本無知馮若攄按意其堅勁與此岸之

甲子二月既望晴明可愛是元人寫松有純用方筆者因以方筆廣此樹之骨

松

前歲見汪君所藏吴仲圭松卷一濃一澹骨氣沈雄中
復能澹遠疏逸其卷中多蠟痕未免白璧之玷耳偶倣
其蒼厚一柯莊生所謂以神遇時
甲子二月既望陰霾既久矣稍晴明寫此頗快

松

抱茲太初恩結根已千歲朱英曜朝日儻見參天翠
甲子春分陰霾既久晴明可愛適硯有剩墨用
白石翁筆勢為此

湘綺稱南岳曾主九嶷水經注南岳屬句婁近則宗說
融久矣惟衡永一帶山勢奇鬱自宋以來理學名臣
踵起山川之氣積久必洩其勢然也
孟蘭先生負遠畧今為湘南保障為桑梓文
老兮更聞之躍喜今以石田石溪兩家之骨法寫
此寄上聊當并几之談幸正之

松石芝莠圖

6

松石為壽者相靈芝宜子孫茂祥寫寄勉堂八十弟
補祝六十開慶甲子三月

松竹 為仲闓先生作

巖壁百尺千仞老松據之青青數竿竹相依不相離八大徙倪黃出筆直意用折帶乾濕同下兼以篆法行之故筆曲以焦墨施之故骨蒼知者勿混入入大也

倣王叔明山水軸 與趙錫子威

海上見叔明書畫凡四軸其一幽秀濃密烟霧霏結為叔明臣字者蔣孟蘋所藏戴文節篋中舊物也其疏而潤逸雜而不亂蕩乎規繩矩合以天倪董思翁所稱天下第一王叔明者狄平子所藏臨川李春湖侍郎舊物也其雄厚隽邁白鷳主人所稱王君筆一見叫奇絕而適極寫忘寢食者今歸二師百圍敦齋主人矣其精細神品冊子為松雪所作岳雪樓舊物門人季爰得之歸日人所有年來見叔明真蹟既多隨意

7

寫此頗有深悟原付內子守之因子威趙甥數以書
乞畫遂与之時甲子五月

畫佛与慎齋弟

大覺原非覺真空非以空山河同照裏福与衆
生同目此石上空地以摩厓法題此慎弟深于禪理
視髯悟處何如

莽莽蒼蒼烟霧裏蜀蜀狗狗幾大千何如揮純無消
息同振天根證自然　甲子五月二十三日從南京
返滬作寄与慎齋老弟髯兄六塵未淨然尚有
一綫光明地能自得之耳

倪黃合寫小立軸

自明以來大家皆有倪黃合作思翁以生辣之筆
取澹遠之意二瞻学之氣踈以肩亦遂成家漸江取
黃之踈而去其厚取倪之肩而趨于刻然其氣骨之
8

清高亦倪黃之巨子也八大以行艸寫倪黃其氣渾
田壯以艸書寫倪黃其志狂髯但春漢篆隸其奔
赴胥下者亦非有意求深厚其與王奉常祖孫異
者筆之來源各別也甲子六月朔

題吴缶叟梅花
既睡不厭夢既醉不求醒洪流震天地宮與騰一
艇疑從孤山來留取冰雪影
甲子六月髯用缶叟韻題此

題王一亭佛
無量佛無量佛我從衆生中度生千萬佛

松
此身豈是龍變化獨抱寒雲凌太虛
甲子六月午睡初醒過浩齋弟持缶叟梅花一
亭佛像屬予畫與寫此荅之

花卉

9

六法原有法，氣骨淨之天。衲子日誦經，未必能淨禪。
白首囿丹青，究竟幾人傳。老髯不解畫，書餘興
偶然。難為庸史識，留此證後賢。
甲子六月寫此寄鶴林賢弟并繫以詩
寫花卉
花開月月好，月月看花人。不老且喜此心同，頑石石隙
又種長生草。髯于乾隆諸老既愛南阜，又喜李晴
江晚年用筆之橫肆，此幅合寫之，未識吾紹庵老友視
此為何如
佛
菩薩既異人，孝慈尤可風。遊子行不歸，白髮誰為容。
攜兒鞠姑懷，洗淚意馳馳。有婦能采菽，終勝祿萬
鍾。弱子依機下，自昔稱神童。十歲成文章，聲譽
馳郡中。六籍原紛雜，執義守其通。翺步來江右，耆
舊意相逢。立身顯母德，青壇光熊熊。且為傾萬酌
10

此篇紀書師臣道

吾道信綫豐 熙既爲宗霍妹倩之 太夫人寫
佛一區爲壽復作此詩附于大雅之末

食荔支

冰盤累之去驪珠一捻輕盈白玉膚健羨長公甘
作宦劇憐妃子梨如朱閑茶前取吳江水別葉
飛來粵海闊官味疏狂都爲口秋風苦憶蓴鱸

漫遊篇爲

鳳亭賢弟作也鳳亭攬歎江山之勝且歎考察列邦之政
要屬寫斯圖髯耶取大癡用意而以明之程邃戴本孝
萬筆少鈍用枯筆焦墨之法寫此甲子七月四日酷熱得
微雨頗快農髯熙年六十又四此篇寫成向樂與及來觀者
稱爲不傳豈其然乎

七月六日試子威贈六宗四羊筆并記此

莊子逍遙遊我生苦不早畢竟南北溟行地等引滄我志
能御風神照窮荒島大禹所不鑄摎之作畫稱清

風過過吾廬庭前長芳草 飢鶴且卷已何用添煩惱寄
此壯君刊遺我安期棗
雨後蝸隨熱悶并繫以詩髯之安期棗麓臺畫耳
髯不學麓臺何取于此惟其家所藏大痴手日不離
後之愚可問子威髯再注

山水立軸

約略同戀一望空孝陵風雨故明宮先生別有傷心史寄
入斜陽驢背中
甲子九月寄祝梁漢先生大壽

松

其骨傲而氣和其節高而性靜涵雨大之正氣自有乎其
與古為徒天之所福其在斯乎其在斯乎

梅

維茲國香相依紫微寄此即頌默君女士遐綏福

論吳仲圭畫一則

吳仲圭山水得力于荊關而點苔純師董太守明人惟以

白石翁是其嫡傳

論大癡畫一則

大癡純正一種格律平澹筆墨安閑大有儒者氣像其晚畫外尋味岳雪樓所藏小冊子不易有

論耕明山水畫一則

耕明山水古來合秋畫蓋學北宋畫平等夫人所藏則自鄗河陽出為耕明別派此論知者頗少

論倪雲林山水一則

倪迂廿大痴四十歲而骨韵之疏逸矜懷之高卓此天之生是使獨也蓋非學人所執矩能求

論八大石濤

八大以筆勝石濤以墨勝石濤之所以過人在能從真山水上來之八大猶不免取倪黄自展其牙耳

山水立軸 為耕礪作

獨坐復何思我意中人 江流無可挽白日倏西淪

自恥餘生健觸處成苦辛淚盡向誰語白髮对湘濱

甲子之冬日北風慘烈寫此並題數語

息廬校書圖

國破豈有家吾生亦何樂白髮書萬卷取此寒飢

渴老彭商周之讀好古述不作大道日經天留此待後覺

甲子冬十月書此為息瘳千壽

題道人畫陳散原破箋

墨殘箋破尚依稀想見解衣博笑時同輩風流蕭

瑟畫挑燈淚點散原詩

山水立軸

既無山可隱揚帆任所適

甲子冬十二月四日与實虹論畫極快寫此

山水

誰障洪流驅猛獸披雲為書紀功碑

誰障洪流驅猛獸當書語溪第二碑

14

甲子冬十一月北風寒冽
范雅而班醜范華而班質范潤而班澀范少韻君班
有巖壑范如公子振裘班則老將橫槊范固辭人
班寔經師予性近班其次慕蔡范則愛其傳中小品尔
作夕季悦旭君仲尚來視予病譚及班范因書此答
之然書能得華山之異處但易碑法以疏逸之意引
之尔別有趣味

論畫

陸叔平蓋石田弟子曾見其寫麗筆不脫石田蹊
逕至其本家法則上法荊關而以大癡淺絳設染以爲
士簡筆加審骨清韻遂世遂稱包山派非變法無
以自立書畫皆然

松

新秋得雨掃盪熇濁窗外蟲聲清幽可聽寫此幾入
審林特忘纂頭執筆矣

論書

篆法觀于於周世止矣李斯小篆惟權量詔刻可窺筆法延及入隸勢泰山會稽刻石亦無善本嶧山偽刻更無論矣漢承秦法銅器多沿斯書匠流為隸碑額傳世尚多惟八分之法盛行每以分法為篆篆非篆之正宗也唐重楷書雖以陽冰自況丞相然引氣運臂張骨舒筋不脫楷習我朝篆書兩派盡之國初名家師小李謙朴文當也歸錢綫于是也完白師漢取法額書以分引篆安吳未完篆書源頭奉為不祧宜也其實作篆不師殷周猶河不窺星宿道州晚年單力為此但取其妙未竟其功文潔以漢詁之才窮鼎彝之奧大篆中興蓋在斯人然非道州開山無以成佛此二方為道州興到臨池之勞無一滯筆無一率筆張裕釗之勞歎茂而持之乃能到此

16

樂穀親家近頗得力此書因識數語

庚子之夏侍母丘衡晉道鵬長石鼓書院旋兼龍
池舟過惡湖因訪劉叔子艾唐見其所居幽僻土肥
易耕遂謀結廬近母居之自歸日龍陽農人居三歲
母以年七十餘忽思故鄉當是時學制新更人心狂惑
大吏曰奏請回籍董持學務遂近母之衡求田故
里皆灌園蔬之志也今已為鮮民無可為養寇盜充
塞無園可灌披覽此卷為之泣然至以民骨韵高簡
直追宋人我朝諸名宿記題皆一字可珍梅里舊物晏
曷多人今還小謝先生秘篋復還舊里抱經廬中
當有祥雲為之持護也

山水之軸 秋谷先生極喜髯為漸江筆印以為餞其利
到處有亭子五字意足江山容我作主人
吳仲圭題畫云我亦有亭深竹裏也思歸去聽秋聲
戴文進有遠來無亭自寄其意寄之于畫髯以

17

為皆隨題此廣之
逸廬讀畫圖
周君龍蒼君曉汀居士意其善治畫能辨别古今名
蹟曰相與友善因爲顏其廬曰逸廬居士每于筆
墨餘閒過其廬相與談論嘗語農髯曰龍蒼議
論有出世士大夫所未能及者及來滬與語果有
過人者爰書此畫遺之

山水

湖山深處有林泉且意結茆坐證禪不見古人文字
世此心乾淨垂百年　越日見此圖尚有筆趣其疏處
究不減千巖萬壑再以詩歎之補題并記此

山水冊

兩山美分峙兩松蒼蒼立偶從峽中望捫天閣禹蹟
南嶽自界牌一脈起祝融一脈與句婁此為峽中景也

山水

海上十年客，家山萬里思。兒童嬉戲地，回首更支離。
予居衡水之左，距鍾武故城十五里，山田頗平秀。
予以卯來海上，今十年矣。

山水

危峰排天起，絶壑廿一路。唯聞下界鐘，聊以破冬寂。
歸鄉登白石峯有此景，峰為南岳七十二峯之一。

劫餘殘卷在蜀宮，何時來鱗爪，偶窺見，老懷為之開。
端忠愍藏子久火燒卷，予尚在重慶，季爰去歲得岳
雪樓子久冊子，幀題名，先鱗一爪，冒予於逐數月
所得，不廿季爰嘗以宋帋乞予為此，須候之他日，因檢
四帋付之。己丑十一月朔。

山水

儻障浩流還為甸，我從句裏書新碑。
洪水氾濫流莫甚于此時，倘舊排決
孫幹午世友
疏瀹之神禹則功不在禹，熙是白髮者冒酒戴

19

載筆上句婁安華為書紀功碑也歲乙丑陽月

山水

右丞居輞川則畫輞南宮居潤州則以潤州山作墨

戲。予久一山一石皆得之富春石濤生梧州筆下多粵

西犢九之氣。殘禿供奉牛首蒲團時皆天闕景像

髯居祝融山下但見莽莽蒼蒼四野無極偶寫一角

寄與芭濱先生尚能記憶昔日湘南之游否

山水

岳雪樓藏大癡山水小方安氏舊物與大內芝蘭室

畫同一用筆偶仿其設色而以篆法行之精麗甚高

乙丑下旬强病寫作此時年六十又五

農髯與大癡者自相徑庭

有舟不可檝但隨波出沒年年柳色新不許人人折

乙丑陽月二日偶為木炭煙瘴所苦踰時大醒

越三日精神如舊頑軀老眼留看江山之變幻只復

奈何寫此自嘲

山水

以張大風石濤合寫寶老髯猶法相近也

梅

乾隆諸老寫其華壽門清高潔逸可得其全體矣餘如巢林雅秀南阜鬱蔚而道復堂既冷可愛晴江橫逸在骨近得晴江冊子偶效其一枝數筆大家着墨無多逸趣橫生此殆未可為近代作家道耳

乙丑陽月病後寫此差喜精神已復

松

老樹凌霄虬枝屈鐵鈎嘯百年樂飲冰雪　乙丑陽月六日

山水

荻煙漠漠柳綿綿豈為溪風舟不前無意得魚魚極樂相忘江海不計年

乙丑臘月八日

戲墨

新得元人寫枯木竹石其風韵殊非明人所能到惟惜絹本黯黑又甚其黯方能供吾輩之賞心耳

題裴母像贊

裴母祁夫人像贊

懿矣裴母，南國華胄，秉喆自天，德成在幼。婉婉妙齡，女試授六，既有行徽，音孔懋持。肅居沖處謙，推厚芳猷，允昭楚居，儀潤遺孫。載竊受侮，言驟忍死，折誓天以羽翼厥後，之以屬之。嚴霜青青，柏茂同濟，艱難克集，焦佐天顯。母以以迺寶迺彝，式瞻淑儀，金石同壽。

乙丑嘉平之月衍句

梅

移瘦嶺梅種予宅後，將五十餘年。前日客從予鄉來，問予所種梅花依舊，年年朱萼競日，其翻報主人之意。柳何其殷，對春戀不改前度郎。

獨占人間第一春

兄冠羣賢弟從予學書已歷一載，誠樸謹介，而進退知禮，知其服膺庭訓至深。今遇省處寫梅乞納之堂上，朱萼照日，知人間春色先到君家。

即以此頌開歲新節

22

梅

雲深天闕雁相憶　爲寫素心寄與君

天闕即南京之牛首李文潔公墓地在焉山腰已築

玉梅花盦朱濂谿友北角從文潔受筆法自題

此

題小松山房

松小樅老作翠色古柳數枝棲于鐵麗堂妙跡無

孟麗堂

人識留與君家作手澤

謙六老丈將還南昌題此還之　丙寅三月

山水

江山依舊二朝色生面全非昔所思

六冬滑大癡溪山雨意長卷項氏舊物爰攟其筆

勢寫此即似幼軒仁兄正之

爲蘇盦老兄作　丙寅浴休日

山水

明季諸老多紹大癡軻雪和尚以水取潤而膺阿居

士則從枯取濇髯性喜鷹所故步筆多枯墨
丙寅浴佛後三日

求
風月不費錢然好山好水間之風月必費錢惟書畫
神意蛻出之山水不但不費錢且可易錢雖然以神意
蛻而為山水笑事也以神意蛻出之山水又蛻而為金錢
則奇悲然攜對一佛將過元明忠臣孝子之大悟或不
及狗肉和尚麤狂之數筆不重可怪耳　丙寅三月

老松千歲作龍舞小柏幽篁差可伍江上舊廬原
有約漫天風雨寄安士
寫武夷第一曲　丙寅立夏後

直轄之鎮東維天險廿人跡但見鹿豕嬉誰人紫陽室
寫武夷第一曲方壺白石翁皆有此畫題此三嘆
為張子鶴作

扇
漸江畫陽萬年廿皆畫中之清聖此作在子之間子鶴見
以為如何

24

載酒圖　丙寅二月吉翔

丙寅二月吉翔瓶齋五弟載名酒攜幼兒與諸侄覲其兄祖庵于粵祖庵離滬將五載家書之往還無間百凡粵中購得名人手蹟郵付瓶齋海上有所得必呈祖庵雖萬里不啻一堂吾湘文字友于之樂鼎稱白師兄弟今但于祖庵兄弟之祖庵遣書之他無所需惟載名酒一二甖因寫載酒圖并題二十八字海南草木四時春萬里天親載酒人常棣孔懷詩可補何如寫入畫圖新此行賢兄弟當有唱和之作請書之此圖之後一段佳話也昔弟年廿寫載來圖付亭林海內名人題詠殆遍蝯叟有撫本見蝯叟題弟年廿四跋阿鶴所藏又石谷有載竹圖李春湖侍郎所藏題詠皆前乾嘉名流今藏李木公篋此圖用筆略倣萬年廿亦參用衡江雖不足傳祖庵瓶齋詩書皆足傳世點一大吉董也一笑

25

松　丙寅立秋後得雨雪似伯年仁兄

老幹堅於鐵樂飲冰雪不假東風才擢璨朝日色

梅

自青藤老人以狂草之法寫意乾隆諸老皆沿之然晴江蒼厓復堂秀逸皆有天趣至冬心古勁畫可作篆籀學此風不得復見矣廷輝兄視髯所論何如

一　冊葉十二幀与雲江

廬依山之麓水蘭山之麓荒曠少人跡俯仰期自足

此惟用筆極簡而意極空靈不涉倪迂蹊逕

二　偶然學髯黃山雲與疑叢山寸自植

石濤云搜盡奇峰打草稿石溪云曾宿黃山觀旦暮雲梅淵公黃山人也

三　殘禿道人大意

小園新得髡殘道人為清溪老人作蓋端本堂冊取以證髯所藏一段冊本尺寸不爽分毫筆

26

四 墨六月時所爲并記此

竹塢深處雲亦深縷縷跳烟窺窗牖

孟陽不得有濃遠之趣撫擬農髯作于戲海樓

五 維石洞口攝九峰如此蓋予三年前所作

六 烝水至淥市有此境長堤七深柳蓋彭剛直之故廬

也的鄉風景不無深慨

七 生辣清力而荒率頗有姜實節蓋其無心之適合也

八 晚風揚柳詩人畫家圖不描寫惟思力所重至難以

爲風前柳不過輭絲飄揚不若沙渚烟柳有纏綿不

盡之意此境惟南田老人知之能以筆傳之耳

九 以戴本孝墨法寫爲尚書

十 檐外柳色年年綠不許行人來攀折

十一 風定雲氣深萬山皆沈寂惟有流泉聲天地相呼吸

晚汀移予此幀是龐床晚年極得意之畫然予

用意在以焦墨師南田取景耳

27

十一
去冬得子久溪山雨意長卷題云無一經意筆無一筆
不神妙擊節三嘆息孤賞誰同調越日鈞弟來爲
之狂喜以爲粤中所見一幅後于此再見子久真面又越
日鈇年來觀無不嘆爲希世之奇遇聊師其筆勢
爲此丙寅秋前三日病後爲江弟作十二幀

松

霜餘老榦硬于鐵溪前流水聲濺濺得酒呼鄰鼓枇
歌風流當勝陶彭澤　丙寅八月二十九坐雨沈閣
檢架上乾隆舊紙寫題二十八字

山水冊十幀　爲向燊叟親家作

一
用大癡溪山雨意筆勢

二
玉樵筆盦詠柳詩云年年苦攀折何故總綿綿
所謂傷心人別有抱懷髯畫柳向以篆草行之此
亦有意求潛也依依楊柳漠漠晚煙可想江淹賦之

三
禪林幽勝處留與詩人看髯不佞佛亦不非佛然每 28

逃禪林泉其幽勝用白石翁筆勢寫之

四 一亭三千級萬流奔其下老松引雲氣濤散從天寫

石頑太古心地荒廿遊者此山或可隱當勝謀于野

樂與因世變更甚有緣畫之思結句及之

五 當夏戀幽居經秋意高閒寒奧有常理愛悔今

昇昨一歲且如之百年將安託所貴適以我為憂樂此酒

六 與雍浪雜詩適合因題此

九峯溪水經龍田橋兒財打歌橋上游息柳陰六年

年來如昨睡夢日事

七 壬寅除夕先一日自都還首龍陽從丹子口又有此景

八 黃人評南田畫其妙處一濃字盡之其勝人處在意

餘而求書髯筆昇南田尚有能濃而有遠意

九 黃海雲濤 明僮山石濤寫黃山皆見臻妙勝此慚當年二

家外求之

十 古人稱襄陽亦有顛爪樹 如作章草卅八分戲為之

十一　胡士昆寫大癡，筆動而韵遒，色古而氣厚，偶倣其大意為此。

十二　五歲以來与樂叟親家晨夕皆以畫飼心，樂叟稱喜烟客、麓臺，近更高元人。熙無家法，但以書體法行之耳。鹿床云：作畫有候，七其第七候則在不生不熟之間。熙未至不生，苦不熟耳。病後以此調養良藥，得四十餘幅，以十二幅就正樂叟。丙寅二月廿日

題鄭曼青花卉冊子詩

六法要由學，氣骨得之天。澹泊詩人意，蕭疏畫中禪。

丙寅重陽前適有風眩，曼青先持此冊讀之，真如陳琳檄文，愈我頭風，輒題二十字，以志墨緣。

山水十二幀

去臘得大癡溪山雨意小卷，付以為老髯獨賞。及阿筠見之，以為奇遇，尚未携与湘荃畫友一讀也。到處有桃源，無須問津。近見程穆倩大冊、、幀索值

30

二千年晚汀樂叟以為髯臂下已自有之人遂割愛

此非石田之柳也曹雲西當有此風韻

原來漸江石大青鷹阿何耶

前十日虞琴携來漸江冊子一幀蔣谷孫携長卷

皆漸江中歲所作因并記此

亦大癡意也阿筠敬同湘荃于意云何

董巨尚圓而荊關尚方董巨尚氣而荊關尚骨蔡京

卿所藏關仝潛道人荊浩皆明初臨本耳

大似石田極晚年禿管之畫方穀孫所藏小冊子一二方頗

瀠洄老髯心中

令仲子詠柳柳有年年苦攀折何故纏綿綿句此柳庶

幾近之意頗澹遠然非南田阿筠敬問湘荃當置竟

髯於古人何家

畫家以氣骨為上形色次之簡靜為貴縱橫次之

江居原有四時景緣淨紀酬疑是春

31

丙寅霜降後以鄧逸民筆勢為此逸民畫出子久流傳甚少竹香書室所藏當是此老晚蹟也并記此

丙寅逸立冬後六日

山水

謝靈運反招隱詩其末四句云推分得天和矯性失至理還來安所期與物齊終始東晉以來士大夫山水之詩多從莊老蛻揮玄理髯此畫蹤濬以養天和適吾性非矯性也殆將以玄理寄之山法矣

要看萬壑爭流處不假當年顧虎頭

東坡詩他日終煩顧虎頭民用一轉辭眺樓兄既酷嗜予書畫得毋笑予痴狂乎

時史尚形而名家尚氣時姿態而名家尚骨韻然江河日下解人不易索　子丹老兄自津門來滬極喜髯近日所作畫相与談論惟若平生未識此幀能道意否

鹿床論子久畫其時人處不外一靜字烟客不可及亦在靜而能鬱髯鬱憙從橫近稍從斂字着力

32

子林老兄觀此為何如丙寅冬至前

未審

抱此古心獨盤桓摩須弥上顛

丙寅冬至前十日寫似子林先生

乾隆諸老畫梅以晴江為先河其後冬心巢林皆畫

梅板橋謂為舉世所不為將移几畢筆墨于晴江卷

下其服膺如此熙補題此卷山雲氣斂天末獨立小嶼

看江流

周櫟園集文冊子一幀有胡士昆絳色一幀古趣深粹今

以水墨寫其筆勢耳

歸時泛舟太湖有此景為甲辰之歲今二十三年矣

高閣獨坐其有詩乎斷非草玄之侶以許道寧筆

勢為此

厥萊翁同年藏鷹阿居士冊子十幀古味盎然戲臨此

距予家十餘里有石頭岩壁崎立其上有桑有麻有野茶

味洌蓋雲氣供養異常品也予每取亂石山水煮之

然此種風味已十二年不嘗矣

千疊雲山春雨後年年溪漲到門前

縱非園看鞠還雨後小晴筆墨融洽能自適也

元人寫松樹筆極繁密宋人則簡與吳興同時諸道人見其所藏宋元冊子還齋作此但觸畫興無所倣也歸每為冊子無心為石溪有適得其似之處差可心之所好將二十年矣

方稼翁藏九龍山人白石翁白陽山人三段卷子皆真蹟白石翁羽為最晚所作聊使其筆耳

犀禪蛻贖樓以目植小松一瓶詒我寫九疑一株報之並希靈所護持非秦皇所敢封也

丙寅仲冬之日吉朔

楊補之梅花長卷尹和叟手摹一橫予至長沙每詣和叟賞嘆阿筠昆仲稱為神妙蹟歸嘗憾以為不得一見

庚申月友人自京師來携此卷乞清道人題以其

素所心賞也其時道人已與舉輯與阿筠置酒祭之并
將其事書之卷末此卷近聞東渡矣補之畫法老蓮
得其筆但刪繁以就簡拙耳寓樸并記此
丙寅十一月七日

釣甬句舟不斷機相忘江海且永今日江渚垂釣寫此
大造本無心遂形何成拙我志遊鴻濛超然出塵劫
六法取寓言此理靜者得破缽有真缽卓爾邁時傑
丙寅冬至前嚴寒爲破缽盦主寫此幅
以程穆倩之研試白石翁之筆橫逸馳騁則髡殘年來引
押書之本習也

震青先生老同年素精六法且明以教我

此北美諸友以書之留別其校長陳文虎弟之冊子也文
虎彝居嶽麓高等學堂其時學生數百人文學雅粹
無有出文虎昆季上者既昆季均以優拔生貢京師文
虎發奮學部任教育將十餘年前歲來海上與語闓

閑然不改前日儀度陳氏郴州世家其尊人明學修
已蓋其優游諷習於趨庭之日深矣此冊萃中西諸
畫家題詠又皆當世風雅之士他日儻補一篇以飾好
事殆亦自詒其老且拙矣

丙寅冬至後三日為文虎題畫冊

與君頭皆白餘生託海上展篇欽先德使我心悵悵
三歲我稱孤母也天不諒飢仰機下食軋軋寒夜霜凝
倚杭下讀膠膠晨雞唱教孫與教子貞善引相抗我
昔依膝下君已致祿養板蕩及今日吾輩天所放君才
有述作我志不如壯雞塞守一研浩浩內自傷

旬丞先生雅教

倣古山水冊子十幀

一 荊關遺矩潛翁所藏洪谷子大軸極古厚一時謂中郎
巨然康貴在也 二 荊關浩闊全尚方折而氣渾
骨厚李咸熙許道寧多傳其法元人師董巨惟倪

36

迂高步荊關明季以思翁倪黃惟石溪用荊關法每見鹿床臨荊關其骨韵皆在田

二 董北苑群峯雪霽圖戲以其意作此

思翁稱四源堂蓋得北苑四畫而群峯雪霽當是極晚歲所得亦何北苑之多耶然雪霽卷確為真蹟元人不能有此渾靜

三 李咸熙亦從洪谷子出沈山倉藏李咸熙秋山行旅立軸自題元人所摹骨韵極蒼厚沈鬱當是宋名手所為買歸篋半歲李咸熙畫有極厚勁又有極瘦勁所謂中郎已矣虎賁在也

四 金人李山好以綠法寫郭河陽蟹爪雲頭實歸之李家畫蔡京鄉藏河陽幽谷圖名蹟已見著錄其蟹爪樹法曹雲西常擬之明與雲西同意俱凌空翻米襄陽書法山倉亦藏卷子十餘尺當明賢所摹不可不與幽谷圖並論

五 梅花盦主小筆山水戲為之梅花盦主世所傳皆竹石枯木及卷曲蒙治之松山水多明人所摹惟思翁臨本今藏内府者純是小筆從董巨脉出石田得其古厚衡山得其勁密藍瑛得其奔放嚴寒溫研題此

六 叔明短簡予曾見所藏一卷畫不過數十筆書乃千餘言海上叔明畫以半子所藏為異常妙蹟思翁所題天下第一王叔明者叔明雲頭皴原本郭河陽但以草木披紛變其所出真相平日樹不作蟹爪此幅純用蟹爪法思翁昔不以一語白其云此前人所未曾臨

七 老生倪迂翁尚使筆勁到耳清秘風流久寂於偶從殘（此樹比）秉得真筌孟陽神儁漸師勁蕩洽天機是畫禪

獻華翁藏倪迂六君子戌即舊物每置酒出賞所得益不少 孟陽漸江皆學倪迂孟陽秀而寒弱漸江又過于瘦勁以思翁能洒蕩天抗耳此特為華翁作畫題并錄此

38

八 從子久真蹟落筆与徒王氏祖孫取法自别 予得子久一卷似溪山雨意當項氏舊物見清河書畫舫又岳雪樓小冊一幀安氏舊物皆入歸舟篋思翁得北苑四名其堂回源堂歸當築其閣曰二黃閣藏此

九 以石田老人筆勢寫江村歸舟得石田老人筆白石山崗吳匏庵与同時諸友倡和美中歲之作也既得潤州戴氏所藏大冊子晚年所為骨韻濃逸而沉厚生平所僅見既得吳梅村所藏立軸老橫其氣疏濃其神一生与此老風緣深矣

十 鴻濛留此石老松真據之雲氣作供養錦叠卷任四時

犀禪金石家喜植梅松奇枝古幹別有趣味又喜寫松竹古石屬寫山北十幀因以松石贈之 丙寅臘八

我年六十二偶然作墨戲於志擬松禪幽討臻窮家遂東坡有妙解遺形取生氣一卷引伸書驅騁在明季苦樂恒相乘工拙非所計但求吾所適不与時爭媚

39

既為禪仁棣寫冊子十幀亦每幀記予所見亦評畫
之例爾予六十二作畫今六十六矣并以句繫之幸兩正之

題虛齋藏石濤冊子

石濤此冊與筏發語推崇關董始無遺意歟竊
謂元以來文人學士筆墨變化之形各立家法可理矣
然出此入彼經營井然因流溯源瞭然一開卷石濤
以古人筆裁剪山川復能以曠藐之胸吐納烟雲於
文見莊子於詩見太白於畫見石濤而已不但石濤
畫中不多見即題識諸賢亦豈易過虛齋京卿老
同年其句輕以示人也

寫鄉景八幀

山市晚嵐兵溪水鏈師子橋從山頸眺九峯一帶山
如列玉筍

二
龍田烟雲　予籍龍田三百餘年門對白石峯每
春夏之時烟雨藹溫蒸真一幅小米山水真蹟

40

三 洞溪石齒 以小筆吳仲圭筆勢爲此

四 巫江放棹 此距予家十二里水道入郡縣此巉巖

五 鷗江艤意 岳溪水經予舍至此五里族人以多結

六 冬岑霜寒 廬 予所居夾溪水比屋連雲林蹊廿樹至霜降但見兀三枝然古拙可愛廿時蓽有拳曲珠作蚪蚪之句五十年前猶恍若昨時也

七 石門松秀 此獅子橋橋之石門山也山石質堅險峭鑿石道 道因稱石山自此攜明契遊小南山先母墓宮在焉年來裝湘亂頻起每自憾之欲遙遙不得竟遠 小南山題此誌然

八 溪厓結柳 岳溪水下名九峯溪水至河口入于水其經龍田出鷗江橋而西兩山夾峙地幽水清每舟過擬結苑築書館坐詠其間今則蛇虎所踞但痛之以誌昔年懷想耳 子丹先生別又數月以所藏

41

絹本急梅花相賭寫此以報書中皆予所居
風景知海上人無日不有思歸之意也　丁卯元宵

紅梅中堂　為陳介卿作

介卿先生海甯陳文簡公之來孫嘉興錢蘀石
之外孫也起家牧令所至有聲風雅博聞尤精六法
平日頗喜髯書畫寫此補祝六旬榮壽詩云眉壽無
疆為介卿誦之　丁卯元宵後二日

設色山水立軸　為吳伯琴作

高柯雙秀照耀匡廬

伯琴先生仲日錄秋與髯交好蓋二十二年矣去秋六十
新進叡秋為文髯以詩壽之未成爰寫此畫補祝

淡墨梅花小中堂　為吳棣齋作

樹之以花稱也者人饋日紫微寶俗豔耳此樹鐵骨
冰心獨以文章照耀歲寒寫此為棣齋先生壽

小梅花中堂　為俞琢吾作

42

老樹千尋但為叢璧一留春花非園叟花傭所取之以人以媚人者
懸巖巖石濤雙璧

丁卯元宵後一日孫吾先生招飲寫此答之

一　此石濤詩書畫三絕妙蹟也以勝朝宗室搆國之哀
憤不得已而寄之筆墨故其詩其書其畫皆其血
淚之憤鬱一卷離騷具有香草美人紛紛鬱鬱者以石
濤之朱紫雜錯恢恢之奇者也世人莫不致石濤嗟乎
無屈原之心而但其貌以為工且盜跖擬舜絃耳一言
年間贊賞無間然者前有梅麓甚後惟鹿床小
雅然尚不爲石濤處不失正其底蘊全

丁卯正月二十日　熙

二　唐齋同年先生既得石濤詩書畫三妙蹟復以
此四段緘以一匣稱為雙璧熙舉見石濤箇冊札子其中
有方近作冊子多規撫宋元然不題出正款令讀予
書想像耳此四段氣骨已直與倪南宋人知石濤之古
然後知石濤能變古辭章稱書畫宜其為三期行

43

功但知有古人無我及其久但知有古人有我其成也有
我無古人未識同年以熙為狂乎否邪
丁卯正月二十五日晨起識于心太平庵

小筆山水立軸與燿兆
幾先筆上先奪藉武林族嘘汲洞庭氣來依天闕屋
蒲圃悟天根六法飾造物自云游黄山夜挽雲氣
宿蓬墨挾扶青霄象外尋遺躅
丁卯二月十九日窗外之聲如雷如霆聲弭雍容寫此
頗近有石溪處并繫以句

題秦亮工卷子
亮工賢弟同年仁翁之甥歸鄉居京時仁翁遣
亮工從予學古文辭予與仁翁及歐陽刑部居重
任中書壽文昆季置酒論國事皆各攄肝膽人或以
為狂不計也未幾亮工司部務未幾亮工以使節駐星
島未幾亮工長揖歸遁里嗟乎三十年間河山滄桑故

友瀹謝如亮工壯歲乃六屏息不問人間事世尚堪問乎嗟乎予與若昌負皆老矣老而不死不知天究何心也

求之軸與閑止

予得石田大冊子又得枝晚歲所寫右丞詩意而石溪石濤皆各藏二三冊擬以築蓋之潤以居之此情果師石田筆墨閑止先生素蓄書畫殊不足以答知愛也

丁卯二月二十二日

寄松與石孫

抱茲貞姿飽嘗霜雪獨不懼誰毀誰折八闔之地聖賢之澤我思君子雲山脩隔

丁卯二月寫此并繫以句敬祝石孫觀察七十壽

古人稱畫能頤年適性予每執筆百慮皆淨無异身到極樂國戶外一切悲嗟之聲不能入耳

二月二十二日寄奉養源姻兄

山水

45

江村宿雨初收後萬族芙蓉出雲端
前歲友人以許道寧卷子相贈聊擬其筆勢寫此似翰
丞先生　丁卯上巳後二日

山水之軸　與翰怡

嘉業別墅校書圖
嗚呼道喪斯文在茲翰怡劉子發祕搜奇昔先有
漢果葉茂披今承嘉業欽若天有恆星月不
毀好古同心載歌載起
翰怡先生癖嗜古書搜求殆遍擬築嘉業別墅
建閣居之去歲以景刊宋版史記相遺今復以前後漢
書餽我爰寫此圖以答雅意并繫數語志好古有
同心耳　丁卯上巳後二日

山水之軸與待秋
待秋先生父子皆以書畫名海内而待秋翁骨韻沈厚直
偪司農之藩籬每見名作賞讚不已雖六十年來學

46

書未成敢言六法不過借此自遣餘年耳既承雅贈寫
此以留紀念不足云畫也
山水之軸与西南女弟子
髯毋不解畫但以篆分行押書之筆一洗之於巖
石奇松异草見者或以為畫或以為非畫皆非髯
所知髯不過自尚其老年狂態耳
西南弟子從髯得書法寫此留別

山水之軸
古人論設色必墨中有色色中有墨然山川异狀南北不同
草木華滋春秋各异有心彫刻何异畫匠退化於漆室
手日來海上風塵沙驚髯但雍容以作畫為樂
戶外車馬之聲亦耳所不聞也

山水之軸 与鈌年
偶然數筆尚見天倪鹿床論畫之眼前地位放寬
一步即是生機予畫固然予今日所處亦何嘗不然

鐵筆老弟每每見髯畫幷賞露于眉髯之間請

留此觀他年所進 丁卯三月

山水立軸

巖上松陰崖下水且試一帆鼓棹趁劫餘尚有青山在呼

僮當尋舊時墨里中壯年發白頭昔年白頭今

無幾狂歌高唱遣去來無錢買酒差堪喜

丁卯三月將買舟同衡寫此并以詩引之

畫不宜分南北派予嘗辨之思翁云畫石宜用方折之筆

戴文節嘗以董巨合荊關寫大幅山水又云南宗尚氣

北宗重骨畫宜氣骨兼到是文節云南北之見也

此作骨晴巖雖焦墨亦尚有風韻未識文節見之

其擬議如何耳

淺色山水立軸

江山不改六朝色置酒何須論興亡

丁卯三月既望海上烟塵少息天氣融和九十日春

光巳過七十七日兩日來頗稱佳日寫此并記之

松軸

老蘇蒼鬱飽霜雪古心獨有頑石知

積餘先生好金石書畫收藏既富鑒賞尤精華教正

山水立軸

江上烟雲助變幻豈無小渚寄吾廬以白石翁筆

勢為宗霍妹倩寫此丁卯三月二十日春寒廿解

凡所渥和頗以作畫自題

頌華山水立軸

春山融冶生歡喜天以韶光付少年丁卯三月

燕生世兄以尊人之命夫婦同赴東瀛求予寫此餞之

山水立軸

丁卯四月朔晨起澤雨快作書尚有餘興偶憶梅花

庵主用筆寫此至枯黑渴處又有程穆倩與仲圭矣

與仿張大風松樹立軸

曩得張大風叁子神澹骨清當為此老生平第一快意之筆
前与清道人同賞於神州社年今道髯遂踰三歲矣
丁卯初夏

山水立軸

山村日永長無事得酒及時洽比鄰
丁卯立夏前一日以老髯竊法引子久村柚時
四方多故寫此聊以遣悶耳

靈芝嘉禾獻瑞圖

嘉禾重穎神芝擢英太平之世物之獻瑞如此寫此三嘆

仿米立軸

寫米家山渾而有骨為最難

梅花

畫梅瘦而清者易肥而澹者難髯再識

花卉立軸

巖壑只有春長在終勝姚黃魏紫家

素王

濕而不緇此花有之不取姚魏風流

丁卯四月 浴佛後二日

松靈甫橫披 為露軒仁兄作 丁卯四月

蒼虬蜿騰碧峕原來此松出空同河山雖改葉不

落十二萬年說此不朽

梅花橫披 為檎泉仁兄寫

雖冰雪之嚴慄抱丹心尚節馥咸凡卉之蚤彫振孤

芳於幽谷河山雖裂而天獨矜此兀兀之瘦骨

此幅寫成次晨此以補空

松石扇面與梅根

石耶松耶篆耶州耶鼎彝所不鑄但見磊磊砢砢巖巖岸岸岜

梅花扇面與倫生弟 丁卯端午

溪烟疏處看梅乃有瀟灑之景

牡丹扇面與妹云賢弟

富貴而能澹泊者其六香意遠

柏樹扇向与宥在

疏硬數筆六頗有老吏斷獄之風

壯丹扇面与對襄世兄

富貴昌百年侯王

壽筠筠安三弟及黄夫人詩

吳興夫婦富丹青一門三世皆傳人阿筠夫人今管氏

詩畫清才高當世阿兄文潔阿妹健六子六法六堪夸

當年曾見若蘋梅骨韵蒼鬱意氣俠阿筠鑒

賞秉之父雍容評畫多神悟平生惜墨嚴如金賴

性嘗被夫人嗔夫人研墨畫始成阿筠隆隆作鼾聲如此

清福幾生修畫意詩情共綢繆老翁再登堂觀畫

酒常呼夫人作畫友賞奇之人本無多每恨道遠

阻山河但祝長年老復廿萬軸鎌素傳墨妙

壬辰入都游園學觀石鼓不但文字之古即石之璞厚

52

天隨亦渾然三代之風摩挲竟日偃坐古柏下愛不歡
去遼即從廠肆遍搜舊拓不能得適來海上十餘年
每詢舊家亦竟無所遇去冬瓶齋五弟得此本徐紫
珊舊物張叔未署眞明拓也未重裝以前假
案頭對臨一過未竟此拓打工極精而墨古黝不僅五
字為可珍也除夕髯復得一本與此無二同有偶好古同
心天覘靡遺當置酒為我兩人賀也瓶弟飲蒲酒
乘興為拜觀之意下筆越日髯自廣客並出此同賞
阿筠尤鼓掌稱快從此兩家石鼓並耀 天壤矣

為自怡跋雙鉤鶴銘帖

此石落未剔拓本句者亦遂誤為點畫髯字是也
匋齋藏水前本二皆明本兩罍軒主人所藏宋拓亦
明拓也此石唐以前定為右軍書但集古録題詞
遂成訟案以為隱居書隱居本與右軍或相近也但
隱居道家不得有瘞鶴之喻此殆右軍誓墓不出之

53

年有此游戲筆墨後人刻之焦麓即南朝禁立碑右
軍不傳今隸歐陽亦但據行押疑之耳覃溪老人跋崔
名詩云曾見黃庭肥拓本慍然大字勒崖石蝯叟
書其後曰真知黃庭真知崔名者蓋寡勒崖石
据紛雜不如辨筆勢之爲得也自治平人遑日以名
茶相既復携篋中所藏拓本欲且賞此梁昌極盛記此
萬石箇 爲侃如仁兄寫
此萬石君也體肅而恭勢峻而屈能以富貴下人
故能令子孫長保其富貴居子於此觀德焉雖
然舉世方以不恭爲禮得毋笑騃再之迂乎騃再又安
知笑者不轉非人之不恭乎 丁卯五月
松 戊辰雨水後六日
寫黃山一株寄與 仲莊賢弟清賞
梅
惟茲丹心照耀海日戊辰雨水後寫寄滌塵賢弟
54

清齋供奉晴江風韻予性亦愛之心而竊近晴江兩
家無一同處熙補題此

梅

如此春寒鄧尉尚遲遲超山老梅當尚在醞釀中農
髯熙寫於虹口諸家碼寓廬時叔通同年正從超山
歸也

松

千歟枝拂地護持太行心歲戊辰二月既望以黄忠端
筆勢寫于心太平庵

松

讀兩大之精英蘊蓄川岳之秀氣故能鬱鬱蒼蒼歷千歲
兩不改柯易葉

梅

領袖東風

戊辰二月既望客擬李晴江梅花立軸聊倣其大之意　止此

55

山水二十軸

獨樹老夫家 豈山麓之陰尚有杜少陵宅耶

松

虬鱗嶔奇雲氣鬱樹 戊辰二月春分前寫此即似覺翁賢弟

梅

皎皎冰雪姿相依歲寒時貞白誰相許獨故人知歲

戊辰立春後十日寫此梅頗自快惜吾友李仲子不及見也因繫以句

山水軸 為簡庵三弟作

須得簡庵弟自吳門來書云有友藏龍門造像舊拓本數種重金不能易但欲得數筆山水亦何相愛之雅耶足能處今之世能與二三良友以校碑讀畫為樂不論何地即是桃源寫此並記此

做思翁山水軸 為吳敘秋作

萬歲亦且暮所憂何汲汲之人心不厭亂天禍寧有極昔

56

有山能隱今無有可人願誦逍遙篇無適求所適
戊辰六月叙秋二弟來滬上玉亭齋將一月晨夕劇談
無異昔年居京時每見予近兩歲所寫山水極激
賞之因檢舊作并繫以句時時事如此但求自適
吉弟六何章兩正之
戊辰三月朔

紅梅
抱節丹心相依歲寒八表濛濛獨作立江干

墨筆梅花軸
醉寫齋墨又梅花篆精草意很參差記從黃鶴
磯下吐玉笛一聲落誰家

墨筆梅花小立軸
踪羅齋墨後像逢孤山但道梅已花狂墨為居
吐

紅梅立軸與叔通同年
醉寫齋墨又梅花篆精草意很參差年上有

侶還相約疑是丹成照赤霞
好通同年先生藏宋元以來梅花卷冊極富屬
寫朱梅題此乞教正
墨壯丹立軸　戊辰上巳後一日
富貴兩能澹泊富勝姚魏之家
丈幅大松　為玉佛寺可成和尚作
植根須彌散葉諸天不假雨露蔚然翹然一衆生
託命大造為緣誰寔為此是日歸禪同日熙再為此
松偈　歲戊辰浴佛日可成方丈新建玉佛寺造成畢
熙製衣此
梅
眉壽無疆　歲戊辰上巳後寫祝年伯母徐母陸大夫人八袠大慶
水墨梅花　為述昌世先生作
為語素心人此君原澹泊
梅花原是故人家不見故人見此花苦雨桂林行不

58

得衰殘淒對夕陽斜　令仲兄彌留熙有約弟往桂林
視　太夫人墓年來錄大滿池湘桂尤甚熙與弟均
是衰殘奈何奈何寫此並懸寄阿筠三弟　戊辰上巳
後十日雨暘不時不得與書友劇談也

題申端愍公仿郭河陽山水真蹟
予得先生公子鳧盟所藏傅青主父子書冊六幀
自題其堂曰遲山堂曰望青主之來也其清高可想
見先生以太僕丞隨馬近郊聞李自成破居庸即
策馬入都及城陷衣冠拜母躍井中殉難觀其
遺子書辭嚴義正不讓文山先生衣帶箴也
此幅為補臣先生所得以枯墨寫河陽骨蒼逸
當與黃忠端倪文正并垂天壤
梅　齊眉偕臧　戊辰四月

齋德澐齋年擢嘉圃且堅兩人稱金婚吾子有鴻留篇憂
患與安樂相隨各以天倪時不須憶白髮今為妍　州木世宗

59

雨露天命使之然繩繩子孫盛笑舞樂蹁躚花燭當
重輝昭此照几筵　敏秋二弟與其夫人今歲同達
六十去歲有金婚篇所謂樂不淫哀不傷蓋風之正也
予和未能今寫此梅聊繫以句非敢言詩文廿子將于
壽筵援寶笙歌引鳳此樂何如二弟與夫人年六十
尚如廿壯八十花燭重輝不足云老

題季爰仿石濤山水卷

莊生之文白也詩　行吟澤畔三閭辟三子以後陳人畫
丹青只是皿友離　畫至石濤洗畫元明以來畫家
面目而以所見山水工其翦裁逞其奇思譎乖驚絕
千古所謂傷心別有懷抱也季爰寫石濤能攝石
濤之魂魄至窮其才不在石濤下他年所進尚不
知如何耳因見季爰弟臨此卷并繫以句

松

蒼蒼之松相依維相一廬江渚太古風月

60

四尺山水軸　戊辰浴佛前五日

元楊子所至則老矣墨子所至則佛矣舉世混混吾誰與歸莽莽山河誰是主人任筆所造已落鴻濛之遠矣聊以自適非敢求知

題清道人臨六朝四種　第三集

曩侍武岡鄧師金陵文正書院鄧師曰予酷好詩有諸旦至日夕能得一稱心之句其苦心憐澹如此清道人書同寄京詩有一筆不備古人之舊當達旦不休祖庵曰道人書思沈才厚似曰書亭詩可謂真知白香亭詩與道人書若强道忽九年矣兩髯書尤進不已豈知已於地下也題此自嘆

山水軸　戊辰四月為炳章老兄作

美哉此山河劫後生意宛神聖雖紛淪正氣鬱岳瀆貞元会有期日月当旦復勝殘百年事所苦民命酷得酒懽客飲有書授兒讀還我元漠心澄慮且觀物

紅梅便面　戊辰四月
此花其清在骨

小札　戊辰四月
實處有畫易空處有畫難道樊師手人今能得
此處意因作此

柏樹扇　為伯嚴作
古貌古心橫攬海上

小札扇
聚為松韵蒼莽其無極耶

柏樹扇
骨堅於鐵飽餐風雪獨立不懼還不清白

松樹扇　為流霞姪作
松到而堅非以三代鼎彝之筆不能代表其精神

詩
將作嵩山遊遠謝東南客變易舊姓名長與家人別

62

屈臣超凡萬緣從此絕何須問鴻盧澹名乃天賦何
須尋面壁真〻勝佛說一息歷千年精氣天相接
更笑商山人采芝徒苦拙

山水扇 用黃子久淺筆間為德馨兄世友作

松溪放棹 莽渴山河誰是主蕭然一葉與天隨

百齡圖 為北琳仁兄作

「五尺大幅紅梅」梅花小壽三千年年〻歲〻花常
妍且進萬鶴為壽岳南佳氣鬱陝前 戊辰七月

寫祝海真先生七十大壽

黃石赤松圖 為海真先生壽

海真先生年七十而精神容顏如三四十時所謂不乘藥而
自有金丹者因寫黃石赤松壽之

扇 戊辰秋

秋山妍豔 詩外有詩乃可與言詩 倦知老人深於詩
請以論詩之法論予畫何如閑止翁阿好予畫乞并正之

63

扇 戊辰七月為百齡世小友寫百齡圖

百齡圖 為玉伽島作

松風桐韵圖

戊辰七月中旬連日大雨如注，暑氣漸消，徐步北園遲齋寫此

扇 山水佛 為玉伽島作五十生日

歷心懺滌盡，淨酒長不波。寫此為君壽，無須念彌陀。

題吳興趙叔孺為爾卿先生書瘦馬卷

秋雨淒淒秋草肥，昔年百戰苦征衣。長城既壞不堪憶，瘦倚寒林伴夕暉。

戊辰新秋，叔孺臨趙吳興秋郊瘦馬小卷，賦七絕一首以應爾卿先生之請。吳興原卷髯再既讀過，今觀叔翁所臨，韵古氣比厚，並不下真蹟。願爾卿翁秘寶之

山水中幅 為季爰作 [illegible][illegible]母易太夫人六十大壽寫此佑觴

青青之松，鬱鬱之柏，執酒上壽，式歌懿德

五尺山水屏 為鼎三先生作

年年江上看紅葉不覺蹉跎六八秋戊辰七月二十
日燥列子弁常
山水軸 為米揖蓀五十生日
秋山研明佳氣勃鬱時寫此為揖蓀先生五十生日
佐觴熙以乙卯冬來海上揖蓀印道人臨六朝唐宋諸
家書熙又印道人與熙分臨蘭亭及臨各種碑誌
熙見道人為金剛經書忍陳列原搨大小狼藉滿
室未嘗當不以為苦因語揖翁縮小原拓并與茶
陵譚書集聯即之一時風靡於是揖翁震亞圖
書局之名充滿海內其時揖翁年三十餘今五十
矣熙且亦六十八矣世外人但解書畫老且日進并能
墨牡丹 為建臣先生作
近日此花亦畏人畢竟繁華易失真富貴倘能求
本色不容姚魏結比鄰 老髯再題此補空時寓上海朱
家木橋

梅石

為世方石先生作

羅齋罍父梅花石公相對枝横斜嶺南亦有好
梅客是否林逋梅作家
誰向親家乘轂子
惟我樂與體審志宏好古過我垂老益勤寶光在
筐篋唐碑經紀郁几案彝器古碑書癖時好畫與
天隨方面之才乃居監司臨難不避履險如夷我哭公兮
所遇非時廿年之友十載不離知交漸盡更為何為同
遭世亂義公歸有弟主喪禮惟其宜有子繼
骨二月為期既壽今終公其庶幾

髯與公展、一亭合作畫題詩　戊辰秋月

公展寫菊髯寫松居然三徑來清風一亭嘗為髯
畫像大肖當年栗里翁近日畫家畫淵明無不俗
畫乞一翁補髯像即可作一幅松菊猶存觀也

山水扇　為文虎作

66

到處饞人嗔奪何，不如遠去山之阿。荒厓有蔽廬，在湘聽漢人唱楚歌。

季爰弟若麓別後亦餘年兩過滬江不得暢叙此扇上句為季從侄伯周作也因賢弟推愛為之救飢渴因書之賢弟未嘗以書畫偶以書法通之仍是書家本色弟熙意云何

廬山松壽圖為若林

君年五十轉早甘辭纓組養請遂歲歲尋山吳越間引篋芳祕皆名蹟知君愛畫更愛友千金又鐮等蕭齋聽我瓊瑤也發祥光讀畫如對君飲酒九秋澄空松柏會留此再拜為君壽

題唐人畫佛　補庚申九月

敦煌石室唐人第一畫佛此抱蜀子官察秦州所得唐人畫佛奇蹟也歷白匪之亂生兵燹獨抱此佛與六朝經卷以歸好古真遇過我並書於石上留名譚

67

為尉遲山伯左角有沙州根思寺印沙州唐置宋改
安西此唐畫之確有證據者寶光照人歷千三百餘
年如新殆有鬼神護之也

題子久山水卷

此畫張生季爰得自蜀攜歸即留髯簃一歲丙寅
冬讓與髯為書其端
此大癡老人寫天池石壁（大癡天池石壁時年七十）安氏舊物嗣歸岳雪樓閱寓中
如潘氏伍氏皆有賞鑑筆畫云早元人句軒題詩句軒
詩人向書法之妙如此題冊左角有人其師泰印其詳
見岳雪樓集中此卷張生季爰從蜀得之季爰
以髯酷好大癡並割愛讓之　丙寅除夕
大癡道有時氣韻神永若無道人處麗床居士稱為有
道德者之趣予所藏煙客立軸其用筆斂氣頗得之
有時老辣橫披離直如髮之細亦必挾千鈞之力内府
所藏芝蘭室圖與此寫天池石壁皆是也　丁卯從甘園借觀還

68

明季諸賢多從大癡老人出，然寬閑逸雅，獨思翁一人獨得。思翁畫冊，本高江邨舊物，江邨所題凡三千餘言。乾隆時煙客曾孫王古巖分割四幅，其十六幅流傳為何道州所得，今夏歸龔。越月，古巖所分出亦入龔篋，所謂奇墨奇緣也。二十幅中，以追大癡居三之二。戊辰六月記

題傅青主父子山水花卉冊

此青主先生父子山水花卉凡六幀，蓋真有古心者，非人所能襲取一筆也。阿其不死，僮見之不知其如何大聲叫好也。此冊戴廷栻贈申鳧盟，鳧盟父諸忠愍事詳明史。廷栻號楓仲，祁縣人，刻晉四家詩，先生父子居其二，見漁洋詩話。戴、申皆先生道義之交，當時所得僅止六幀，且絹素不一，其難得如此，宜今所見長条巨幅皆贗本，雖補亦加寶愛耶

歲丁卯浴佛日，譚震青同年讓得之。熙并記此

69

山水

為秉衍二弟作　倣大癡筆勢

三古此山河，精神寄周孔。頡閒巖谷人，嬉戲紓垂拱。

予藏石田大冊子中有臨大癡一幀，設色古厚沉鬱，聊用其筆勢為之

三尺山水軸　戊辰重九後三日

老樾霜餘生意足，翹然疏秀立江頭。

三尺設色山水軸　九秋

懶婦不梳頭，破衣常百結。終是穠玉姿，卻勝於傅色。

山谷老人書以醜拙為人所不能及，髯畫亦作如是觀

水墨山水

歸去還尋栗里逢，新詩寫寄慰遠人。

農髯同年先生來滬將兩歲，今還寫此為別後想

幸正之　農髯熙以董意為之　戊辰立冬後六日

校碑品茶圖

宜滋體弟富收藏，意臨六朝碑誌筆秀雅，尤喜飲茶，每過寒齋必攜飲茶器，或茶或荷露蓮香

70

清芬留古本因寫此幅以答雅意

山水軸 為甘謁士先生作

霜華曜陽林寒巖松更青

松佛軸 為子逸祥弟作

有時結坐長松下手持經偈邏衆度生

子逸祥賢弟事親孝老近復萬緣靜業發寫此佛門證慧果

戊辰十月以李復堂本為培驄仁兄作

梅

復堂自題句不敢元章敢補之補之梅昔年曾見一卷其幹長條剛中能柔不但復毫窮力不能到矣心且望塵却步矣

山水扇十幀 為呂蘧生棣作 戊辰十月熙題

一 天下幾人學杜甫誰得其皮与其骨予於子久亦云然

二 塵市煩囂縱往江上靈巖樹深處築別墅讀書清養

三 萬馬奔騰仍不失伐軍法也書法畫法莫不然

四 予於龍田舊宅後山手植松三萬餘株今殆二十年矣

五

雖從岳麓然松林蒼翠憾不能還寫此悵

江與荒寒詩家畫家皆取之予此作當不居元人下然

元人寫枯木予尚嫌其繁而不簡

六

雨後看山取其蒼潤之氣以入畫六法尤不可無此領略

七

荊關雲景元常書雖臨極覆刻帖然法尚在

也予所見荊關本皆覆刻耳但取其筆趣此

八

摩詰詩澹遠然古風遒邁其來歷遠矣

九

秋山妍豔此畫雖趣格然古人必先有為之者鹿床

嘗言有古人似我也

十

有人問岳容髯寫山水何如容曰是亦見遒秦權量

諸刻手足髯之畫稿也越日容告髯相視而笑邁

生賢弟索畫扇寫此十扇寄之

山水扇十二幀 戊辰十月十七日

一

天下幾人學杜甫誰得其皮與其骨予於子久亦云然

二

老年不難于蒼所貴蒼中能潤耳書亦宜然

72

三 氣韵生動

四 筆繼而神宜通書法如此畫法亦宜然

五 擇水石幽奇古木年名花四時天然不假人工之地為置別墅亦大快事

六 古趣 古木竹石畫家皆樂為之然寥寥數筆人品心術攸關亦大可畏也

七 但以楮墨勾勒不知古人亦有此畫法 曾熙注

八 真可作六朝新體詩讀耳吳敏秋程伯臧來看畫稿退後寫此

九 黃晚翁以畫松自負偶倩寫山水及見鬚髯大小松乃闊筆畫曰予但為松寫照今松乃寫鬚髯耳語頗奇記此

十 巖上有亭巖下有松江居有廬聊適所從二十年前烝湘之間舉杖即得此境今非其時矣

十一 密林深翠處尚有故人居

十二 太古之石千歲之松聊以頤年冒瀆徑宮予寫此扇

73

甫成内子以酒壽告以珂男今日進二十四歲遂以此扇
与之
山水扇十幀
一 層巒亦何高江屿清洌漁翁亦知道不須栖巖穴
二 嶺近檀園終是石田憂相再髯自評之歟弟云何
三 始道人有此插無此峭老髯墨戲
四 豈亦靖節之侶尚戀此石上松耶
五 以大癡筆勢寫此景處尚能得其神理
六 春江烟柳農髯熙寫於海上心太平庵
七 千仞一亭亦兀岸氣更幽
八 荆關沙磧爲張爰唯董倣之畧取其筆勢寫此是夕
從黃晚嵐處汽車還已漏四下矣
九 波石之液老且益堅
十 江亭清幽秋樹疏秀熙為甥秋二弟寫扇十張聊為客
中遣悶耳歲戊辰十月同客滬上
74

柏齡篇　戊辰十一月

石取其堅柏取其茂詩書之澤留此清白惟竹伊青惟荳伊紫鬱鬱佳氣以顯令名

節婦李六嫂胡孺人五十開慶寫此頌此

三尺松佛山水軸

滌塵賢弟來書云前歲滌水爲患今又苦惶爲造世尊一區清齋供奉當可清除一切災戾也

三尺山水軸

流水有時枯吾生無時歲元氣相周流驅遣在形色　戊辰十一月又二日

今歲得恩翁稿既從前歲所畫雖有極不穩處而不損天趣此幅實近逼穩不妨存之

三尺山水軸倣大癡筆勢

前夕夢至一山巔峭壁直立因攀蘿藤遂躡絶頂左憑大江橫睇小峙如螺子石達州深若未曾有游人之跡遂至山麓予以爲武夷第一曲遂同紫陽書

75

院主人答以示知道發醒既思武夷中有梯此則有石
磴由左也爰以大癡筆勢造此境寫此
山水軸以石濤半千筆勢寫之
十日前有書估攜來龔半千與石濤合寫山水大軸半
千自題云石濤來予齋就案頭寫石山即為友人攜
遊棲霞予廿為點綴復寫江景嶺有煙雲之氣後三
日石濤復來見此幅大叫曰不可無老夫醜拙石印以憔
梅壑作小石塊此幅三尺長索值千金遂棄去曰
退寫此幅皆有墨氣為慎五一弟補壁即以之
松
為權田和尚作
此松從須彌來願一切眾生護持之
戊辰十月十日

三尺高麗紙山水軸
石清松秀江嶼澄明此天地自然之佳氣終古不改也　仁壽姪夏間
自甯省予滬上樸直之氣尚如十年前蓋得天獨厚也　寄
此為我告乃父曰九伯父年六十八尚憙以筆墨自頤不足云老也

76

三、山水 倣巨然筆勢 為青尊仁兄作

嶺石山房藏巨然大軸關還蔡京鄉署歸象頭三歲當元人所倣其勝明以來所臨巨然遂失君師其筆勢

花卉扇十幀 五松五梅以徵五福

一、和白老人嘗言楊補之畫梅蘇如錢鑄阿箭上稱道訣之津津有味及庚申閏夢公攜此卷渡海來滬展玩浹向知和白但解冬心補之猶未也偶憶寫此

二、直是鼎彝處相耳道州七十後僅畫梅當有此風骨

三、骨瘦而疏其清在神

四、相愛之深雖遠不違此花有之

五、君魁百花今歸國香

六、蟠塞天地其氣乃耳

七、頗有南阜設色

八、石岸古松欲拂天手栽已踰八千年主人甲子不須問生在南山北海前 石田題松句

九以道州筆寫馬遠父松法

十為道者相為壽者相 戊辰臘月祖安三弟五十生日寫

梅五幅松五幅以徵五福 為轂成仁兄

松五尺屏

以瞿山筆勢寫此頗覺疏瘦有逸氣

梅屏五尺 為春霖仁兄作

丹花照日 為伯聲先生五十生日佐觴 戊辰臘月將望

五岳圖

提攜五岳還寄下老賢六法君文章 戊辰臘月為衍曾仁兄作

梅

寒香江天梅早放一亭且遲故人來 戊辰臘月七日寫與三男婦趙氏

水軸

今歲十月卓男婦趙氏來賀予六十八歲生日將返湘

以此幅與之當還告其夫曰若父雖健書畫樂事然78

以之易錢則苦須知一筆一點皆精神所寄一錢棄

皆能力交換得來其深誦斯語教守之老髯識此

山水卷　申江送別圖

春申江上水茫茫別意多爲問瀛洲事異鄉近如何

祉謁去年游日本重伯宗人以詩送別髯亦寫申江送

別圖今將一歲矣補寫此圖并題之于字幸以詩答

之戊辰臘八日

題文仲子秋風圖　爲譜侯世友題

子性愛農業卜居西湖側　洞庭之西天心湖予庚子侍母居此稱龍陽老農其時未有秋興也

披圖三嘆太息今我還不得

文仲子此卷志在倣宋而工雅疏逸別有天趣以視其兄但

露于山樵其風度負少素矣題句不無所概

山水佛軸

刑刑苞苞通然天則生生盛盛以氣充塞山壓平水不厭

謁大觀園妙應幾充悅

再題數語以攄前義此幅裝潢竟生動標贈超明大居士清玩戊辰除夕

79

己巳九月

松

庭前雙松盤蔭多枯
以鼎彝之筆用錐錄之法寫為　摩羲姻先生德配
湯大夫人古稀佐觴

題畏廬山水卷　己巳八月

畏廬先生嘗意以西法入宋人室此卷純以勝向骨韵
之清潔澹逸卓然名家蓋從學問來也　新橋兄
以其兄瑞桐先生隱於醫遂為兄寶此卷蓋風雅有
道之士為識數語

松

此松自是千年前一尊古佛骨耳老須彌山志稱老僧
坐巖中三百年自解脫忽化千年松之傍一石頗肖其生
前所持之錫偉弟子羅拜　松前正時有舍利光其如此者

山水軸

石壁千尋削空起欃障東下大江水此松身與石齊

80

年大行甲子那可組

山水軸

臨卬有客能題字畢竟文人駟馬心

是米非也不是米非亦也不是米而是米其庶乎可與論米

予此幅頗近鄒衣白之學董鹿床所謂名人似我

細筆山水條幅

六年前粵客攜來吳仲圭臨巨然小幅軸絹如闇青銅

墨黝黑如漆留齋中十日以絹破如百納遂棄去然

常追悔於中因寫其大意

山水軸

巖巘松青。己巳二月十日寫為譚鍔黎節母五十大壽侑觴

山水軸絹本

畫山水實處易空處難繁筆易簡筆難

況松弟近究心六法視此作如何

梅

為岑煊先生作

獨占人間第一春

江天秀氣　己巳六月寫似蕊行先生寧佳日

題張生髯季爰自造像

光髯之髯白如雪季子髯虬翠如墨十二年几杖親

每出一幅人嘆絕篆隸陽作書王著收子畫常為好古得朱

必古人勝今人此語難與世解說不貴人相貴我相自寫

面目留本色松下晚之雲氣漾恍如置身天都側回顧

中兄弟稱彼髯書畫到今名不咸願子策力抗

前哲再見峨嵋光澤

己巳五月爲□□女史作

梅

香清蒼遠

題季爰寸錦寄子付其兒哩拂

三歲小兒行學語聞說黃山意栩栩乃父新歸泰岱巔

懷想黃海雨侍母坐兒棚隱不癡兒索畫歌且舞

寸楮潑墨付癡兒兒癡父癡髯猶與

82

山水軸　為王壻甫作附詩

王子擅奇書，好古亦弗及。抱茲軼世才，自處甘岑寂。沖然道之體，攝生邁神識。六十鬢青青，如三十年。癸巳不苟同，孤行取自適。萬卷終〻易，來且讀且佐食。青主兒攬東君，有子負笈閩〻越江〻海〻客〻語今多我。新詩滿力尊蘇黃，席亦非能詩者，滿此照四壁。

松　巳巳清明前四日

吠南皐生寫須彌松。覺民大醫士活人無算，殆如須彌老松能護持一切眾生也。　為王壯伯作並題

山水軸

石溪道人生長武陵，窮五溪山水之勝，既乃訪道南岳，觀雲黃山，晚遊蒲閩，中晉往來棲霞，故其畫雄鬱渾厚，於江浙諸名家外獨立一幟，聊仿其意。　巳巳三月

松

禾豈擎天百折心，不死吾嘗聞多號殳君不好予

蘇戡先生數歲以來患難從公得君負羊比志矣今歲七十
鬚須髮未白未明而起精神舊健不异三十年前於相見時
天之福先生益有在也寫此松題此為壽

梅

李晴江長於寫梅高西唐每寫枝有疏越卓逸之勢
髯以李高兩家法合寫之能讀李高畫者當能一
辨之泊農熙補題

細筆山水軸

靡靡戰不構兵生民禍無極舟中彼何人自稱回天使
鼓棹發狂歌悲風生兩腋太息綱維絕河山將異色
一舟將安之湖洄以永夕

己巳立夏前二日寫此并題五舊詩

梅

烟烟雨雨又風風三兩橫斜出屋東孤山豈是忘情客歟歟

丹心照水紅

五尺水墨山水軸

84

長夏草木深石逕苔〻蘚〻積云有異人居幽〻壑〻廬常不見
朝宿巖〻之顛暮息巖〻之隰揖露以為飲吸氣充
作食嘗見王喬侶不須生名識。歲己巳八月二十日及明
即楚齋過檢十年前友人所觀乾隆濃光墨寫此并題詩

松扇

此松骨岸〻雨氣蒼蔚大似疏齋老兄所為詩因以奉

梅

瓊枝瓊秀　繼梅吾姪與其夫人以己巳五月十六日同進四十
寫此畫為兩老人前并健進萬年觴也

三尺山水　己巳端午後為女媧此畫即作
雨後江峪洗青錯黃有若老媼時露古妝松則蒼〻之水
則降〻無由何往結廬層岡
為夢嘉先生作

梅

小師道人云揚州某宅尚有唐梅一株人多不能辨當約
友人訪之

松石扇　為韋齋先生作

老松鬱千年其下有琥珀神化為石明瑩且潔不磷亦不淄取之厲風節

赤松黄石扇　為松峰岑先生作

高瞻嵩岱雲氣態〻富貴能逃名亦可嘉何如世外與道優遊玄風式暢元氣周流

淡梅扇

如此清意吾輩中惟玉梅庵主頫首之　戩傳老弟屬

追憶之否

梅扇

清意　妹鍾賢嫂雅屬

山水扇　為伯群先生作

徐庾文章在為寫六朝山

梅扇　為路之書畫家作

兀岸頫首詩人骨清白但留處士風

86

買黃吳劍秋先生暨德配徐夫人六十雙壽徵文啟事
歲乙巳六月朔吳劍秋以其子静澥自粵遞手書陳
真翁徵文啟及自述世德一篇熙曰何澥不以書遺
我静澥曰予父因辭之且深責之熙曰若父年六十而精
神志氣無異三四十時宜不以老自居然今於父母生
日召賓客將以歌詠發皇穆慕之懷心情也禮
所許也且若父與予交且三十有四年矣若父性摯實
而志恢邁氣磅礴塞尚行慎審慎浙右家重事功
貴名實宜輕儒者迂闊義寧陳散原臨川李
癡年生信友也嘗曰予敬其倫不取其學以其無
當於世也當新學之發軔海內豪傑風靡若父曰
其者予取其言又深鄙其人矣是者非之所集以之
人之志求伸于天下難此若父所以抱其志終不能嘗
栖栖而不自適者也當予侍母居京寓登堂見若父
與世子侍王母坐王母日寫漢書一卷且以小學授諸孫

87

又嘗侍母會食王母與母道及生平皆涕下然吾母長也王母
嘗多病若父未嘗三日不至寢門問病其孝也蓋又能加
諸人一等也當是時新建高叟遜九武陵歐九居重清
泉周二敬吾長沙二佳壽文壽國相與儗議者今不可一世今則殂
喪相繼僅予與若父且碩且健且放言于人道將絕之秋其
亦幸矣且歸若李嫂處弟以姑息若叔翁之處兄則師
也友也其嚴也若四海之内無此人不可君也其天性過人蓋
如此配徐夫人舊家世好觀禮髫齡齊德齊年偕老
先感伉儷之情在老益篤出必携手幾忘其白髮
歸矣爰以歲之二月十五介壽之日為公子二人成昏禮
花燭輝皇孫子羅拜此樂何昌極敢敬告之好之以
詩文為壽者曾熙頓首

此北石冊

石田老人仿子久失之沈厚惟思翁得子久空靈後來
衣白青溪皆專師子久青溪窮空而蒼麗不及衣

88

白洋秀耳 己巳六月十日寫與七蕉青

百齡箇扇

酒到百齡無暮氣，同將大法樂天倪 己巳六月寫貽

髯同年

上紅

志能帥氣，故朝氣暮氣之氣，志主之耳。少尚偷安，壯而耽逸，即暮氣也。熙與阿奇年六十九，阿奇尚以書畫向世，熙雖盛暑不綴筆墨，即朝氣也。書題句願與阿奇徵信之

松

寫此松付與味蘇賢弟，渡遼遼中當歷千年之木，不知劫火所銷鐵何其甘苦然一特立于天可相也 己巳六月廿八日

松扇

蒼髯兩松壓倒仲圭，何論石田 伯蒼老兄以為狂弟否耶

梅扇 為亞仙兄作

89

清鏡散寒岑幽意誰語與

松扇

寫句婁禹廟二松此山多石故瘦勁而葉疏
以石濤之石南阜之松寫與璪甫
甚日己巳至秋楚痛稍差書在存我兒寫此松頗有疏
宕卓蒼逸之氣
予少時見松精奇異即坐其下或竟日不去及壯游泰山北上燕山
每見奇柯必下車近所寫松多平生所歷遇為述存兒再書此
己巳八月五日

梅

不寫齋罌寫梅花環枝繚曲任參差平齋兩扇蝯翁
篆恍惚苔深落照斜

題雪盦藏石濤西園雅集詩

狂濤當城古人不見我目本無薪何論火隴陽在手萬象
閑干家支離皆尾瑣在宋伯時畫西園儒巾羽衣染
蹁躚狂濤見之奪其茎風物瑰奇勝當年丹巖莽蒼
90

石檐與松十七人中首坡翁須眉清於笠屐畫神解得之書
詩中魯直九之元章之癡淑偃各自傳天倪圖高道人未足
奇風流獨賞晉鄉姬月湖亦是西園主未必海上無遺侶
潤邊當抱膝侯墨者不言意楜楜安得髯才如杜詩
為君圖之君當許
題雪盦藏石濤西園雅集雪盦與鄧肯湖藝室又藏
齊侯罍詩中及之

山水二幅
玄黃錯采萬像以是仰觀俯察明體悉在心書家每以成
法施之則山川只筆滯之積物耳
為笠舫作

桂
桂生南裔拔萃岑嶺廣莫熙葩淩霜津穎氣王百藥森
然雲挺
己巳中秋前三日錄郭景純桂贊

題斂鳴廬校碑圖
予卅春以前斂與子同一蹤棄斂而學書篆分日益蛻及今

91

四十載苦樂且悲，疲盡操向取所興，至淡其機，子性能
純守拙，久之天自隨氣一御，萬變毋為時論移。黃子妙六法
直擣康雍，雍時讀碑，兼讀書，樂天復矣。經
冠群弟子廿喜，以字斂曰，名其廬曰斂盦。既從予，學書所
習二爨及瘞鶴銘、金剛文殊各碑，骨健氣平，渾日守
信義，一言不欺，嗇盦吾門之夏也。晚得此卷，骨寒
神清，不讓石谷、廉州之臨古，其珍重藏之。
為王伯群題跋丁君書畫手卷
萬樹梅花窩卷書，人間清福，此何如衡山舊事。君
須託再後十年始卜君
四尺山水軸　乙巳九月既望
人事日闘新，山容不改舊。年年霜花紅，轉覺春色醜。勝
勝地闢名園，嘉會集良友。長老各言觀，童冠奔從
後。施跋尉和人，競競孫不析。何以答瑤縑，素為君壽
祖基孫君長本邑，於惠山築公園，記其友王君伯群 92

笑書梧遊園老杉多病不足以慰雅意爰寫秋山紅樹
并以詩記之

題楊就友卷子　補戊午清明後日

高尚書不得行其志於内安患迂不得盡力淮揚皆
馬阮所爲也就友寶馬上落觀忠正報宿還邳州
之語馬指就友大笑曰將士款敘防河功耳寧有
是事就友并無一言甲申之變天下臣民所痛哭今讀
送高尚書詩文何其雍容太平耶就友蓋風雅
士後督戰鎮江竭力援衛殉身浦城其晚節可取也

三尺山水立軸

此不須問甲子一畫高枕萬載百千年

古柏圖

北京法源寺有唐檜一株柏葉松身古勁不可端倪予
來出山海關有古松盤出絕崖松葉柏身高數十尋
偶憶此樹畫此并記之

93

百齡圖
前劉伯友携來畫麗臺先生百齡圖柏古勁而
靈芝設色極中艷妍尤此老生平所獨得
梅
清癯誰與比吾友李道士道天關雲悠悠大江水此
情寫成頗覺有清氣因憶玉梅庵題此
乾隆諸老畫梅晴江蘆尚速冬莊而稚箪抹能
密臣翁西塘能疏尚健未識　笪君浮光視此何如
題石谷山水冊　乙巳冬十月
予嘗與阿筠評王惲兩家之畫石谷臨古最工然局
於法度所謂人事勝天機淺南田山水渾渾中神
意充悅又云石谷寫到十分尚不停筆南田但到九分
即歇於一二意滿之際阿筠極激賞予言此冊渾渾而靜
以倪而能繁所謂直見倪之勝蹟者前歲與阿筠於松江
韓宅嘗見畫是石谷冊子純以韻勝韓冊蒼肆此

冊靜逸應送阿姊同賞之

題楊石樵与王二癡合冊

此楊石樵与王二癡合冊石樵吾人其風霜樸古樹一幀骨韵沈厚鋒以清動勝二癡守家法畫史稱其上追宋元餘極縱此冊尚是石谷正宗也

題煙客山水卷

思翁上法董巨力追倪黃書沈文之習以氣韵為主晚年枯潤相生象外取神故明季諸賢無承流風麓臺太常此卷雖老有師黃筆實學董至其精之空濛筆之渾厚墨之淋漓即置之思翁卷冊中亦是無上妙品孫文路以鑒賞名京師今見其藏敬出海上皆名蹟善畫得名不虛也為雪盦題此還之

墨蘭立軸

偶以艸隸筆為寫崖上孫心展寶溪已粘無須問湘靈乾隆諸老畫蘭世人歆稱板橋鄭獨惠晴江矣

95

目其一葉半花古味樸厚，並且其氣骨高峻真性流
露，非尋常常易學步也

梅

老幹盤作鐵，丹心吐作花。花稱之無可語，孤懷寄水涯

松之軸　為傅熙作

巍然百木長，鬱蘇千歲姿。貞固稟之性，不待歲寒
時。老髯再題此補空

梅之軸　為昭剛作

和靖固詩人，偶寄孤山下。梅豈一家私，寫與同心者

絹本山水冊十幀　為吳仲熊作　乙巳十月

霜柏厓孤松秀，蹤跡連江也

戴文節稱大癡畫有二，其一閑雅雍和，全無縱橫之
氣，蓋有道德者之筆也。內府所藏芝蘭室圖與
予所得石池、石壁小方幅別一派

二

江居無〻客至一葉清閒

96

三

以大癡法不落入漸江，以漸江瘦刻傷韻也

遂知蹊柳下雲有處士廬

淡于梅花庵主，却得於檀園老人

四

人事日鬬新，山容不改舊，年年霜花紅，轉覺春自醜

此寫秋山與譯祖基之詩，即其昔日題此，予此幅在師宋人

五

有亭須載酒，期君君不來，閒情寄松下，長嘯江雲閒

六

峯出墨闇之中，尚能露此清白頭面耶

王洽潑墨之法，不意隋有老蓮尊之狂，石濤得毋駭笑乎

七

此君卓立立處清處處直處心在法腕直師石田作可許

九就山人讀之

八

疏狂之氣有老矣，一筆兩筆青何妨，此向亦宜不卜宅

但呼老吳與居，老吳謂勉秋弟也

秋容錯雜綺，殘照滿山紅

以沒骨法寫山，頗有逸韻

97

十
聊取雲山供游戲此是老米獨上筆
下此幅取韻翁在思翁仲蘇世兄頗意予畫平日
所寫花卉筆極清健寫千幅以誌所畫

何道州題麓山寺碑
是碑題額曰麓山寺碑碑文云麓山寺者知俗稱
嶽麓寺者誤也水經注及杜少陵詩皆稱麓山不云
嶽麓以其多林麓而名麓山猶岳山以多巖谷
得名故麓山與嶽相連然云南嶽之麓則嶽山
至此三百里不必仍係山嶽爲名也玉水布飛石林雲
麓乃麓山真景水石之奇不必是水經注湘水逕
錫口戍北又西北流屈而東北注玉水也
北海書導源六朝以其干將莫邪之氣決盪
而出與歐虞趨臣山陰書跡派而唯有徐會稽
張司直之勝顧世間古刻只此李秀僅存六礎
原石捐在南海潘氏者早歲孤本靈巖寺
98

阮文達師嵩山金石志時已云僅存趙晉齋家
藏拓本矣吾曾見慶瀾恩澤一本與趙藏無二
然亦止此兩本耳東林寺其葉有前人無原石沈羅
樹亦重鐫本端州石室少林寺戒壇銘則本非真
迹其烜赫世間者只陝雲麾與麓山寺而已雲
麾頗嫌多輕佻處惟此碑沈卓勁栗不以缺
容掩其樸氣最可為貴碑陰字肅穆靜實
與李秀碑正當日書意兼有此兩路而是碑
乃兼具之也
李秘監書麓山寺碑今在嶽麓書院門外之右昔
人作亭以護碑之後皆有碑面可拓其碑陰及兩側俱
在壁中不可復拓故乾嘉諸老為石墨之學者於
是碑字及其陰述庵司寇萃編所錄僅據武
虛谷授堂跋語輯入亦未親覩拓本也余於庚子
秋舟泊濟寧更於古郡氏購得黃小松所藏宋

99

拓麓山碑并陰有小松及覃溪瘦銅諸題記甚
精隨宿乃為中途人奪去意甚悔惜兒慶涵後再
訪之于津寓無可贖還老友許印林忽以此拓寄
贈吾兒〻因并藏舊拓碑兩本合裝成冊請加
山記適余適祈近都廣因積受暑雨違足蹇
未得出古墨跡人眼明攬拓援塵跋先擬潽
碑陰字多處谷所未見者因憶小松在宗適如
此兩碑面古拓則又視小松本遠勝也東州居士何
紹基快記　壬子七月二十二日
香闍所臨非麓地位僅高非馮字陳結湖陰非
澗陰追存寶相非寶相蔚然在以天覆是懸
居葉有道碑可證彼下截作正心字上截與此同也
幽巖右谿非幽谷據最舊鈔本及各書細校得
之非臆斷也碑在康熙初為蒔艸所埋若石三片
凡十七字吳門詩人犖數在茲以鈔叢辰之十三一本

100

甲寅吳三桂寇長沙，在茲棄千金裝，獨挈錦囊
跳去，至嘉慶七年，復傳至道角，太守沈公別合一
石，故今拓本別有一帋。此次三涉載在省志前說，則
見吾潭邑先輩秦偉士涵村詩集注中。條
省志時竟未見此集，則執字未悉採獲也。山谷
石見山谷集中，而近年採石務研究，為務獲流俗，
且謂山以明之谷王得名。醴陵有靖興寺志，但云相
傳唐李靖駐兵處，而韓吏部集中有此寺詩，
故蒙謂修志之事，須於開局中令敏人博稽故籍，
條記以備纂擇也。此碑省志校詳，舊代志且改
大根為六根，與山為推出，此外尚多訛舛。此本來荷
泄兩載，似涉久假不歸，然錮鈍頗費日力，成碑考
敘，希其聊可解嘲耳。
同治五年四月十有日羅汝懷并識之

101

癸亥秋与張生善孖論書畫
古人稱作畫如作書，得筆法如作書得墨法，前義
先矣，後義墨法云猶宋元以後書家之言耳。以篆
法言之，書家筆皆畫法也，以筆之勢使頓宕
究何異。鳥古松枯樹古稱吳道子畫人物為純
筆，條即篆法也，篆法有所謂如枯藤，書法也，神
而明之，畫原求論筆而已矣，離筆而求
畫，謂畫匠，離筆而求書，謂之書吏，於是則所謂
筆之法云耳，筆圓能使之方，筆實能使之動，
筆潤能使之枯，正用之，側用之，逆使之，縱橫變
幻至不可思議，神而明之，存乎其人。至吳論執
筆腕柱鼓琴不可以也。未老嘗云作書先得
勢，亦論書家畫家，不外得勢，能得勢則生，
不得勢則死。書家枯潤相生，於思翁備于石
庵相國，乾隆書畫家類多如是。戴文節取

102

以山水施之紙亦別有風韻所謂枯潤相生筆法墨情以意其韻古法亦如此古人稱東坡書其墨如童子瞳光不貴枯濇也吳仲圭點山苔數百年來其墨如漆又何嘗諱枯澀取韻思翁臨叔明山水其皴山點苔尤多篆隸之法異常古拙一家用筆自不同如此吳仲圭畫皆篆家主叔明尚水亦師梅文吳風亦能篆家王篆家子反不如此水此書不能入書也何道州行押書如馬樁木古奇石墨草其書蕭疏不能得行押書勞方之二此書不能輸之於畫也功有偏重才有短長此又不可概論也筆與墨無情之物惟氣足以使之天地之氣賦于人分請潤人之氣賦于筆墨分雅俗此言質也獨其使之清俗者庶之雅則雄渾之以詩書蓄之以道德攄德依仁游藝此其本也試問吾道路之心而觀安

103

絃奏南風之曲，能事耶？昔孫過庭不云乎：察之貴精，擬之貴似。書家要猶是耳。宋元以來，僅精臨臨多實空，雖有把握，不可云臨。極審之，既精臨之貴似，所謂有古人無我也。及其臨極既久，不以己意，所謂有古人有我也。功力既久，神解妙悟，然後以我之神志意趣，磅礴紙墨之間，所謂有我無古人。但卓然成家，此境亦不易到。然禪家有頓悟，宗此生有慧根，非學常談法也。善孖弟善畫虎，畫佛既通兩法，又求宋元以來諸大家參證之，自當卓然成家。然謙沖且以書法畫法質之老髯，髯不解畫，但解書家兼法相筆大略。善孖弟其謂何？癸亥七夕農髯燈下，時已五鼓，天將明矣。

104

襍詩一首

當夏戀幽林，經秋喜高閣。寒燠有常理，愛憎今異昨。一歲且如此，百年將安託。所貴適所適，以茲為憂樂。見列詩以幽折之筆述之

題梅烟畫一首

磊磊橋畔石，亭亭橋上人。俛臨百尺淵，歎釣已無綸。南山鬱松柏，此舍業摘榛。日夕豈不還，拄杖獨逡巡。逡巡亦何為，念我平生親。

語妙天下，風神姚冶。

偶寫一首

悠悠復悠悠，去者無少留。唯有太初石，不隨滄海流。沉淵既嗟拙，欲丹豈真脩。方外尚有方，不若與性遊。栩栩然非蝶，吾嘗笑莊周。

天衣殘錦，不待摘句。

題王編脩蘇硯齋詩兩首

編脩號文孜，名補，前歲夢東坡送硯，越日果得東坡硯。携齋示姊，姊曰：居脩廬陵志，為歐陽文忠辨誣數事，宜東坡送硯也。因賦此詩。

廬陵新志成文忠題幟息夢中見東坡韋硯容柳柳重此平生
物肝膽淬殘墨昔年留恩地下嘿嘿識 十字足以狀雞影之情

其二

曠世感神遇遺硯託君笈黃州風雨聲筆枯眼還遲（混）有君
終可圖無土身安立直遍潤江海天此心等纆熟同首三千年相對
但一笑

讀吳柳堂先生罔極篇一首

一氣盤於渟淵摩蕩

嗟身不可生凜然就死所不聞金鑾附議儕以身許先陵來乾
烈志獨昔豈勝百世名讖懼再誤主 先生奏中有一誤不可再誤語 薊
門白日寒黃鳥聲凄楚昔年罔極痛忠魂今依母兩廟
付仲人泣涕先臣語安得起九泉再造生申甫

學陶杜得其神其源出三良荊軻

襍詩一首

形形何時已苦照在大明留此姸媸痕愛憎逐紛營萬像無
真形愛憎豈定情何如通元漢神觀守冥冥

寄託遙深

題姚甫將寄贈寒林畫一首
無地可買山，更無山可隱。寫我寒林面巖壑，吐雲境蹤
烟曉荒邃老樹錯日景，如聞蝯嘯聲。宕號天地悽幽賞
以目睹那作山居引　陶不煉句只此便足
題程息叟幽壑秋望草圖一首
健聊破
南山猶有程先生，志雖存專持此壁。定力操刀期必割，好女子善
宣陵屏
決江河沛然莫敢遏。儻躋中興朝，勳業中管葛蜀世
擁擊手
思一試。五十始釋褐，直道出塵高。合退居心沖漠，瞻拜舊宮牆
禮樂有述作，峋嶁寶南鎮。天風下鸞鶴，勝地引名賢
將北背走
縱不當
丹碧生巖壑，流泉遶瑤石。瀟山遶秀，紅藥杜曹不足富萬
軸　直蠱　高閣偶然持一卷，新笛毛詩，改篠令我憶山居，幽想勞
思豪平生淬肝膽，患難常有託。刻在苦塊中，為毋安寵安誼重
雞情酬知深，感在昔西來雲氣深。安得王喬寫　一結空靈縹緲如波　遠海上之藥
乙未九月李筠仲四十九歲詩一首
論交將卅載，式好同昆季。每笑仲子癡，常矜所筠慧，息學於玉寸縕
107

淵斐然鳳比翼以性相泳游文史展嬉戲仲子規唐虞篤實管
樂器維時予性狂抵掌天下事任戴高儒行歐周負俠義意氣
挟風雷馳驅越燕冀迫以甲午役上書警有位篤有書畫癖終日
揆殘箋一卷偶得之神賞契寤寐風雅宜石渠泥塗困良驥吁嗟命
運篇引邁從勞勤良友各差池坐視日月異仲子守危城不得
信風志黄冠僑海濱相見但有淚孤劍不得鳴怵心恣一醉世乱喜会合
携手歷五歲藪匽淑新賞餘市攫異味自傷余兄逝樂此勝同氣予
更愛阿篤獨學天所賜阿兄既稱難諸子皆拔萃愉愉晨夕間融
融几席侍儼衣輕拂展暑炎夏忿其顏夫人宴清才詩畫差解意下筆神骨
逸仲子鶩弗遠有時展清讌廓然類高士五十潤朱顏儀容温且粹偕老
君子福宜年方未艾執爵懽令夕金英粲滿地

長江大河是其全體其間一汀一瀫採菱拾翠　殆以幽懷與懷椅骨而要
之以少陵之蘄絶蘇州之閒宕者不能摘句不復柚奇

偶感一首　乙未四月作

初懽已成夢既覺復生悲在乙本無居聲景苦相隨君非平生親邂逅

108

託相知相知不相疑胡為中路歧 居子重貞信 詩人誠菲萋 俯仰常自適
昕貴我知稀 潛氣內轉

庚申四月十九夜偶成一首

餘生復何悲終夜長不寐思蕟如実泉萬源相济駛平生善生喜坐忘展
轉潛引淚散衿神屏營僮失身所寄深宵海氣嚴寒月光照地昔
照同夢甘形影今各异廿年地下人應憐予顚頹 湯芯人以翌日生日死別蓋二十年矣
佛長蔑先此其法亂 乳

淫雨一首 乙未六月

淫雨苦彌月黯然慘無日炎洲懼飄搖使我長慄慄羲和失神御厲氣成疢
疾長衢聲呻咿死者十九室焚香籲蒼蒼聖神終首出烈澤走魑魅奠光
川岳周孔既廾廷人倫賂先覺欣然箕山下皓首有述述作
諸作寢饉饉朝此獨淩潺及緯愈氏

題石笥圖賀秀才趙養矯得子一首

太古遺此石峋峋骨跳奇與世共濁塵介然心不移正氣鬱琅玕綠篁榮四
時翹然玉體立靈根神護持感此雨露恩矜茲貞固姿繇來頌達人

維德厚其基　秀句似四王　翹然凝更森然

寄散原老人一首

鄭王既已徂風雅有鄭陳更世嬰憂患激響多苦辛鄭肆陳岸岸
並世矜鳳麟觀子白香舟言芙熙三春竊以文章事天寄甫与申白日驚飄
風時命哀詩人坐使千載下長歌首陽作白髮喜苦吟踈顏骨嶙峋
有時發篋讀鍾阜雲氤氳　披沙揀金全體俏欺　結欠陡健
相從已弥紀相知殊不盡發篋諷新作有感入余性良玉不雕琢歲寒見
貞勁猶求和氏疵肯下王倪問君畫不示璞君書久千仞三絕復何如留遺
賜無竟讀孳園近詩加墨竟并題　伯敏甫

題吳漁山畫一首　崇岡隱霧山田稻香松下一人舉杖自適

山稻异平疇習習松下風值茲炎威沸喜余幽逕通曾岡宿烟霧异境造洪濛
方詡王髙拙不覩元化功蕭然一拄杖安記歲歉豐

庚申七月九日道人生日阿筠令二子買舟自吳城劉家濱至虎丘作一首

輕櫂出吳城沿流躡虎阜荒麓偃驢豕破剎生荆莠曾閣廓舊基遐賞
坐良友矜此千山色憐尔萬劫後劍池夾飛淙頑石盤磴道仰視浮畐

景淒〻向秋草良辰展清遊攀巖予未老歸取憨〻泉為君蘄壽考

題宋文山相國墨迹

百折身不死識想一死非顛沛度海日豈不哀式微國破尚有君臣存志敢摧嗚呼嗟天命傾義勝卒莫回衣冠就檻車顏色何崔巍求仁在夙昔三歲無緋細懍〻衣帶銘庶幾聖賢歸

戊辰戲与阿樵

栟聲書滌胃濁宿茗解煩渴与子憨結癖常苦無刀槧偶警晨雞声奮於期有作當午忽嬉荒今非安勝昨昔賢嗟逝水及老喜行樂弱案類轉膺冥飛誚樊崔易来不取錢清風展予豪

題月湖草堂畫應

昔年曾卜龍陽居草廬直抻天心湖自謂避地得真主烟雨一篙学捕魚世事滄桑那堪憶孺子滿池等兒戲八年海上効君平書畫吾老幸有寄月湖主人甬上香買得風月不費錢万山奔騰争赴海春來月湖水連天湖上看月須載酒直招明月作良友一亭千卷澄空明人間清福君独有看山不負白髮心月到湖心期攜手

111

癸亥六月二十日坐胡床假寐忽聞絡緯聲清幽解人遂賦此

當午姿酣睡絡緯鳴喞喞方憚暑氣深倏驚秋欲疾草蟲本無知遂時
相喧寂予少喜苦吟及老甘簡逸閑閑止以神客客朝復夕白髮尚初心此意兒
童識　兒童何所識終日無休息天機与之翔欲取忘所適吾道遺貴坐忘不
取白生室有時着丹青雕樸還素質猶嫌昭昭中終滯形与跡

反招隱一首　題烟水泛舟畫

揚颿涉重湍烟水紛滿蕩岩松萬戟立雲巘千峯抗云有
幽人居千里勞相訪壁廬耳目同舟孤棹任所向招隱徙斯人
寤言樂清曠

譚母李太夫人墓碑

茶陵譚延闓之生母李太夫人其先宛平人也居世長辛夙称著姓考
諱祥明妣薛氏有德不飽食貧蚕世与弟雲章相依世父孤苦髫齡
神明宣鑒頭有祥光月映如蓋見者驚奇卜其必貴同治辛未文勤入
覲京師出官陝藩夫人陳氏病莫与從關雎進賢母遂來歸溫溫之儀
翼翼之心鷄鳴珮玉夙夜在公陳夫人既殁總攝內政處己接物止乎礼義文

112

勤外領壘圻内居台衡明威霜肅寮吏嚴憚毋惟敷之以小心蒞之以莊
恪故能從官三十餘年而相敬如一日焉母性清穆意習勤苦珩璜匪
貴力足是度綴鍼終日如完裘治雖在富貴不忘貧窶每感風木傷
我貧也弟昏姪孤殫力經營始有田廬宗祊庶不乍孝之風母其允
矣尤眖大義丈夫所難文勤四子母出三人析產授田但取其半戚族嗟嘆
傳為盛德於戲天道常与善人慶鳳在庭惟母受福生極九鼎之榮
歿有万民之哀享年六十有一以丙辰歲十月十一日卒於上海僑寓季子呼
號延闓在塗礼成歸喪軍民駢哭粤以明年丁巳正月甲子朔一日甲子
葬於長沙南花亭故甯福寺之原幽宫既宅封墓有碑礼也所生子三
人延闓居長淹傳多才兩定湘亂往文老之請領桑梓之軍仲恩闓着
有詩詞不幸短命季子澤闓好古能文風雨不仕有孫七人惟母令
德居貴不驕匪為不矜自忘其榮惡衣菲食樂善喜施晚斷肉食
皈依淨土天闢佛境靈來胥宇信坤福之永寧銘貞石以詔後其
辭曰

墓門有桂合抱參天賢母信善對門計百年人競朱曜清風藏玄傳
矣蓼莪莫慰母哀生女雖貴中夜徘徊富貴恩寵皇命之哀位
禮優壽考恩雖則居子正直母儀四國岳降惟中天嘉厥誠
繼之有勒壽母以名誰謂有德不大其聲繇繇明明視此崢嶸

通奉吳先生墓碑

先生諱恩晟字少溪姓吳氏江西宜黃人也清德世承甲科相繼為邑
望族曾祖諱志剛 贈朝議大夫祖諱祖彝 贈中憲大夫並有懿行
垂範閭里考諱燁嘉慶己卯科舉人四川井研等縣知縣贈通奉
大夫嘗適處人鄭顯東里垂老縣車風高澹泊配李氏潘氏皆封
夫人有子二人先生居季蓋潘太夫人所出也咸豐初葉圍寇構亂
九江袁師宜黃再遭流離奔竄未嘗廢書懔懷母教憚于
嚴師卒以醫長習禮上庠中同治庚午科本省舉人先生立身

114

長七尺聲如洪鐘大度廓然嘗負瑋略遊東北上匹馬居庸縱觀塞中
嘗曰我疆三面距俄邊政不脩禍至無日矣議禮部不第大挑一等
教職録景山官學教習振衣南歸終身色養於蕭遂以喪兄復
不樂母氏悲號摧傷顧願先生侍側因間斯須曲意婉言求
解母憂迨其晚歲汪太夫人舊疾風痺聞告馳歸入門先哭事
疾兩歲瘉抱困極哀毀逾節不克終喪以光緒十年五月一日齋寢
而歿春秋三十有七距母歿一歲九月嗚呼痛哉維我之愛庶幾無忝
先生吾學務觀大略既薄章句獨崇實用其發為文章
記之詩詠才駿思宏志闓世道惟常悃愊肇事哉
徹宵黃裕悍民習輕官先生一言捄鄉倚重不顯其才在
手子孫二子皆貴戚于超庭夫人謝氏博涉經史庄髭為勸賢母之
教海內所欽沒先生二十七年卒于福建交涉司官廨别有碑

115

傳先生以子官　覃恩晉贈通奉大夫夫人一品夫人子男三人長某
某官次某某官次某孫女嫡某孫某曾孫某某曾以光緒某年月日
卜葬于邑中從鄉大河之船山禮也追惟先德纏綿重泉惟宰令慈崇
封贈涕宜述德之有文猶昔循而謙退者思之懿義惟友朋
徵祈書碑敢告來葉其詞曰
嘉興之沈宜黃之吳并算先輩鳴珮友于於皇先生其度惟廓大
豐其才胡嗇以彰千騶匪榮飛懷所生無母何恃時恒余情痛々
寂綏敢云有子哀盡身殁我之年禮吁嗟天乎庶究人其風
興黃泉玄夜曰居兮醴德維聰賢無不誤言君子有道光謨百年兮

資政大夫黃君墓誌銘

君諱鑄字春甫姓黃氏其先江右人也祖曰小峰由江右遷江蘇之松
江縣遂為縣人君秉性仁厚讀書藝多才畢業乃冠乎醫西士研
精闡微窮致其術時英人集醫士叔上海仁濟醫院以君主之學服行

116

釋治事伊始人懷憂疑君益勤懇不敢朝食皇遑言安寢抱蘇恫瘝拯民
疾苦復念赤子無辜罹瘧症曼延君羅懷天罰建言蘇松太道設牛痘
局既竭其力更濟以貲孱營海瀕周歷鄉鎮活人無算重軍年
未嘗告勞君嘗曰中西醫道各有至道貫而通之道乃顯學
遂稍集金夙志未成改建三青學校君每以爲貧失學咨嗟時過
瞻言童孺廣設義塾之子承業洪廓君志閒居志愉孝友是
型爲善同舉不懈鷄鳴山麓遽驚哀蘇良人春秋七十有一以其
年月日淹疾而卒烏乎傷已君起家艱難居富甚儉薄己豐
人傳施惠衆直魯晉秦兩粵振金巨萬臨卒之日遺命振皖
盡其天性好善寶至名隱時曾慕敏張文襄器君任使將顯
諸朝君於素位不淄塵澤夫人朱氏子慶瀾署湖北德安宜昌
知府特簡湖北高等檢察廳長女子某嫡某孫某以甲寅十二月

117

昔葬君于青浦路之董渡鎮家人推偈引道頸泛國亂高氏齊
今甚于昔中澤無人誰与安集君子思庸之意而有惠人之
稱伐石書銘刻墓幽堂其詞曰
先吳先生德因与熹人歆其名因察其識一葉之微重于山
卿時蘇雨疾時扶雨傾君書無告適吾父兄人之好善因与
君爭惠而不給福宜爾盈我裹君子發世孔華

清故廩貢生王君暨妻誌銘

君諱家榮字阮琴姓王楊氏世籍衡陽長樂鄉高祖王父曰
瓊林洞明維好引隱德事戴家傳曾祖王父曰春山静退先
葉康皆有家王父曰蘭舟循治儒術禮教眉卿王楊氏
始以文學顯父曰敦夫履純守蘭篤慈孝友君其季子也生而
英敏瀋思好學時從兄家梁擢優貢昆季馳驅君益奮迅遂
以廩貢生治經稿引名聞於時母李太孺人來歸作婦踰年妻姑撫
118

育蔣村宗族稱義及病亟君侍湯藥衣不解帶者浹旬居喪致哀
身癯骨立廬墓於旁神正氣古之白山多佛佛文在焉吾懼傳者君
卒不顧來錢父殁兄又繼殁終歲悲號積負要賣身以克緒三十
有一年五月癸酉朔越廿四日丙申卒於里第春秋四十逾月權厝于太
原鄉之海潭衝於贓傷已君銘遺葉復境常豐約已明儉卹物
洄周長樂俗習溺女劉田集貲爲局育嬰伯氏既亡顧養
遺孤愛同所生復以所置拔十畝屬歸其妹臨卒之日聞者感慟君配
龔氏後子一日鶴生氏卒復配蕭氏生女二長適張永生次適江東楊
良孫蕭氏亦從妹女書聞經於鄰被喚之百家稱誦靡遺兼採
漢宋著書盈篋狀君遺行踵門泣請既除其衰夫之苦志復嘉其
貞慧之淑循伐石書銘繫之來葉其辭曰
長樂之鄉富稱王楊彼彼古子積性先感孝子惟孝百行之綱有妻抱

經營形芬芳鎔以冰之光懸象懷

康經畬先生暨德配文太孺人七十壽序

衡山康生鳳岑從余游南校之生數百人予視康生無以異也既而請
業則起請益則起侍吾坐終日無倦容言語之若不勝衣出必及
階於是予心異康生之執禮敬既而觀其文章其辭儒墨
與時宋學者致用之方體博而長精詢其所學則曰自幼至為秀
才皆家君之教既聞而嘆曰人孰不愛其子今乃知經畬先生愛
子之有道也越歲康生持先生詩集請予曰家君少喜任俠書
為諸生時與邑中陳太史樵生文孝廉二山以詩文馳騁長沙岳麓
既厭科舉深居山中讀書數十年意有所感則以詩繫之一山一石皆
發歎之所寄予讀其詩詞質而旨深其義正而可勸以視世之優
孟其人貌襲其衣者則大有逕庭康生曰夫子序之家君之志也

120

亭居南山之右其山後平疇壙野一望百數十里居民萬户其俗多富今山
前奇巘峻峙湘水縈紆故文人多產其間亭與嶽山諸子交皆當世
知名之士獨于先生則讀其詩而後知其人蓋隱君子也先生既不
出乃益脩于家康氏世居江右安福縣之濛潭自元明間分吳集是兩派先
生曰濛潭道遠皆重子孫不得與之祭是世之罪也遂捐田立濛
潭祠祭會間歲一往祭嶽山之裕始遷祖既立祠矣昭穆以降皆另
立祠或高曾祖禰別立之祠分頭者就所居室祠之康氏以敦豪公為始遷
祖先生既整釐定祭禮正其秩序乃會裕保泰鄉寬蕙各祠祠產
集貲建豫順下祠及常下祠並置祭田輯八脩族譜朗山族以下
經年圖田辨之族婦有貧將嫁則出貲保全之支祠在他縣者歲
嘗觀祭存問烏乎此孝之大者古之詩人可與事父可與事君先生其
庶幾矣乎今也康生去治廣西隆山縣將適奉先生乘轎踊

嶺至隆山察其治行，迺則隆之父老皆舉酒爲壽。康生治隆，以孝弟力田爲本，捐俸捐穀百碩買社倉，且勸其父老曰：予里中社穀不踰百碩，自家君嚴定條教，今十年至千餘碩，計農夫歲耕一畝可儲穀二碩，比歲大荒，而予里免飢餓，且得損其餘息爲建鄉學，兼設育嬰。蓋先生之學大約攝而充之以肅矣。夫以先生所遭之時不能行其志，今康生可謂行其志矣，而又生非其時，是可爲太息者矣。先生配文孺人，恭儉而治家有素。遠界生子三，康生其季也。孺人命曰耕，季宜讀，昌習耕，日循隴陌，察原隰，播旱澇，私稼當壤，躬治圃事。先生優遊山林，與康生朝夕言仁義，究其禮讓于族里之間，暇則詩酒自娛，而家復殷厚，未始非文孺人之力也。今先生與文孺人年皆進七十，先生自隆崖循海至滬濱，且約熙曰：來此將西入秦，由太原縱觀燕趙之地，東上泰山，謁孔子廟，會予曲阜，鳴

122

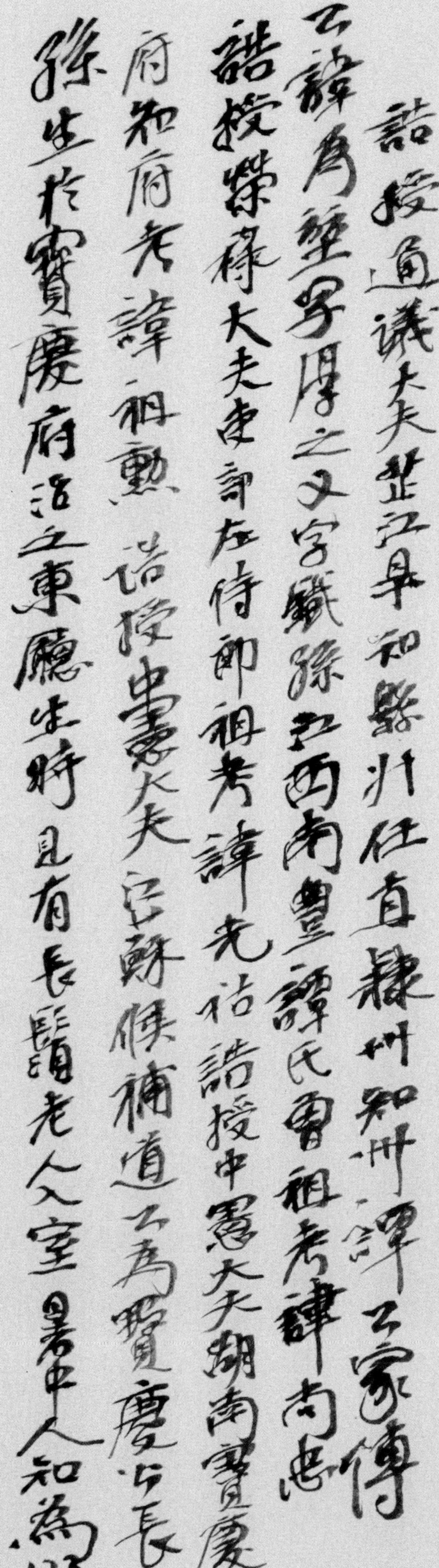
誥授通議大夫曲江縣知縣升任直隸州知州諱　公家傳
公諱爲璧，字厚之，又字鐵孫，江西南豐譚氏。曾祖考諱尚忠，
誥授榮祿大夫吏部左侍郎；祖考諱光祜，誥授中憲大夫湖南寶慶
府知府；考諱祖勳，誥授中憲大夫江蘇候補道。公爲寶慶公長
孫，生於寶慶府治之東廳。生時且有長鬚老人入室，闔室人知爲
123

柳樹神公風慧十三九經皮誦能通其義於詩詞別有神悟著有可園詩
集若干卷兩應鄉試擯棄投筆當是時髮逆東下袁帥督師
延公參軍累功保知縣同治壬申選授湖南常寧知縣樹
是新寧將時江忠烈公團練起家悍將驕卒橫肆鄉里
公接律懲治不少貸假縣境接廣西士苦鄉試遂捐俸設賓
興局臨代差郵錢有持江陰郭侍郎手書樞怙向公劉獄具
棘手撫民見婆心甚興論蓋九此果氏履常寧任常寧風
俗每田宅售出籍於棠錢式假代貨不遂飲藥暴死謂之油案又
曰唯油中人之產一案萬然公捐貲立造福堂甚聽命案十役
捌厰費由堂給永著為令縣城有常平倉無精谷以荒薦臻
父叔稽遲飢民無犯遂蒞於本年倒共築回廠捐穀六百石刻募
穀數千石實之後人名之曰譚公倉志不忘也既調署桃源所治
一水之新寧常寧六之又捐擺充育嬰經費公由至一縣倍增二廟

124

設社學局令民若橋梁溝洫大吏奏遷冀州任直隸州知州調補芷江縣
知縣奉部文引見因苦道路引疾歸里攜酒遊山吟嘯自適庚子拳匪亂
作熙侍母歸自京師知府唐步瀛聘長石鼓書院兩譚同年承元適知
衡陽事承元公子也由戶部主事改楚湖南特巡撫俞方以衡陽教案
爲直覆承元至審訊倡毀教堂巨猾一人斬之百日之內民教大安步瀛
剛嚴而承元明決濟以寬舒雖大事必稟命於公時公方就養署
中也乙巳承元署零陵縣公卒年七十有九孫女侍疾割股和藥竟
不起配楊氏繼配瞿氏側室戴氏王氏瞿生承元王生女一孫一孫
女三承元女爲公所篤愛及居官即以農政事勤當退食必入告稍
違公必呼孫問之曰乃父猶未寧息耶公授通議大夫夫人皆
授淑人承元由常德補永順府知保州在任候補道
曾熙曰晨過常寧父老尚能舉道譚公爲譚同年趨庭甚習
親民之訓矣循吏繼世政績光照辛亥後再起承元守常德及

125

歸有袁州守之檄將謝不就君子之盛知世德所流遺遠矣

衡陽曾熙撰并書

杜律吾楚人也僧性高潔嗜山水好筆墨向有臨作皆絕無

師習古法出新雖然前於吾肖中此不過弄泥團耳

當求大癡樓之室之之亡丸陽吾翁得渠揉泥團時更有有

快活在偶也於傳也云

清史稿

列傳

列女

曾廣廈妻劉衡陽人歸廣廈舅若姑前卒夫不祿喪

舅痛子幾失明出入以劉侍舅謹因執炊一飯三起視舅

起居衣食雖貧必具酒肉舅病奉侍七晝夜不就枕舅

卒棄田廬治喪徙陋巷艱苦冰雪中廣廈又卒

乃與姒李同居以子為之後李亦苦節劉事之如姑書

126

治鍼黹夜則紡績節衣食命子就學卒以成立方極困
老稚或乏食必分食與之晚歲年饑必出穀以振貧者
維翰謹錄
右傳浙人金兆蕃箋孫所作金氏撰清史列女傳均不具
其人子若孫名其實史無此例也
農髯先生惠存

華外　石陰之彩

著色丹砂果以之帶歲平華山之

江上鶴聲高廔前仙侶

火春鶴翔亭於石立并集上皇之仙

惟此丹禽翔乎洪冥之表

微雲石侶把蘇江山之華

著丹砂朱錦壽嶽之下

粘赤壁物為圍屏貼青山腰屋青汀橋柳堤岸八馬歡

鸚鵡母連水分腥　唐寅螯書阮

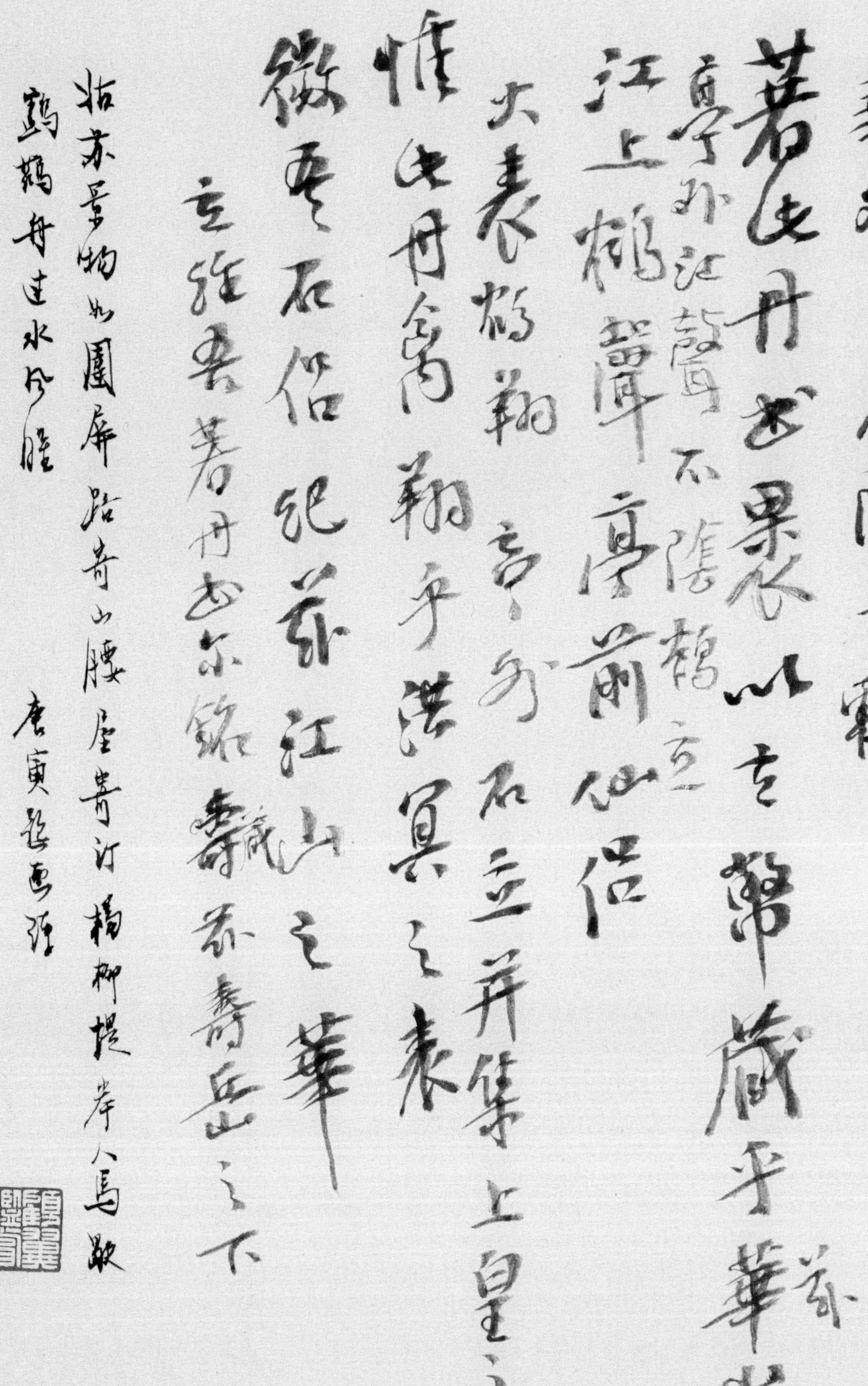

張善孖

大風堂

大風堂録曾熙書畫題跋　釋文

大風堂録曾熙書畫題跋　釋文

一－一　山水立軸　爲映斗先生作，癸亥十月

祝融高插霄漢上，終古雲氣相摩盪。白雲深處有异人，不許人間規色相。將至衡山縣，十里望岳，有此景。

二－一　山水立軸　與弟子馬績周，别號邛池漁父

寥廓寄一舟，孤心托雙槳。絶巘矗天起，蒼松緣崖上。疑有避秦人，巢雲恣偃仰。舍舟將從之，四時悦幽賞。前夕不成寐，戲寫此。晨起展視，設想取境，頗有幽奇之趣。適邛池漁父來，大奇此畫，遂和《招隱》一首與之。漁父工山水，自夏、馬以迄本朝，寫之無不工，乃亦愛髯畫耶？

【按】　馬績周（一八八六—一九三七），名駘，字企周，别號邛池漁父。四川西昌人。曾熙入室弟子。近代著名畫家、美術理論家和教育家。

三－一　山水立軸　爲

泰西養生家嘗稱山居人多壽。予考畫史，元之大痴、山樵，明之文、沈，國朝之石田（谷），年皆八十或九十，不但居山人多壽，能畫山水亦享大壽，所謂采造化之奇奧，自饒生趣。冰生老兄以髯論爲何如？

四－二　無量壽佛

唯公之德，迺和迺雍。唯公之惠，弘迺邑中。立迺小學，誨迺鄉人。辟迺湖田，湖鄉攸寧。熊朱議之，公實成之。公勤於外，夫人嗣内。内政既齊，人稱慈惠。公子勤學，自東言歸。既弼趙氏，實參軍宜。生子既賢，天易以年。與佛同壽，彊之萬千。誠齋先生六十雙壽，曾熙既寫佛，復作此頌。（圖一）

【按】　此畫現藏於湖南書畫收藏家譚國斌先生處。

【校記】　弘乃邑中：『弘』字原缺，據畫跋補。天易以年：原作『大易永年』，據畫跋改。既寫佛：此句前畫跋上有『曾熙』二字，據畫跋補。

五－二　山水立軸　癸亥冬

江嶼喜新晴，茆亭露猶濕。紅葉經秋後，灼灼映朝日。渡江陟重岡，言訪幽人室。白門在山曲，求之少人迹。寄語商山人，毋爲留侯識。髯性喜石田、石溪，但求之氣骨，不耐臨摹，其分處、合處、任意出入處，但止於天機之自然而矣。此紙内府所藏，當嘉道貢紙，尚能受墨。

六－三　山水立軸　甲子元月

緜將軍廟左上，尋岣嶁古迹有此境。今居海上將十歲矣，因以石溪道人筆意寫此。昔年攀蘿捫葛，摩挲禹碑，此境如在目前。

七－三　山水立軸

三峰如抱笏，橫峙海之濱。檣帆天際下，如與雁爲群。傍嶼多村舍，

雲樹氣氤氳。移居將從之，獨留世外春。

八-三　**岳寺春曉圖**

白石一脉起勾婁（岣嶁），萬山趨侍分臣主。春來雲氣更深幽，縷縷此心勢難吐。禪林萬樹隱半空，曉起看雲光熊熊。携節（笻）且訪不磨石，大書特書薄蒼穹。

九-三　**甲子二月**　爲

陶潛事耕稼，五（吾）輩寧不爾。况有負郭田，築堤能障水。當春萬柳緑，行歌生歡喜。宅畔竹青青，老竹應生子。新筍和春葵，此味甘且美。何時過君廬，携酒酬鄰里。瑞林同學兄於門前築堤種柳，行歌自得，蓋有靖節之遺風，寫此蔬筍，以答清愛。

十-四　**佛像立軸**　爲一哉五弟作

有法非佛，無法即佛。有佛非佛，無佛即佛。我見佛非佛，我見我非我。無佛無我，還之自然，釋迦云可。一哉五弟近好佛，且專一佛學，視兄此倡何如？甲子浴佛日，兄熙薰沐寫此。

【按】一哉即曾昭均（一八六六—一九三六），册名邦彦，字一哉，號應笙，行五。湖南衡陽人，曾熙堂弟，王闓運門生，曾留學日本，譚延闓任湖南省長時聘爲顧問。清史館成立，王闓運館長徵其爲纂修。

十一-四　**花卉立軸**　爲羹臣老同學作

食肉令人俗，食筍令人清。韮花正逞味，得酒須自傾。

十二-四　**松**　爲趾麟侄作

耿耿抱兹貞信兮，獨寤寐其誰語。歷霜霰而不驚兮，舒雲氣而成雨。耻浮名之欺世兮，托忠考以自詡。言誇大其誰信兮，曳青紫而容與。吾獨愛此幽姿兮，涵元氣於太古。

十三-五　**松**　秋夫先生别將十歲，寫此聊以志念。

獨抱太初心，坐嘯澗中石。鐵骨不可磷，蒼然古之直。髯年來喜讀畫，興之所到，隨意揮灑，無法律之束縛，任天機之翔舞，知畫者多激賞，然難庸史語也。

【按】秋夫即黄嘉樂（一八五九—一九三四），字秋夫，晚號野人，光緒間廪貢生，曾熙主湖南南路優級師範學堂時，聘爲庶務長。著有《黄野人集》。

十四-五　**松石立軸**

此石寫成，適門人季爰見之，以爲有青藤之空妙，而骨韵當勝之。髯曰：此直能作草篆之藤耳。書此奉博一笑。髯補記心太平庵。

【按】季爰即張大千（一八九九—一九八三），名正權，字季蝯、季爰，號大千，齋名大風堂。四川内江人。一九一七年拜入曾熙之門，學習書畫及學問。當代最具傳奇色彩的書畫藝術家、收藏家和鑒賞家。

十五-五　**梅石圖**

蒼幹兮玉立，朱英兮霞粲。异香千里兮，華信因風散。石本無知，馮若據案，喜其堅勁，樂此岸岸。甲子二月既望，晴明可愛，見元人寫松有純用方筆者，因以方筆寫梅幹，庶不失此樹之骨。衡陽曾熙。（圖二）

【按】此畫現由私人收藏。刊印於《張大千的老師——曾熙、李瑞清書畫特展》，臺灣歷史博物館二〇一〇年四月版。

【校記】原無標題，據畫擬題。因以方筆寫梅幹：『寫梅幹』

三字原脱漏，據畫跋補。庶不失此樹之骨：原脱漏『不失』二字，據畫跋補。落款『衡陽曾熙』據畫跋補，原稿未録出。

十六－五 松

前歲見汪君所藏吴仲圭松卷，一濃一澹，骨氣沉雄中復能澹遠疏逸。其卷中多蠟痕，未免白璧之玷耳。偶仿其蒼厚一柯，莊生所謂以神遇。時甲子二月既望，陰霾既久，天稍晴明，寫此頗快。農髯熙。時年六十有四。（圖三）

【按】　此畫現由上海私人收藏。

【校記】　文後落款『農髯熙。時年六十有四』據畫跋補，原未録出。

十七－六 松

抱茲太初心，結根已千歲。朱英曜朝日，黛色參天翠。甲子春分，陰霾既久，晴明可愛，適硯有剩墨，用白石翁筆勢爲此。農髯熙時年六十四。（圖四）

【按】　此畫現由私人收藏。

【校記】　文後落款『農髯熙。時年六十有四』據畫跋補，原未録出。

十八－六 湘綺稱南岳管主九嶷

湘綺稱南岳管主九嶷，《水經注》南岳屬勾婁（岣嶁），近則宗祝融久矣。惟衡永一帶山勢奇鬱，自宋以來，理學名臣踵起，山川之氣，積久必洩，其勢然也。

孟瀟先生負遠略，今爲湘南保障，爲桑梓父老分憂，聞之躍喜。今以石田、石溪兩家之腕法寫此寄上，聊當并几之談，幸正之。

【按】　湘綺即王闓運（一八三三—一九一六）：字壬秋，號湘綺。湖南湘潭人。清咸豐二年（一八五二）舉人。入曾國藩幕。曾主講衡州船山書院、南昌高等學堂。民國後任清史館館長。

孟瀟即唐生智（一八九〇—一九七〇），字孟瀟，號曼德。湖南永州人。畢業於保定陸軍軍官學校。曾任湖南省省長。

十九－六 松石芝秀圖

松石爲壽者相，靈芝主子孫發祥。寫此爲勉堂八十弟，補祝六十開慶。甲子二月，兄熙。（圖五）

【按】　此畫現由私人收藏。

勉堂即曾昭釗（一八七二—一九五〇），字馨遠，號勉堂。湖南衡陽人。曾熙堂弟。

【校記】　寫此爲勉堂八十弟，『寫此爲』三字原作『寫寄』二字，據畫跋改。落款『兄熙』據畫跋補，原未録出。

二十－七 松竹 爲仲閤先生作

岩壁高千仞，老松獨據之。青青數竿竹，相依不相離。八大從倪黄出，用筆直，喜用折帶，乾濕同下。髯以篆法行之，故筆曲，以焦墨施之，故骨蒼，知者勿混入八大也。

二一－七 仿王叔明山水軸 與趙甥子威

海上見叔明畫凡四軸，其幽秀濃密，烟霧霏結，爲叔明正宗者，蔣蓋（孟）蘋所藏，戴文節篋中舊物也。其疏而潤逸，雜而不亂，蕩乎規矩，合以天倪，董思翁所稱天下第一王叔明者，狄平子所藏，臨川李春湖侍郎舊物也。其雄厚雋邁，白鵰主人所稱，王輩一見叫奇絶，百遍橅寫忘寢食者，今歸二師酉敦齋主人矣。其精細神品册子，爲松雪所作，嶽雪樓舊物，門人季爰得之，歸日人所有。年來見叔明真迹既多，隨意寫此，頗有深悟。原付内子守之，因子威趙甥數以書乞畫，遂與之，時甲子五月。

【按】　『天下第一王叔明』畫即王蒙《青卞隱居圖》，現藏於上海博物館。

趙子威，生卒年不詳，又名祉威。湖南衡山人。曾熙外甥。

二二-八　**畫佛**　與慎齋弟

大覺原非覺，真空非即空。山河回照裏，福與衆生同。因此石上空地，以摩崖法題此。慎弟深於禪理，視髯悟處何如？

莽莽蒼蒼烟霧裏，芻芻狗狗幾大千。何如揮純無消息，同振天根證自然。甲子五月二十三日，從南京返滬作，寄與慎齋老弟，髯雖六塵未净，然尚有一綫光明地能自得之耳。

二三-八　**倪黄合寫小立軸**

自明以來，大家皆有倪黄合作。思翁以生辣之筆，取澹遠之意，二瞻學之，氣疏以直，亦遂成家。漸江取黄之疏而去其厚，取倪之直而趨於刻，然其氣骨之清高，亦倪黄之巨子也。八大以行草寫倪黄，其氣渾。田叔以草書寫倪黄，其志狂。髯但秦漢篆隸其奔赴腕下者，亦非有意求深厚，其與王奉常祖孫异者，筆之來源各别也。甲子六月朔。

二四-九　**題吴缶叟梅花**

既睡不厭夢，既醉不求醒。洪流震天地，容與賸一艇。疑從孤山來，留取冰雪影。甲子六月，農髯用缶叟韵題此。（圖六）

【按】　此畫現由私人收藏。刊印於《吴昌碩作品集續編》，西泠印社出版社一九九八年五月出版。

吴缶叟即吴昌碩（一八四四—一九二七），初名俊，又名俊卿，字昌碩，又署缶叟、缶翁等，浙江安吉人，清末民初著名書畫家、篆刻家。

二五-九　**題王一亭佛**

無量佛，無量佛，我從衆生中，發生千萬佛。

【按】　王一亭（一八六七—一九三八），名震，字一亭，號白龍山人。浙江吴興人。近代著名書畫家、實業家和社會活動家。

二六-九　**松**

此身豈是龍變化，獨抱寒雲凌太虚。甲子六月，午睡初醒，適浩齋弟持缶叟梅花、一亭佛像，啓予畫興，寫此答之。

二七-九　**花卉**

六法原有法，氣骨得之夭（天）。衲子日誦經，未必能得禪。白首困丹青，究竟幾人傳。老髯不解畫，書餘興偶然。難爲庸史識，留此證後賢。甲子六月寫此，寄鶴祚賢弟，并繫以詩。

二八-十　**寫花卉**

花開月月好，月月看花人不老。且喜此心同頑石，石隙又種長生草。髯於乾隆諸老，既愛南阜，又喜李晴江晚年用筆之横肆。此幅合寫之，未識吾紹庵老友視此爲何如？

【按】　紹庵即李紹庵，生卒年不詳，江西臨川人，李瑞清族人。

二九-十　**佛**

苦節既异人，孝慈九可風。游子行不歸，白髮誰爲容。携兒鞠姑懷，洗淚意融融。有婦能采菽，終勝禄萬鍾。弱子依機下，自昔稱神童。十歲成文章，聲譽馳郡中。六籍原紛雜，執義守其通。翔步來江左，耆舊喜相逢。立身顯母德，青氈光熊熊。且爲傾萬酌，吾道信綏豐。熙既爲宗霍妹倩之太夫人寫佛一區爲壽，復作此詩，附於大雅之末。

【按】　宗霍即馬宗霍（一八九七—一九七六），原名驥，字承堃，晚號霎岳老人。湖南衡陽人。卒業於湖南南路師範學堂。曾熙、章太炎門生，著有《書林藻鑒》等。

三十－十一　食荔枝

冰盤累累走驪珠，一捻輕盈白玉膚。健羨長公甘作客，劇憐妃子粲如朱。鬥茶剪取吴江水，别葉飛來粤海隅。宦味疏狂都爲口，秋風苦又憶蒓鱸。（眉注張大千筆迹：此篇非吾師手筆。）

三一－十一　漫游圖

爲鳳亭賢弟作也。鳳亭欲攬江山之勝，且欲考察列邦之政要，屬寫斯圖。髯聊取大痴用意，而以明之程邃、戴本孝、萬年少純用枯筆焦墨之法寫此。甲子七月四日，酷熱，得微雨頗快。農髯熙，年六十又四。此圖寫成，向樂叟及來觀者稱爲必傳，豈其然乎？

【按】　鳳亭即李鳳亭，生卒年不詳。曾熙門人。

三二－十一　七月六日試子威贈六紫四羊筆

莊子逍遥游，我生苦不早。畢竟南北溟，行地等行潦。我志能御風，神照窮荒島。大禹所不鑄，搜之作畫稿。清風過吾廬，庭前長芳草。飢弱且忘己，何用滋煩惱。寫此壯君行，遺我安期棗。雨後頗除熱悶，并繫以詩。髯之安期棗，麓臺畫耳。髯不學麓臺，何取於此？惟某家所藏，大异平日，不無去後之思，可問子威。髯再注。

三三－十二　山水立軸

約略岡巒（巒）一望空，孝陵風雨故明宫。先生别有傷心史，寫入斜陽驢背中。

三四－十二　松　甲子九月寫祝梁溪先生八十大壽

其骨傲而氣和，其節高而體舒。涵兩大之正氣，旬旬乎其與古爲徒。天之所福，其在斯乎！其在斯乎！

三五－十二　梅

維兹國香，相依紫微。寫此即頌默君女士於歸綏福。

【按】　默君即張默君（一八八三—一九六五），字漱芳，齋名玉尺樓、白華草堂，湖南湘鄉人，畢業於上海務本女校，現代知名的女詩人和教育家。

三六－十二　論吴仲圭畫一則

吴仲圭山水得力於荆關，而點苔純師董太守，明人惟白石翁是其嫡傳。

三七－十三　論大痴畫一則

大痴純正一種，格律平澹，筆墨安閑，大有儒者氣象。其晚〔歲〕畫外尋味，嶽雪樓所藏小册子不易有。

三八－十三　論叔明山水畫一則

叔明山水《古木含秋圖》，蓋學北宋畫，平等〔閣〕主人所藏，則自郭河陽出，爲叔明别派。此論知者頗少。

【按】　平等閣主人即狄葆賢（一八七三—一九四一），字楚青、楚卿，號平子，别署平等閣主人，江蘇溧陽人，康有爲弟子，擅書畫。家富收藏，精鑒别。

三九－十三　論倪雲林山水一則

倪迂少大痴四十歲，而骨韵之疏逸，襟懷之高卓，此天之生是使獨也，蓋非學人所執矩能求。

四十－十三 論八大石濤

八大以筆勝，石濤以墨勝。石濤之所以過人，在能從真山水上求之，八大猶不免取倪黃自展其才耳。

四一－十三 山水立軸 爲叔孺作

獨坐復何思，思我意中人。江流無可挽，白日儵西淪。自耻餘生健，觸聲成苦辛。淚盡向隨（誰）語，白髮對淞濱。甲子立冬日，北風慘烈，寫此并題數語。

【按】叔孺即趙時棡（一八七四—一九四五），字叔孺，晚號二弩老人，齋名二弩精舍，浙江鄞縣人，近代著名書畫家和篆刻家。

四二－十四 息廬校書圖

國破豈有家，吾生亦何樂。白髮書萬卷，取此寒飢渴。老彭商之賢，好古述不作。大道日經天，留此待後覺。甲子冬十月寫此爲息叟八十壽。農髯熙。（圖七）

【按】此畫現由私人收藏。息叟即王秉恩（一八四五—一九二八），字息存，號茶龕。四川華陽人，同治十二年（一八六三）舉人，近代著名的藏書家、書法家。

【校記】留此待後覺：『後』字原作『逡』，據畫跋改。写此爲息叟八十壽：『叟』字原作『瘦』，據畫跋改。文後落款『農髯熙』據畫跋補，原稿未録出。

四三－十四 題道人畫陳散原破箑

墨殘箑破尚衣（依）稀，想見解衣博笑時。同輩風流蕭瑟盡，挑燈淚點散原詩。

【按】道人即李瑞清（一八六七—一九二〇），字仲麟，號梅庵，晚號清道人，謚號文潔，江西臨川人，光緒二十一年（一八九五）進士，曾任兩江優級師範學堂監督。辛亥（一九一一）冬，避亂遷滬，以鬻書畫課徒維生。清末民初著名的金石家、書畫家和教育家。

陳散原（一八五三—一九三七），名三立，字伯嚴，號散原，江西義寧人，光緒十五年（一八八九）進士，近代同光體詩派代表人物。

四四－十四 山水立軸

既無山可隱，揚帆任所適。甲子冬十一月四日，與賓虹論畫極快，寫此。熙。

【按】此畫刊印於《曾熙年譜長編》，上海書畫出版社二〇一六年十月版。畫上另有方地山題詩：『山虛水深，萬籟蕭蕭。扁舟一葉，容與逍遥。伯舫仁兄囑題，大方。』

賓虹即黃賓虹（一八六五—一九五五），名質，字樸存，號賓虹，原籍安徽省徽州歙縣，生於浙江金華，近代著名畫家。

方地山（一八七三—一九三六），原名爾謙，字地山，江蘇揚州人，近代著名學者、書法家。

【校記】文後落款『熙』據畫跋補，原稿未録出。

四五－十四 山水

誰障洪流驅猛獸，披雲爲書紀功碑。誰障洪流驅猛獸，當書浯溪第二碑。甲子冬十一月，北風寒列（冽）。

四六－十五 范雅而班醕

范雅而班醕，范華而班質，范潤而班澀。范少頓宕，班有岩壑。范如公子振裘，班則老將橫槊。范固辭人，班寔經師。予性近班，其次喜蔡，范則愛其傳中小品爾。作（昨）夕季悅、旭君、仲尚來視予病，譚及班、范，因書此答之。此書能得《華山》之奧處，但易碑法以疏逸之意行之爾，別有趣味。

【按】 季悦即陳季悦，江西人。李瑞清庶母陳氏之弟。曾熙弟子。旭君、仲尚即李旭君、李仲尚，生卒年不詳。均爲李瑞清侄子。

四七－十五 論畫

陸平叔蓋石田弟子，曾見其大寫麁筆，不脱石田蹊徑，至其本家法，則上法荆關，而以大痴淺絳設染，以高士簡筆加密，骨清韵逸，世遂稱包山派。非變法無以自立，書畫皆然。乙丑七月下澣，得雨，大解炎熇。農髯熙。（圖八）

【按】 此畫刊印於二〇一七年春季香港蘇富比拍賣會圖録第一二六九號。畫上另有黄曉汀題詩：『筆下烟雲自往還，石田家法出荆關。銷魂最是斜陽候，一片清流繞赭山。丙寅立秋前一日。曉汀居士題於海上芝蘭室。』

黄曉汀（一八八九—一九四一），名起鳳，字曉汀，號鶴床，齋名芝蘭室、曉汀山房，江西上饒人，幼從父習畫，一九二五年夏由杭遷滬，以鬻畫爲生。與張大千同住虹口五福里，又與曾熙爲鄰，以書畫相往來。

【校記】 文後落款：『乙丑七月下澣，得雨，大解炎熇。農髯熙。』據畫跋補，原稿未録出。

四八－十五 松

新秋得雨，掃盪熇濁，窗外蟲聲，清幽可聽。寫此幾入密林，將忘案頭執筆矣。

四九－十六 論書

篆法觀於於周止矣。李斯小篆，惟權量諸刻可窺筆法，然已落入隸勢。《泰山》《會稽》刻石世無善本，《嶧山》僞刻更無論矣。漢承秦法，銅器多沿斯書，已流爲隸。碑額傳世尚多，惟八分之法盛行，每以分法爲篆，非篆之正宗也。唐重楷書，雖以楊（陽）冰自况丞相，然行氣運腕，張骨舒筋，不脱楷習。我朝篆書，兩派盡之。國初名家師小李謙卦交（文），當世號稱『鐵綫文』是也。完白師漢，取法額書，以分行篆。安吴未究篆書源頭，奉爲不祧，宜也。其實作篆不師殷周，猶河不窺星宿。道州晚年單（嬋）力爲此，但取其妙，未竟其功。文潔以謨誥之才，窮鼎彝之奥，大篆中興，蓋在斯人。然非道州開山，無以成佛。此三方爲道州興到臨池之妙品，無一滯筆，無一率筆，張萬鈞之弩，欲發而持之，乃能到此。樂谷親家近頗得力此書，因識數語。

【按】 樂穀即向燊（一八六四—一九二八），字樂穀，晚號抱蜀子。湖南衡山人。王湘綺門生。畢業於日本弘文學院。辛亥起義於秦州，爲副都督。近代著名收藏家、書畫家。大廷、大建、大延三子均拜入曾熙之門，學習書法。

五十－十七 題文點灌園圖卷

庚子之變，侍母反衡，當道聘長石鼓書院，旋兼龍池。舟過天心湖，因訪劉叔子艾唐，見其所居幽僻，土肥易耕，遂謀結廬，迎母居之，自號曰龍陽農人。居三歲，母以年七十餘，忽思故鄉。當是時，學制新更，人心狂惑大更，因奏請回籍，監督學務，遂迎母返衡，求田故里，皆灌園翁之志也。今已爲鮮民，無可爲養，寇盜充塞，無園可灌，披覽此卷，爲之泫然。至父氏骨韵高簡，直逼宋人，我朝諸名宿記題皆一字可珍，梅里舊物，屢易主人，今歸小藹先生秘篋，復還舊里抱經廬中，當有祥雲爲持護也。乙丑八月，農髯曾熙。

【按】 此圖卷刊印於二〇〇四年春季上海崇源拍賣會圖録第

一二四六號。

【校記】　原無標題，據畫擬題。落款「乙丑八月，農髯曾熙」據畫跋補，原未録出。

五一－十七　山水立軸　秋谷兄極喜髯爲漸江筆，即以爲餞其行

到處有亭吾意足，江山容我作主人。吴仲圭題畫云：「我亦有亭深竹裏，也思歸去聽秋聲。」戴文節又有「歸來無亭，自寫其意，寄之於畫」，髯以爲皆隘，題此廣之。

五二－十八　逸廬讀畫圖

周君龍蒼，曉汀居士喜其善治畫，能辨别古今名迹，因相與友善，因爲額其廬曰「逸廬」。居士每於筆墨餘間（閑），過其廬，相與談論。嘗語髯曰：「龍蒼議論，有當世士大夫所亦〔不〕能及者。」及來滬，與語，果有過人者，爰寫此圖遺之。

【按】　周龍蒼，又名周隆昌，蘇州人，齋名逸廬，善書畫裝裱。

五三－十八　山水

湖山深處有林泉，且喜結茆坐證禪。不見古人交當世，此心乾净足百年。越日，見此圖尚有筆趣，其疏處究不減千岩萬壑，再以詩款之，補題，并記此。

五四－十八　山水册

兩山若分幟，兩松蒼蒼立。偶從峽中坐，捫天問禹迹。南岳自界牌一脉起祝融，一脉起勾婁（岣嶁），此寫峽中景也。熙。

【按】　此圖刊印於二〇〇四年秋季天津文物展銷會拍賣圖録第三三號。

【校記】　落款「熙」據畫跋補，原未録出。

五五－十八　山水

海上十年客，家山萬里思。兒童嬉戲地，回首更支離。予居丞（烝）水之左，距鐘（鍾）武故城十五里，山至頗平秀。予乙卯來海上，今十年矣。

五六－十九　山水

危峰插大起，絶壑少人迹。惟聞下界鐘，聊以破岑寂。歸登白石峰有此景，峰爲南岳七十二峰之一。老髯記。

【按】　此圖刊印於二〇〇四年秋季天津文物展銷會拍賣圖録第三三號。

【校記】　落款「老髯記」據畫跋補，原未録出。

五七－十九　劫餘殘卷在

劫餘殘卷在，蜀客何時來。鱗爪偶窺見，老懷爲之開。端忠愍藏子久火燒卷予（子），尚在重慶。季爰去歲得嶽雪樓子久册子一幀，題名「片鱗一爪」，置予篋數月，所得不少。季爰嘗以宋紙乞予畫此，須候之他日，因檢四紙付之。乙丑十一月朔。

五八－十九　山水

儻障洪流還禹甸，我從勾婁（岣嶁）書新碑。洪水濫流莫甚於此時，彝午世友倘舊排没疏瀹之神勇，則功不禹下。熙雖白髮，當置酒載筆上勾婁（岣嶁）峰，爲書紀功碑也。歲乙丑陽月。

五九－二十　山水

右丞居輞川則圖輞，南宫居潤州即以潤州山作墨戲。子久一山一石，

皆得之富春。石濤生梧州，腕下多粵西聳兀之氣。殘禿供奉牛首，蒲團晤皆天闕景象。髯居祝融山下，但見莽莽蒼蒼，四寒無極。偶寫一角，寄與芭濱先生，尚能記憶昔日湘南之游否？

六十－二十　山水

嶽雪樓藏大痴山水小方，安氏舊物，與大内《芝蘭室圖》同一用筆。偶仿其設色，而以篆法行之，麓臺司農窺大痴者自相徑庭。乙丑下旬，强病腕作此，時年六十又五。

六一－二十　山水

有舟不可檥，但隨波出没。年年柳色新，不許人人折。乙丑陽月二十二日，偶爲木炭烟瘴所老，逾時大醒。越三日，精神如舊，頑軀老眼，留看江山之變幻，亦復奈何。寫此自頤。

六二－二二　山水

以張大風、石濤合寫，實老髯腕法相近也。乙丑陽月下旬，農髯熙作於戲海樓。

【按】　此畫刊印於北京翰海二〇〇八年迎春藝術品拍賣會圖録第一二九三號。

【校記】　文後落款『乙丑陽月下旬，農髯熙作於戲海樓』據畫跋補，原未録出。

六三－二二　梅

乾隆諸老寫梅華，壽門清高潔逸，可謂得梅之全體矣。餘如巢林雅而秀，南阜鬱而遒，復堂疏冷可愛，晴江横逸在骨。近得晴江册子，偶效其一枝數筆。乙丑陽月下旬，農髯熙。

【按】　此畫刊印於一九二六年十月二十五日《鼎臠》周刊。

【校記】　文後落款『乙丑陽月下旬，農髯熙』據畫跋補，原未録出。

六四－二二　簡筆山水

大家着墨無多，逸趣横生，此殆未可爲近代作家語耳。乙丑陽月病後寫此，差喜精神已來復。熙。（圖九）

【按】　此畫現藏於杭州書畫收藏家何華峰先生處。

【校記】　原無標題，據畫擬題。差喜精神已來復：原漏一『來』字，據畫跋補。落款『熙』據畫跋補，原未録出。

六五－二二　松

老幹凌霄，虬枝屈鐵。舒嘯百年，樂飲冰雪。乙丑陽月下旬。

六六－二二　山水

荻烟漠漠柳綿綿，豈爲溪風舟不前。無意得魚魚極樂，相忘江海不計年。乙丑臘月初旬。

六七－二二　戲墨

新得元人寫《枯木竹石》，其風韵確非明人所能到，惟惜絹本黝里（黑），又喜其黝方能供吾輩之賞心耳。

六八－二二　題裴母像贊

裴母祁夫人像贊：懿矣裴母，南國華胄，秉喆自天，德成在幼。婉婉妙齡，女□試授，亦既有行，徽音孔懋。持肅居衝，處薄推厚。芳猷允昭，嫠居儵遘。遺孤載藐，受侮云驟。忍死誓天，以翼厥後。節屬嚴霜，青青柏茂。同濟艱難，克集烋（休）佑。天顯母節，逌實逌秀，式瞻淑儀，金石同壽。乙丑嘉平之月初旬。

六九－二二 **梅**

移瘦（庚）嶺梅種予宅後，將五十餘年。前日客從予鄉來，問予所種梅花，依舊年年朱萼競日，其酬報主人之意，抑何其殷勤眷戀，不改前度耶！

七十－二二 **獨占人間第一春**

冠群賢弟從予學書已歷一載，誠樸謹介，而進退知禮，知其服膺庭訓至深今歸省，爰寫梅，乞納之堂上，朱萼照日，知人間春色先到君家。即以此頌，開歲新節。

【按】冠群即許超（一八九九—一九七二），字冠群，江蘇武進人，齋名劍鳴廬。一九二五年拜入曾熙門下，學習書法，曾任上海新亞化學製藥股份公司總經理、董事長，杭州第一紗廠總經理。

七一－二三 **梅**

雲深天闕應相憶，爲寫素心寄與君。天闕即南京之牛首，李文潔公墓地在焉，山腰已築玉梅花龕。朱濂賢友丱角從文潔受筆法，因題此。

【按】朱濂，生卒年不詳，上海寶山人，朱其懿之女，其父曾在湖南多處担任知府，創辦沅水校經堂，幼從李瑞清問筆法，又嘗及曾熙之門。畢業於燕京大學外文系。

七二－二三 **題小松山房** 孟麗堂

松小幹老作翠色，古柳數枝梗於鐵。麗堂妙迹無人識，留與君家作手澤。謙六老丈將歸南昌，題此歸之。丙寅三月。

【按】謙六即李謙六，生卒年不詳，江西臨川人，收藏書畫、碑帖甚豐，李瑞清族人。

七三－二三 **山水**

江山依舊六朝色，生面全非昔所思。去冬得大痴《溪山雨意》長卷，項氏舊物，爰擴其筆勢寫此，即似紉軒仁兄正之。

【按】紉軒即江國棟（？—一九四一）：原名蘊深，字韵川，號紉軒，廣西融安人，光緒二十一年（一八九五）進士，官至麗江知府。民國後，曾數至臺灣。晚年鬻書自給。

七四－二三 **山水** 爲蓀舲老兄作，丙寅浴沐日

明季諸老多紹大痴，珂雪和尚以水取潤，而鷹阿居士則從枯取澹。髯性喜鷹阿，故涉筆多枯墨。

【按】蓀舲即應熚（一八八七—一九五八），字次耿，號蓀舲。齋名法光精舍。浙江定海人，清末民初著名書畫家、收藏家。

七五－二四 **山水** 丙寅浴佛後三日

風月不費錢，然好山好水間之風月必費錢，惟吾輩神意蛻出之山水，不但不費錢，且可易錢。雖然，以神意蛻而爲山水，樂事也。以神意蛻出之山水，又蛻而爲金錢，則又可悲。然搗叔一紙，將過元明，忠臣考（孝）子之大幅，或不及狗肉和尚粗狂之數筆，不更可怪耳。丙寅四月。

七六－二四 **江岸松柏**

老松千歲作龍舞，小柏幽篁差可伍。江上舊廬原有約，漫天風雨豈安土。

七七－二四 **寫武夷第一曲** 丙寅立夏後

矗矗鎮東維，天嶮少人迹。但見鹿豕嬉，誰入紫陽室。寫武夷第一曲，方壺、白石翁皆有此圖，題此三嘆。

七八－二四 **扇** 爲張子鶴作

漸江、孟陽、萬年少皆畫中之清聖，此作在〔三〕子之間，子鶴兄以爲如何？

七九－二五 **載酒圖** 丙寅六月吉朔

丙寅六月吉朔，瓶齋五弟載名酒，携幼兒與諸侄覲其兄祖庵於粤。祖庵離滬將五載，家書之往還，無間一日。凡粤中購得名人手迹，郵付瓶齋，海上有所得，必呈祖庵，雖萬里不啻一堂。吾湘文字友於之樂，舉稱白師兄弟，今但於祖庵兄弟〔見〕之，祖庵遺書之他無所需，惟載名酒一二罍，因寫《載酒圖》，并題二十八字：『海南草木四時春，萬里天親載酒人。常棣孔懷詩可補，何如寫入畫圖新。』此行賢兄弟當有唱和之作，請書之此圖之後，一段佳話也。昔萬年少寫《載米圖》付亭林，海内名人題咏殆遍，蝯叟曾有橅本（見蝯叟題萬年少四段，阿筠所藏）。又石谷有《載竹圖》，李春湖侍郎所藏，題咏皆乾嘉名流，今藏李木公篋。此圖用筆略仿萬年少，亦參用漸江。髯不足傳，祖庵、瓶齋詩書皆足傳，世界一大古董也。一笑。

【按】 瓶齋即譚澤闓（一八八九—一九四八），字祖同，號瓶齋，室名天隨閣，湖南茶陵人，譚延闓五弟，王闓運門人，一九二九年被故宫聘爲專門委員，近代著名書法家。

祖庵即譚延闓（一八八〇—一九三〇），字祖安，號無畏。湖南茶陵人，光緒三十年（一九〇四）進士，曾任國民政府主席、行政院院長，近代著名政治家、書法家。

李木公（一八七七—一九五〇），名國松，字健甫，號木公，别號枰齋，安徽合肥人，李經羲長子，光緒二十三年（一八九七）舉人，近代著名藏書家。

八十－二六 **松** 丙寅立秋後得雨，寫似伯年仁兄

老幹堅於鐵，樂飲惟冰雪。不假東風力，璀璨朝日色。

八一－二六 **梅**

自青藤老人以狂草之法寫意，乾隆諸老皆沿之。然晴江蒼厚，復堂秀逸，皆有天趣。至冬心古勁，畫可作篆籀學，此風不得復見矣。廷輝兄視髯所論何如？

八二－二六 **册頁十二幀** 與雲江

一、廬依山之麓，水滿山之麓。荒曠少人迹，俯仰期自足。此幀用筆極簡，而意極密，喜不涉倪迂蹊徑。熙。

二、偶然夢躡黄山雲，曾疑萬松手自植。石濤云：『搜盡奇峰打草稿。』石溪云：『曾宿黄山，觀旦暮雲。』梅淵公，黄山人也。三子畫各不同。熙。

三、殘秃道人大意。小圃新得四大段，道人爲清溪老人作，蓋端本堂紙，取以證髯所藏一段，紙幅尺寸不爽分毫，筆墨亦同時所爲，并記此。熙。

四、竹塢深處雲亦深，縷縷疏烟窺窗牖。孟陽不得有澹逸中之拙樸，農髯作於戲海楼。

五、從石洞口攝九峰如此，蓋予三十年前所至。熙。

六、烝水至渣市有此境，長堤深柳，蓋彭剛直之故廬也，故鄉風景，寫此不無深慨。老髯。

七、生疏清力而荒率，頗肖姜實節，蓋亦無心之適合也。熙。

八、曉風楊柳，詩人畫家罔不描寫，惟惧力所不至。髯以爲風前柳不過輕絲飄揚，不若沙渚烟柳有纏綿不盡之意。此境惟南田老人知之，能以筆傳之耳。熙。

九、以戴本孝墨法寫高尚書。熙。

十、檐外柳色年年緑，不許行人來攀折。農髯熙。

十一、風定雲氣深，萬山皆沉寂。惟有流泉聲，天地相呼吸。曉汀稱予此幀是鹿床晚年極得意之畫，然予用意在以焦墨師南田取景耳。農髯熙。

十二、去冬得子久《溪山雨意》長卷，題云：『無一經意筆，無筆不神妙。擊節三嘆息，孤賞誰同調。』越日筠弟來，爲之狂喜，以爲粤中所見一幅後，於此再見子久真面。又越日，鐵年來觀，冲甫來觀，無不嘆爲希世之奇遇。聊師其筆勢爲此。丙寅中秋前三日，病後爲雲江弟作十二幀。熙。（圖十）

【按】　此畫現由私人收藏。刊印於《張大千的老師——曾熙、李瑞清書畫特展》，臺灣歷史博物館二〇一〇年四月版。

雲江即姚雲江（一八九九—一九五〇），自署二仲居士，齋名二仲草堂，浙江嘉善縣人。曾熙弟子，海上著名的兒科病醫生。

小圃即徐小圃（一八八七—一九五九），名放，上海寶山人，近代著名中醫兒科大家。

筠弟即李瑞奇（一八七一—約一九四一），字衡仲，號毓華、筠庵、筠仲。李瑞清三弟，工書畫，寫花卉得乾隆諸老逸趣，富收藏，并精於鑒別。張大千稱其爲『三老師』。

鐵年即符鑄（一八八六—一九四七），字鐵年，號瓢庵。齋名脱静廬，湖南衡陽人，金石書畫家符翕之子，一九一八年移居海上，以書畫自給。出版有《鐵年先生書畫集》，曾熙爲其作序。

冲甫即錢熊祥（一八七五—一九六六），别名冲甫，字聽松，浙江嘉興人，一九五三年入上海文史館，工經史、詩文，精鑒賞，收藏書畫碑帖甚豐。

【校記】　第一開：而意極密：『密』字原作『蜜』，據畫跋改。文後落款『熙』據畫跋補，原未録出。

第二開：曾疑萬松手自植：『松手』二字，原作『山於』，据畫跋改。黄山人也：畫跋於該句後有『三子畫各不同』六字及落款『熙』一字，原皆未録出，據畫跋補。

第三開：小圃新得四大段：『圃』字原作『團』，據畫跋改。紙幅尺寸不爽分毫：『幅』字原作『本』，據畫跋改。落款『熙』據畫跋補，原未録出。

第四開：孟陽不得有澹逸中之拙樸：原漏一『中』字，據畫跋補。

第五開：蓋予三十年前所至：『至』字原作『作』，據畫跋改。落款『熙』據畫跋補，原未録出。

第六開：寫此不無深慨：『寫此』二字原漏，據畫跋補。落款『老髯』據畫跋補，原未録出。

第七開：文後落款『熙』據畫跋補，原未録出。

第八開：惟惧力所不至：『不』字原作『重』，据畫跋改。落款『熙』據畫跋補，原未録出。

第九開：文後落款『熙』據畫跋補，原未録出。

第十開：文後落款『農髯熙』據畫跋補，原未録出。

第十一開：文後落款『農髯熙』據畫跋補，原未録出。

第十二開：又越日鐵年來觀：該句後畫跋有『冲甫來觀』四字，原漏，據畫跋補。丙寅中秋前三日：原漏一『中』字，據畫跋補。病後爲雲江弟作十二幀：原漏一『雲』字，據畫跋補。落款『熙』據畫跋補，原未録出。

八三－二八　松

霜餘老幹硬於鐵，溪前流水聲潑潑。得酒呼鄰鼓枻歌，風流當勝陶彭澤。丙寅八月二十九，坐雨沈悶，檢案上乾隆舊紙寫題二十八字。

八四－二八　山水册頁十〔二〕幀　爲向樂叟親家作

一、用大痴《溪山雨意圖》筆勢。

二、玉梅華盦咏柳詩云：『年年苦攀折，何故總棉棉（綿綿）。』所謂傷心人別有懷抱。髯畫柳向以篆草行之，此亦有意求澹也。依依楊柳，漠漠晚烟，可起江淹賦之。

三、禪林幽勝處，留與詩人看。髯不佞佛，亦不非佛，然每至禪林，樂其幽勝。用白石翁筆勢寫之。

四、一亭立千仞，萬流奔其下。老松引雲氣，濤聲從天寫。石頑太古心，地荒少游者。此山或可隱，當勝謀於野。樂叟因世變更甚，有稼嗇之思，結句及之。

五、當夏戀幽居，經秋喜高閣。寒奥（燠）有常理，愛憎今异昨。一歲且如之（此），百年將安托？所貴適所適。以我爲憂樂。此畫與舊作雜詩適合，因題此。

六、九峰溪水經龍田橋，兒時行歌橋上，游息柳陰，六十年來如昨日事。

七、壬寅除夕先一日自都歸省龍陽，從林子口入，有此景。

八、昔人評南田畫，其妙處一澹字盡之，其勝人處在意餘而未盡。髯筆异南田，尚能淡而有遠意。

九、黄海雲濤。瞿山、石濤寫黄山皆各臻妙勝，此幅當於二家外求之。

十、古人稱襄陽亦有蟹爪樹，如作章草八分，戲爲之。

十一、胡士昆寫大痴，筆勁而韵遒，色古而氣厚。偶仿其大意爲此。

十二、五歲以來，與樂叟親家晨夕皆以畫餉心。樂叟初喜烟客、麓臺，近更高（喜）元人。熙無家法，但以書腕法行之耳。鹿床云：『作畫有七候。』其第七候則在不生不熟之間。熙未至不生，幸不熟耳。病後以此調養良藥，得四十餘紙，以十二紙就正樂叟。

丙寅八月廿八日。

【按】　第五開詩見第二九九条。

【校記】第五開，所貴適所適：『所適』二字原脱，據詩稿補。

八五-三十　題鄭曼清（青）花卉册子詩

六法雖由學，氣骨得之天。澹泊詩人意，蕭疏畫中禪。丙寅重陽前，適有風眩，曼青兄持此册，讀之真如陳琳檄文，愈我頭風，率題二十字，以志墨緣。農髯熙。

【按】　此題刊印於《鄭曼青花卉册》，民國珂羅版。

鄭曼青（一九〇二—一九七五），名岳，字曼青，别署玉井山人，浙江永嘉人，近代著名書畫家。

【校記】　文後落款『農髯熙』據題跋補，原未録出。

八六-三十　山水十二幀

去臘得大痴《溪山雨意》小卷，自以爲老髯獨賞，及阿筠見之，以爲奇遇，尚未携與湘荃畫友一讀也。

到處有桃源，無須問津。近見程穆仲（倩）大册八幀，索值二十竿。曉汀、樂叟以爲髯腕下已自有之，遂割愛。

此非石田之柳也，曹雲西當有此風韵。

原來漸江石大肖鷹阿，何耶？前十日虞琴携來漸江册子一幀，蔣谷孫携長卷，皆漸江中歲所作，因并記此。

亦大痴意也，阿筠敬同（問）湘荃於意云何？

董、巨尚圓，而荆、關尚方。董、巨尚氣，而荆、關尚骨。蔡京卿所藏關仝，濳道人（藏）荆浩，皆明初臨本耳。

大似石田極晚年秃管之畫，方稼孫所藏小册子一方，頗瀠洄老髯心中。

令仲子咏柳有『年年苦攀折，何故總綿綿』句，此柳庶幾近之，意頗澹遠，然非南田。阿筠敬問湘荃，當置老髯於古人何家？

畫家以氣骨爲上，形色次之；簡静爲貴，縱横次之。

江居原有『四時樂緣浄，紅酣疑是春』。丙寅霜降後，以鄒逸民筆勢爲此。逸民畫出子久，流傳甚少。竹香書室所藏，當是此老妙迹也，并記此。

【按】湘荃即黄湘荃（一八六八—約一九五七），李瑞奇妻。擅書畫，山水、人物直入宋元之室。

虞琴即姚虞琴（一八六七—一九六一），名瀛，字虞琴，號景瀛，浙江餘杭人，久居海上，以畫書馳名藝壇。

蔣谷孫（一九〇二—一九七三），名祖詒，號顯堂，蔣汝藻長子，以精鑒碑帖、版本、書畫聞名。一九四九年經香港去臺灣，任臺灣大學教授。

蔡京卿即蔡金臺，字燕孫，晚號嗇庵，江西德化人，光緒十二年（一八八六）進士。曾任甘肅省學政。民國後，居北京。好收藏，與景樸孫齊名。所藏名迹有郭熙《幽谷圖》、馬遠《踏歌圖》等。

潛道人即王乃徵（一八六一—一九三三），字聘三、病山，晚號潛道人，四川中江人，光緒十六年（一八九〇）進士。官至貴州布政使，民國後，居海上鬻字爲生。

方稼孫（一八九五—一九四七），又名稼蓀，齋名慈盧，浙江鎮海人，近代上海商界巨子，喜收藏古代書畫，每有所得必乞曾熙鑒題。

八七-三二　山水　丙寅立冬後六日

謝靈運《反招隱》詩，其末四句云：『推分得天和，矯性失至理。歸來安所期，與物齊終始。』東晋以來士大夫山水之詩，多從莊老發揮玄理。髯此畫疏澹以養天和，適吾性，非矯性也，殆將以玄理寄之六法矣。

八八-三二　要看萬壑争流處

要看萬壑争流處，不假當年顧虎頭。東坡詩『他日終煩顧虎頭』，因用一轉辭。曉樓兄既酷嗜予書畫，得毋笑予痴狂乎？

八九-三二　時史尚形

時史尚形，而名家尚氣；時〔史尚〕姿態，而名家尚骨韵。然江河日下，解人不易索。子林老兄自津門來滬，極喜髯近日所作畫，相與談論，歡若平生，未識此幀能適意否？

九十-三二　鹿床論子久畫

鹿床論子久畫，其勝人處不外一静字，烟客不可及，亦在静而能鬱。髯嚮喜從（縱）横，近稍從斂字著力，未審子林老兄觀此爲何如？丙寅冬至前。

九一-三三　抱此古心

抱此古心，獨盤桓虖須彌止顛。丙寅冬至前十日，寫似子林先生。

九二-三三　乾隆諸老畫梅

乾隆諸老畫梅，以晴江爲先河，其後冬心、巢林皆畫梅板橋謂爲舉世所不爲，將移几置筆墨於晴江卷下，其服膺如此。熙補題此。

九三-三三　萬山雲氣斂天末

萬山雲氣斂天末，獨立小嶼看江流。

九四-三三　周櫟園集文册子八幀

周櫟園集文册子八幀，有胡士昆絳色一幀，古趣深粹，今以水墨寫其筆勢耳。

九五-三三　鼂時泛舟天心湖有此景

鼂時泛舟天心湖有此景，爲甲辰之歲，今二十三年矣。

九六－三三 **高閣獨坐**

高閣獨坐，其有詩乎？斷非草玄之侶。以許道寧筆勢爲此。

九七－三三 **龐萊翁同年藏鷹阿居士册子十幀**

龐萊翁同年藏鷹阿居士册子十幀，古味盎然，戲臨此。

【按】龐萊翁即龐元濟（一八六四—一九四九），字萊臣，號虛齋。浙江吴興南潯人。近代江南收藏大家。

九八－三三 **距予家十餘里有石頭砦**

距予家十餘里有石頭砦，壁峭立，其上有桑麻，有野茶，味洌。蓋雲氣供養，异常品也，予每取乳石山水煮之。然此種風味已十二年不嘗矣。

九九－三四 **千叠雲山春雨後**

千叠雲山春雨後，年年溪漲到門前。從非園看鞠歸，雨後小晴，筆墨尚融治，能自適也。

一〇〇－三四 **元人寫松樹**

元人寫松樹，筆極繁，宋人則簡。與樂叟同訪潛道人，見其所藏宋元册子，歸齋作此，但觸畫興，無所仿也。髯每爲册子，無心爲石溪，有適得其似之處，蓋心之所好，將三十年矣。

一〇一－三四 **方稼翁藏九龍山人**

方稼翁藏九龍山人、白石翁、白陽山人三段卷子，皆真迹。白石翁爲最晚所作，聊使其筆耳。

一〇二－三四 **松**

松犀禪賢棣以自植小松一瓶貽我，寫九疑（嶷）一株報之，蓋帝靈所護持，非秦皇所敢封也。丙寅仲冬之日吉朔。

【按】此畫刊印於二〇二〇年秋季東京中央拍賣會圖録第三一四號拍品。畫上另有二題，一，張大千題：『戊子十月朔，薄游吴門，犀園學長兄以先農髯師畫松見示，不侍函仗者忽忽十八年往矣。仰止高山，情曷能已。張爰。』二，張大千弟子題：『丁卯春仲同客吴門，小門生涇縣曹逸如、虞山曹大鐵、任邱伏文彦謹觀并記。』犀禪即朱犀園（一八九〇—一九六九），原名桂，字錫桂、犀園、西園，號犀禪，齋名冬榮軒，安徽涇縣人。居吴中，二十世紀二〇年代，拜入曾熙門下，習書畫。

【校記】原無標題，據畫擬題。文後落款『農髯熙』據畫跋補，原未録出。

一〇三－三四 **題梅花长卷**

揚補之《梅花長卷》，尹和叟手橅一稿，予至長沙每詣和叟賞嘆。阿筠昆仲稱爲神〔品〕妙迹，髯嘗憾以爲不得一見。庚申八月，友人自京師來，携此卷乞清道人題，以其素所心賞也。其時道人已遐舉，髯與阿筠置酒祭之，并將其事書之卷末。此卷近聞東渡矣。補之畫法，老蓮得其筆，但削繁以就簡拙耳。寫梅并記此。丙寅十一月七日。

一〇四－三五 **釣不用勾**

釣不用勾，舟不需楫，相忘江海，且永今日。江渚垂釣寫此。

一〇五－三五 **大造本無心**

大造本無心，逐形巧成拙。我志游鴻濛，超然出塵劫。六法即寓言，此理静者得。破鉢有真鉢，卓解邁時傑。丙寅冬至前，嚴寒，爲破鉢龕主寫此圖。

【按】　破鉢龕主即黄葆戉（一八八〇—一九六九），字藹農，號鄰谷，小名破鉢龕主，别號青山農，福建長樂人。現代書法家、篆刻家。

一〇六－三三五　以程穆倩之研

以程穆倩之研，試白石翁之筆，横逸馳驟，則髯年來行押書之本習也。震青先生老同年素精六法，其明以教我。

【按】　震青即譚震青，生卒年不詳，江西南豐人，曾熙同年，精通詩文。

一〇七－三三五　題留别畫册　爲陳文虎

此北美諸友以畫留别其校長陳文虎弟之册子也。文虎歸居岳麓高等學堂，其時學生數百人，文學雅粹，無有出文虎昆季上者。既昆季均以優拔生貢京師，文虎簽分學部，任教育將十餘年。前歲來海上，與語，誾誾然，不改前日儀度。陳氏，郴州世家，其尊人明學修己，蓋其優游誦習於趨庭之日深矣。此册萃中西諸畫家題詠，又皆當世風雅之士，他日擬補一圖，以餙好事，殆亦自忘其老且拙矣。丙寅冬至後三日，文虎賢弟屬題，熙。

【按】　此題刊印於《北美甲子同人書畫集第一組》，民國私印本。陳文虎，生卒年不詳，湖南郴州人，畢業於岳麓高等學堂，後分學部任職，曾熙弟子。

【校記】　原無標題，據跋擬題。文虎賢弟屬題：原作『爲文虎題留别畫册』，據題跋改。落款『熙』據題跋補，原稿未録出。

一〇八－三三六　題金甸丞太守夜紡課孫讀詩

與君頭皆白，餘生托海上。展圖欽先德，使我心悢悢。三歲我稱孤，母也天不諒。飢仰機下食，軋軋寒夜霜。痴倚機下讀，膠膠晨鷄唱。教孫與教子，貞苦行相抗。我昔依膝下，君已致禄養。板蕩及今日，吾輩天所放。君才有述作，我志不如壯。艱蹇守一研，涔涔内自傷。甸丞先生雅教。（圖十一）。

【按】　此詩稿現由曾熙後人收藏。

金甸丞（一八五五—一九二九），名蓉鏡，字甸丞，晚别署香嚴居士，浙江秀水人，光緒十五年（一八八九）進士，官至湖南永州府知縣。晚年居海上，以鬻詩文書畫自給。

【校記】　原稿無題，據詩稿補。使我心悢悢：原作『使我心恨恨』，據詩稿改。

一〇九－三三六　仿古山水册子十幀

一、荆關遺矩。潛翁所藏洪谷子大軸，極古厚，所謂中郎已矣，虎賁在也。前荆浩、關仝尚方折而氣渾骨厚，李咸熙、許道寧多傳其法。元人師董巨，惟倪迂高步荆關。明季以思翁倪黄參寫，無不學倪黄，惟石溪用荆關法。每見鹿床臨荆關，其骨韵勝石田。

二、董北苑《群峰雪霽圖》，戲以其意作此。思翁稱『四源堂』，蓋得北苑四畫，而《群峰雪霽》尚是極晚歲所得，亦何北苑之多耶！然《雪霽圖卷》確爲真迹，元人不能有此渾静。

三、李咸熙亦從洪谷子出。沈乙盦藏李咸熙《秋山行旅》立軸，自題元人所橅，骨韵極蒼厚沈鬱，當是宋名手所爲，置髯篋半歲。李咸熙畫有極厚勁，又有極瘦勁，所謂中郎已矣，虎賁在也。

四、金人李三好以篆法寫郭河陽蟹爪雲顔，實髯之本家畫。蔡京卿藏河陽《幽谷圖》名迹，已見著録，其蟹爪樹法，曹雲西常擬之。叔明與雲西同意，俱凌空類米襄陽書法。乙盦亦藏卷子十餘尺，當明賢所橅，不可不與《幽谷圖》并論。

五、梅花盦主小筆山水，戲爲之。梅花盦主世所傳皆竹石枯木及卷曲篆法之松，山水多明人所橅。惟思翁臨本今藏内府者，純是小筆，從董巨一脉出。石田得其古厚，衡山得其勁密，藍瑛得其奔放。嚴寒温研題此。

六、叔明短簡，孟蘋兄所藏。一卷畫不過數十筆，書乃千餘言。海上叔明畫以平子所藏爲异常妙迹，思翁所題『天下第一王叔明』者。叔明雲頭皴原本郭河陽，但以草木披紛變其所出真相。平日樹不作蟹爪，此幅純用蟹爪法，思翁昔不以一語勾其玄，此前人所未及。因臨此，附此。

七、志在倪迂翁，而使筆勁刻耳。清秘風流久寂然，偶從殘素得真筌。孟陽神儉漸師勁，蕩治（冶）天機是畫禪。龐萊翁藏倪迂《六君子》，成邸舊物，每置酒出賞，所得益不少。孟陽、漸江皆學倪迂，孟陽秀而腕弱，漸江又過於瘦勁，以思翁能灑蕩天機耳。此侍（詩）爲萊翁作畫題，并録此。

八、從子久真迹落筆，與從王氏祖孫取法自別。予得子久一卷，即《溪山雨意圖》，項氏舊物，見《清河書畫舫》。又嶽雪樓小册一幀，安氏舊物，皆入髯篋。思翁得北苑四，名其堂曰『四源堂』，髯當築其閣曰『二黄閣』，戲記此。

九、以石田老人筆勢寫江村。髯得石田老人《白石山圖》，吴匏庵與同時諸友唱和，蓋中歲之作也。既得潤州戴氏所藏大册子，晚年所爲，骨韵淡逸而沈厚，生平所僅見。既得吴梅村所藏立軸，老橫其氣，疏淡其神，一生與此老夙緣深矣。

十、鴻濛留此石，老松直據之。雲氣作供養，舒卷任四時。犀禪金石家熹植瓶松，奇枝古幹，別有趣味。又喜寫松竹古石，屬寫山水十幀，因以松石殿之。丙寅臘八。

我年六十二，偶然作墨戲。初志儗松禪，幽討臻密邃。東坡有妙解，遺形取生氣。一卷行狎書，駈騁在明季。苦樂恒相乘，工拙非所計。但求吾所適，不與時爭媚。既爲（犀）禪仁棣寫册子十幀，又每幀記予所見，亦評畫之例爾。予六十二作畫，今六十六矣。并以句繫之，幸兩正之。

【按】 沈乙盦即沈曾植（一八五〇—一九二二），字子培，別號乙盦，晚號寐叟，浙江嘉興人，光緒六年（一八八〇）進士，官至安徽布政使。晚年在滬上鬻書自給。

孟蘋即蔣汝藻（一八七七—一九五四），字孟蘋，號樂庵，浙江吴興人。光緒二十九年（一九〇三）舉人。近代著名藏書家，藏書樓名爲『密韵樓』。

【校記】 第一開：前荆浩、關仝尚方折而氣渾骨厚，『荆』字下原衍一『關』字故删除。

一一〇-四十　題虛齋藏石濤册子

石濤此册，文節數語，推崇闡發，殆無遺義。髯竊謂：元以來文人學士，筆墨變化之妙，各立家法，可謂至矣。然出此入彼，矩矱井然，因流溯源，瞭然開卷。石濤以古人筆裁剪山川，復能以曠藐之胸，吐舒烟雲。於文見莊子，於詩見太白，於畫見石濤而已。此册不但石濤畫中不多見，即題識諸賢又豈易遇！虛齋京卿老同年，其勿輕以示人也。丙寅小除日，農髯熙。

【按】 此册上海博物館藏，名爲《溪南八景圖册》。

【校記】 殆無遺義：『義』字原作『意』，据畫跋改。可謂至矣：『至』字原漏，據畫跋補。矩矱井然：『矩』字原作『短』，据畫跋改。於畫見石濤而已：『而』字下衍一『而』字，據畫跋删除。此册不但石濤畫中不多見：『此册』二字原漏，據畫跋補。落款『丙寅小除日，農髯熙』據畫跋補，原未録出。

一二一-四十　寫鄉景八幀

一、山市曉嵐。兵溪水經師（獅）子橋，從山頭眺九峰一帶，山如列玉笥。

二、龍田烟雲。予籍龍田三百餘年，門對白石峰，每春夏之時，烟靄温煦，真一幅小米山水真迹。

三、洞溪石齒。以小筆吴仲圭筆勢爲此。

四、丞（烝）江放棹。此距予家十二里，水道入郡，繇此啓纜。

五、鷗江秋意。岳溪水經予舍至此五里，族人亦多結廬。

六、冬岑霜寒。予所居夾溪水，比屋連雲，林疏少樹，至霜降，但秃兀一二枝，然古拙可愛。少時曾有『拳曲一珠（株）作蝌蚪』之句，五十年前猶恍若時（昨）也。

七、石門松秀。此獅子搞之石門山也。山石質堅險厚，鑿石通道，因稱石〔門〕山。自此鬱起小南山，先母幽宫在焉。年來束裝，湘亂頻起，嘗自憾云：『欲歸歸不得，夢繞小南山。』題此泫然。

八、溪厓結柳（茆）。岳溪水一名九峰溪，水至河口入丞（烝）水，其經龍田出鷗江橋而西，兩山夾峙，地幽水清。每舟過，擬結苑（茆）築書館，坐咏其間。今則蛇虎所踞，但圖之以志昔年懷想耳。子林先生别又數月，以所藏絹本冬心梅花相贈，寫此八幀以報。畫中皆予所居風景，知海上人無日不有思歸之意也。丁卯元宵。

一二二-四二　紅梅中堂　爲陳介卿作

介卿先生，海寧陳文簡公之來孫，嘉興錢恭勤公之外孫也。起家牧令，所至有聲，風雅博聞，尤精六法。平日頗喜髯畫，寫此補祝六旬榮壽。《詩》云『眉壽無疆』，爲介卿誦之。丁卯元宵後三日。

一二三-四二　設色山水立軸　爲吴伯琴作

高柯雙秀，照耀匡廬。伯琴先生，仲曰『劍秋』，與髯交好，蓋三十二年矣。去秋六十新進，劍秋爲文，髯以詩壽之未成，爰寫此圖補祝。

【按】　吴伯琴（一八六八—一九二八），名鈁，字栢臣，號伯琴，别號琴上人，江西宜黄人，光緒十八年（一八九二）進士，民國時曾任浙江省財政廳長、浙江省省長。

劍秋即吴錡（一八六九—一九三四），字劍秋，晚號錫五。江西宜黄人，吴鈁胞弟。光緒十六年（一八九〇）成進士。官至福建交涉使，辛亥後，以遺民閑居而終。

一二四-四二　淡墨梅花小中堂　爲吴棣齋作

樹之以花稱者，世人僉曰紫微，實俗艷耳。此樹鐵骨冰心，獨以文章，照耀歲寒。寫此爲棣齋先生壽。

一二五-四二　小梅花中堂　爲俞琢吾作

老幹千尋，但爲岩壑留春。花非園叟、花傭所取，取以媚人者。丁卯元宵後一日，琢吾先生招飲，寫此答之。

【按】　俞琢吾，生卒年不詳，名壽璋，字琢吾、達庵。浙江上虞人，光緒十九年（一八九三）舉人，曾任衡陽道尹，山東省財政廳長等。晚年定居上海，工書、喜作詩詞，著有《漢當研室詩鈔八》。

一二六-四三　題龐藏石濤雙璧

一、此石濤詩書畫三絶妙迹也。以勝朝宗室，鬱鬱哀憤，不得已而寄之筆墨，故其詩其書其畫皆其血淚之憤抒。一卷《離騷》，其香草美人紛紛郁郁者，即石濤之朱紫雜錯，恢恢奇奇者也。世人莫不效石濤，嗟乎！無屈原之心，而但摘其藻艷以爲工，具盗跖摻舜絃耳。二百年間，贊賞無間然者，前有麓臺，後惟鹿床。《小雅》怨而不傷，石濤變不失正，其庶幾矣。虚齋同年先生出示石濤雙璧，因書其後，未識以髯爲知言否？丁卯正月二十又四日。農髯熙。

【按】　此畫故宫博物院藏。名爲《清湘書畫稿》。刊印於《至人無法——故宫上博珍藏八大石濤書畫精品》，澳門藝術博物館二〇〇四年九月出版。

【校記】　恢恢奇奇者也：原缺一『奇』字，據畫跋補。但摘其藻，艷以爲工：『摘』『藻』二字原缺，據畫跋補。直盗蹠摻舜絃耳：『直』字原作『具』，據畫跋改。『虚齋同年先生出示石濤雙璧，因書其後，未識以髯爲知言否？』該句原無，據畫跋補。二十又四日：原缺一『又』字，據畫跋補。落款『農髯熙』據畫跋補，原未録出。

二、虚齋同年先生既得石濤詩書畫三绝妙迹，復以此四段緘以一匣，稱爲雙璧。熙歸見石濤簡札册子，其中有云：『近作册子多規橅宋元，然不題出，正欲令讀予畫想像耳。』此四段氣骨已直逼南宋，人知石濤法古，然後知石濤能變古。髯嘗稱書畫宜分三期，初功但知有古人無我；及其久，但知有古人有我；其成也，有我無古人。未識同年以熙爲狂乎否耶？丁卯正月二十五日晨起，識於海上心太平庵。農髯熙。

【按】　此畫故宫博物院藏。名爲《石濤山水四段圖卷》。刊印於《至人無法—故宫上博珍藏八大石濤書畫精品》，澳門藝術博物館二〇〇四年九月出版。

【校記】　詩書畫三绝妙迹：『绝』字原缺，據畫跋補。識於海上心太平庵：『海上』二字原缺，據畫跋補。落款『農髯熙』據畫跋補，原未録出。

一一七-四四　小筆山水立軸　與燿飛

殘秃筆亦秃，本藉武林族。噓汲洞庭氣，來依天闕窟。蒲團悟天根，六法師造物。自云游黄山，夜抱雲氣宿。焦墨挾秃腕，象外尋遺躅。丁卯二月十九日，窗外之聲，如雷如霆，髯雍容寫此，頗近有石溪處，并繫以句。

一一八-四四　題秦亮工卷子

亮工賢弟，楊同年仁翁之甥。歸居京時，仁翁遣亮工從予學古文辭。予與仁翁及歐陽刑部居（君）重、任中書壽文昆季置酒論國事，皆各攄肝膽，人或以爲狂，不計也。未幾，亮工司部務；未幾，亮工以使節駐星島；未幾，亮工又長揖歸里。嗟乎！三十年間，河山滄桑，故友淪謝，如亮工壯盛，乃亦屏息不問人間事，世尚堪問乎？嗟乎！予與若舅皆老矣，老而不死，不知天究何心也。

【按】　秦亮工（一八八〇—一九五六），名仁存，字亮工，江蘇無錫人，清光緒二十四年（一八九八）秀才，民國時期，曾任新加坡領事官等職，曾熙弟子，工書法，名著一時。

楊同年即楊道霖（一八五六—一九三一），原名楷，字端書，一字仁山。無錫人。光緒十八年（一八九二）進士。官至廣西柳州知府。民國後，曾任熱河實業廳廳長。

一一九-四五　山水立軸　與閑止

予得石田大册子，又得極晚歲所寫《右丞詩意》，而石溪、石濤皆各藏二三册，擬築磊磊閣以居之。此幅累師石田筆勢，閑止先生素詩髯畫，殊不足以答知愛也。丁卯二月二十二日。

【按】　閑止即汪詒書（一八六五—一九四〇年），字頌年，晚號閑止，湖南善化人。光緒十八年（一八九二）進士，官至山西布政使，民國後，任長沙關監督，南京國民政府行政院高等顧問。

一二〇-四五　寫松　與石孫

抱兹貞姿，飽嘗霜雪，獨不懼誰毁誰折。八閩之地，聖賢之澤，我思君子，雲山脩隔。丁卯三月寫此，并繫以句，敬祝石孫觀察先生七十壽。

一二一-四五　古人稱畫能頤年適性

古人稱畫能頤年適性，予每執筆，百慮皆浄，無异身到極樂國，户外一切咆哮之聲，不能入耳。二月二十二日，寫奉養源姻兄。

一二二-四五　山水

江村宿雨初收後，萬族芙蓉出雲端。前歲友人以許道(寧)卷子相贈，聊其筆勢寫此，即似翰丞先生。丁卯上巳後二日。

【按】　翰丞即甘作蕃（一八五九—一九四一），字屏宗，號翰臣、翰丞，晚號非園主人。广東香山人。曾任上海怡園洋行總辦。古玩、金石書畫收藏極富，上海名宅愚園主人。

一二三-四六　山水立軸　與翰怡

嘉業别墅校書圖。吁嗟道喪，斯文在兹。矯矯劉子，發秘搜奇。昔光有漢，累葉芬披。今承嘉寵，欽若有辭。天有恒星，日月不毁。好古同心，載歌載起。

翰怡先生癖嗜古書，搜求殆遍，擬築嘉業别墅，建閣居之。去歲以景刊宋版《史記》相遺，今復以前後《漢書》餽我，爰寫此圖以答雅愛，并繫數語，志好古有同心耳。丁卯上巳後三日。（圖十二）

【按】　此畫跋稿現由曾熙後人收藏。

翰怡即劉承幹（一八八一—一九六三），字貞一，號翰怡、求恕居士，晚年自稱嘉業老人，浙江省吴興縣南潯鎮人，近代著名的藏書家與刻書家。

【校記】　吁嗟道喪：『吁』字，原稿作『呼』字，據畫跋改。欽若有辭：『有』字原脱，據畫跋補。『翰怡先生』句至末尾：畫跋稿上作『劉君翰怡以覆本宋版《兩漢書》相贈，作圖并題此』。

一二四-四六　山水立軸　與待秋

待秋先生父子皆以畫名海内，而待翁骨韵沈厚，直逼司農之藩。每見名作，賞贊不已。髯六十年來學書未成，敢言六法，不過藉此自遣餘年耳。既承雅贈，寫此以留紀念，不足云畫也。

【按】　待秋即吴徵（一八七八—一九四九），名徵，字待秋，號袌鋗居士，浙江桐鄉人，爲畫家吴滔之次子。工書畫，與吴湖帆、吴子深、馮超然合稱『三吴一馮』。

一二五-四七　山水立軸　與亞南女弟子

髯不解畫，但以篆分行狎書之筆，一洩之於岩石奇松异草，見者或以爲畫，或以爲非畫，皆非髯所知，髯不過自圖其老年狂態耳。亞南弟子從髯得書法，寫此留别。

一二六-四七　山水立軸

古人論設色必墨中有色，色中有墨。然山川异狀，南北不同，草木華滋，春秋各异。有心雕刻，何异置造化於漆室乎？日來海上風□，塵沙驚起，髯但雍容以作畫爲樂，户外車馬之聲亦耳所不聞也。

一二七-四七　山水立軸　與鐵年

偶然數筆，尚見天倪。鹿床論畫云：『眼前地位放寬一步，即是生機。』予畫固然，予今日所處亦何嘗不然。鐵年老弟平日每見髯畫，契賞露搔眉唇之間，請留此，觀他年所進。丁卯三月。

一二八-四八　山水立軸

岩上松陰厓下水，且試一帆鼓棹起。劫餘尚有青山在，呼僮當尋舊時里。里中壯年蚤白頭，昔年白頭今無幾。狂歌高唱《歸去來》，無錢買酒差歡喜。丁卯三月，將買舟回衡寫此，并以詩引之。

一二九-四八　書不宜分南北派

書不宜分南北派，予嘗辨之。思翁云：『畫石宜用方折之筆。』戴文節嘗以董巨合荆關寫大幅山水。又云：『南宗尚氣，北宗重骨，畫宜氣骨兼到。』是文節云南北之見也。此作骨峭□嚴，雖焦墨亦尚有風韵，未識文節見之，其疑議如何耳。

一三〇-四八　設色山水立軸

江山不改六朝色，置酒何須論興亡。丁卯三月既望，海上烟塵少息，天氣融和，九十日春光已過七十六日，兩日來頗稱佳日，寫此并記之。農髯曾熙。（圖十三）

【按】　此畫刊印於《世紀風華——鴻禧美術館藏海上繪畫百年展》（一八四〇—一九四〇），高雄美术館二〇〇三年十月版。

【校記】　文後落款『農髯曾熙』據畫跋補，原未録出。

一三一-四九　松軸

老幹蒼鬱飽霜雪，古心獨有頑石知。積餘先生好金石書畫，收藏既富，鑒賞尤精，幸教正。

【按】　積餘即徐乃昌（一八六九—一九四三），名乃昌，字積餘，晚號隨庵老人，安徽南陵人，光緒十九年（一八九三）中舉，曾任兩江師範學堂監督。民國後，在上海從事收藏和校刊古籍工作。

一三二-四九　山水立軸

江上烟雲時變幻，豈無小渚寄吾廬。以白石翁筆勢爲宗霍妹倩寫此。丁卯三月二十一日春寒少解，几研温和，頗以作畫自頤。熙。（圖十四）

【按】　此畫現由馬宗霍先生後人收藏。

【校記】　文後落款『熙』據畫跋補，原未録出。

一三三-四九　絹本山水立軸

春山融冶生歡喜，天以韶光付少年。（丁卯三月）燕生世兄以尊人之命，夫婦同赴東瀛求學，寫此餞之。

一三四-四九　山水立軸

丁卯四月朔，晨起得雨，快，作書尚有餘興，偶憶梅花庵主用筆，寫此。至枯墨渴處，又肖程穆倩學仲圭矣。

一三五-四九　仿張大風松樹立軸

鼂得張大風卷子，神澹骨清，當爲此老生平第一快意之筆。前與清道人同賞於神州社主，今歸髯篋逾三歲矣。丁卯初夏，農髯熙。（圖十五）

【按】　此畫現由私人收藏。

【校記】　生平第一快意之筆：『一』字原脱漏，据畫跋補。

一三六-五十　山水立軸

山村日永長無事，得酒及時洽比鄰。丁卯立夏前一日，以老髯腕法行子久杼柚。時四方多故，寫此聊以遣悶耳。農髯曾熙。（圖十六）

【按】　此畫現由私人收藏。

【校記】　文後落款『農髯熙』據畫跋補，原未録出。

一三七－五十　靈芝嘉禾獻瑞圖

嘉禾重穎，神芝擢英，太平之世，物之獻瑞如此。寫此三嘆。

一三八－五十　仿米立軸

寫米家山，渾而有骨爲最難。

一三九－五十　梅花

畫梅瘦而清者易，肥而澹者難。髯再識。

一四〇－五十　花卉立軸

岩壑亦有春長在，終勝姚黄魏紫家。

一四一－五一　素王

濕而不緇，此花有之，不取姚魏風流。丁卯四月浴佛後二日。農髯曾熙。（圖一七）

【按】　此畫刊印於臺灣國泰美術館選集第四集。

【校記】　濕而不緇：『濕』字原作『涅』，據畫跋改。落款『農髯曾熙』據畫跋補，原未録出。

一四二－五一　松靈圖橫披　爲露軒仁兄作丁卯四月

蒼幹蟠蛟騰碧空，原來此松出空同。河山雖改葉不落，十二萬年說此翁。

一四三－五一　梅花橫披　爲橘泉仁兄寫

雖冰雪之嚴慓，抱丹心而舒馥。感凡卉之蚤凋，振孤芳於幽谷。河山雖裂，而天獨矜此兀兀之瘦骨。此幅寫成，次晨〔書〕此以補空。

【按】　橘泉即葉橘泉（一八九六—一九八九），浙江吴興人，齋名存濟醫廬，曾任江蘇省中醫院首任院長，著有《現代實用中藥》《古方臨床運用》《本草推陳》等。

一四四－五一　松石扇面　與植根

石耶松耶，篆耶草耶，髯所不知，但見磊磊砢砢、岩岩岸岸而已。

一四五－五一　梅花扇面　與倫生弟，丁卯端午

溪烟疏處看梅，乃有澹逸之景。

一四六－五一　牡丹扇面　與叔雲賢弟

富貴而能澹泊者，其香益遠。

一四七－五二　柏樹扇面　與宥在

疏硬數筆，亦頗有老吏斷獄之風。

一四八－五二　牡丹扇面　與叔襄世兄

富貴昌，宜侯王。

一四九－五二　壽筠安三弟及黄夫人詩

吴興夫婦富丹青，一門三世皆傳人。阿筠夫人今管氏，詩畫清才高當世。阿兄文潔阿侄健，公子六法亦堪羡。當年曾見若翁梅，骨韵蒼鬱意氣恢。阿筠鑒賞秉之父，雍容評畫多神悟。平生惜墨

本如金，懶性嘗被夫人嗔。夫人研墨畫初成，阿筠隆隆作鼾聲。如此清福幾生脩，畫意詩情共綢繆。老髯登堂觀置酒，常呼夫人作畫友。賞奇之人本無多，每恨道遠阻山河。但祝長年老復少，萬軸縑素傳墨妙。（圖十八）

【按】 此詩稿現由上海私人收藏。

健即李健（一八八二—一九五六年），字子建，號仲乾，自號隺然居士，齋名時惕廬，江西臨川人，李瑞清之猶子，畢業於兩江優級師範學堂圖畫手工科，一九二〇年定居海上，以鬻書畫設帳自給，著有《中國書法史》《書通》。

【校記】 平生惜墨本如金：『本』字原作『顧』字，據詩稿改。

一五〇－五二 跋譚澤闓藏明拓石鼓文

壬辰入都游國學，觀石鼓，不但文字之古，即石之璞厚天隨亦渾然三代之風。摩挲竟日，偃坐古柏下，愛不欲去。歸即從廠肆遍搜舊拓，不能得，逮來海上十餘年，每詢舊家，亦竟無所遇。去冬瓶齋五弟得此本，徐紫珊舊物，張叔未署耑，真明拓也。未重裝以前，假置案頭，對臨一過未竟。此拓打工極精，紙墨古黝，不僅五字爲可珍也。除夕，髯復得一本，與此無二而有偶，好古同心，天貺靡遺，當置酒爲我兩人賀也。瓶弟飲蒲酒，乘興爲我歡喜下筆。越日，髯召賓客，并出此同賞，阿筠尤鼓掌稱快。從此兩家《石鼓》并耀天壤矣。丁卯端午後一日，農髯熙識於海上心太平庵。（圖十九）

【按】 此拓本上海圖書館藏，刊印於《上海圖書館善本碑帖綜録》上海書畫出版社二〇一七年版。

【校記】 原無標題，據跋擬題。壬辰入都游國學：『國』字原作『園』字，據題跋改。逮來上海：『逮』字，原稿作『歸』字，據題跋改。落款『丁卯端午後一日，農髯熙識於海上心太平庵』據題跋補，原未録出。

一五一－五三 爲自怡跋雙鈎《鶴銘》帖

此石落未剔拓本，勾者亦遂誤爲點畫，如『得』字是也。匋齋藏水前本二，皆明本。兩罍〔軒〕主人所藏宋拓亦明拓也。此石唐以前定爲右軍書，自《集古録》疑詞，遂成訟案，以爲隱居書。隱居本學右軍，或相近也。但隱居道家，不得有瘞鶴之喻。此殆右軍誓墓不出之年，有此游戲筆墨，後人刻之焦麓耶？南朝禁立碑，右軍不傳今隸，歐陽亦但據行狎疑之耳。覃溪老人跋《鶴銘》詩云：『曾見黄庭肥拓本，慓然大字勒厓初。』蝯叟書其後曰：『真知《黄庭》，真知《鶴銘》者。』蓋考據紛雜，不如辨筆勢之爲得也。自怡主人連日以名茶相貺，携篋中所藏拓，且飲且賞，此樂曷極！遂記此。

【按】 自怡即夏宜滋（一八九一—？），字白怡，江蘇儀徵人，冯煦弟子，擅烹茶，善製印泥，工書，精鑒賞，能醫事。

一五二－五四 萬石圖 爲侃如仁兄寫

此萬石君也，體局而恭，勢峻而屈，能以富貴下人，故能令子孫長保其富貴，君子於此觀德焉。雖然，舉世方以不恭爲禮，得毋笑髯之迂乎！髯又安知笑者不轉非人之不恭乎！丁卯五月。

一五三－五四 松 戊辰雨水後六日

寫黄山〔松〕一株，寄與仲莊賢弟清賞。

一五四－五四 梅

惟兹丹心，照曜海日。戊辰雨水後，寫寄滌塵賢弟清齋供奉，晴江風韵。予性愛冬心而腕近晴江，兩家無一同處。熙補題此。

一五五－五五　**梅**

如此春寒，鄧尉尚遲遲，超山老梅當尚在醖釀中。農髯熙寫於虹口諸家確寓廬，時叔通同年正從超山歸也。

【按】　叔通即陳敬第（一八七六—一九六六），字叔通，浙江杭州人，光緒二十九年（一九〇三）進士，近代政治活動家。著有《政治學》《百梅書屋詩存》等。

一五六－五五　**松**

千軔（仞）枝拂地，護持太初心。戊辰二月既望，以黄忠端筆勢寫於心太平庵。

一五七－五五　**松**

涵兩大之精英，稟川岳之秀氣，故能鬱鬱蒼，歷千歲而不改柯易葉。

一五八－五五　**梅**

領袖春風。戊辰二月既望，客携李晴江梅花立軸，聊仿其大意作此。

一五九－五六　**山水立軸**

獨樹老夫家，豈山麓之陰尚有杜少陵宅耶？歲戊辰二月，農髯熙寫於滬濱。（圖二十）

【按】　此畫現由私人收藏。刊印於《曾熙與上海美專書畫作品集》，劉海粟紀念館編，上海辭書出版社二〇一〇年十一月版。

【校記】　文後落款『歲戊辰二月，農髯熙寫於滬濱』據畫跋補，原未録出。

一六〇－五六　**松**

虬幹嵌寄，雲氣勃鬱。戊辰二月春分前寫此，即似冕南賢弟。

一六一－五六　**梅**

皎皎冰雪姿，相依歲寒時。貞白誰相諒，獨□故人知。歲戊辰立春後十日，寫此梅，頗自快，惜吾友李仲子不及見也，因繫以句。

一六二－五六　**山水軸**　爲筠庵三弟作

頃得筠庵弟自吴門來書：有友藏龍門造像舊拓本數種，重金不能易，但欲得數筆山水，亦何相愛之雅耶！雖然，處今之世能與二三良友以校碑讀畫爲樂，不論何地，即是桃源。寫此，并記此。

一六三－五六　**仿思翁山水軸**　爲吴劍秋作

萬歲亦旦暮，所憂何汲汲。人心不厭亂，天禍寧有極。昔有山能隱，今無林可入。願誦《逍遥篇》，無適求所適。戊辰二，月劍秋二弟來滬上，主予齋將一月，晨夕劇談，無异昔年居京時。每見予近兩歲所寫山水，極激賞之，因檢舊作，并繫以句。時事如此，但求自適，吾弟云何？幸兩正之。

一六四－五七　**松梅**　戊辰三月朔

抱兹丹心，相依歲寒。八表濛濛，佇立江干。

一六五－五七　**墨筆梅花軸**

醉寫齊罍又梅花，篆精草意認參差。記從黄鵠磯下坐，玉笛一聲落誰家。

一六六－五七　**墨筆梅花小立軸**

臨罷齊罍後，儵逢孤山侶。但道梅已花，狂墨爲君吐。

一六七－五七 **紅梅立軸** 與叔通同年

醉寫齊罍又梅花，篆精草意認參差。夆丘有侶還相約，疑是丹成照赤霞。叔通同年先生藏宋元以來梅花卷册極富，屬寫朱梅，題此，乞教正。農髯熙。（圖二十一）

【按】 此畫現由私人收藏。刊印於《張大千的老師——曾熙、李瑞清書畫特展》，臺灣歷史博物館二〇一〇年四月版。

【校記】 詩後落款『農髯熙』據畫跋補，原未録出。

一六八－五八 **墨牡丹立軸** 戊辰上巳後一日

富貴而能澹泊，當勝姚魏之家。

一六九－五八 **丈幅大松** 爲玉佛寺可成和尚作

植根須彌，散葉諸天。不假雨露，蔚然翹然。衆生托命，大造爲緣。誰寔爲此，是曰髯禪。同日，熙再爲此松偈。歲戊辰浴佛日，可成方丈新建玉佛寺造成，曾熙製此。

【按】 可成（一八八九—一九三二），法名大杲，江蘇鎮江人。一九一七年任上海玉佛寺住持。次年，在佛門耆宿的帮助下，募得安遠路地基，重新建造玉佛寺，六年乃成，改稱爲玉佛禪寺。

一七〇－五八 **梅**

眉壽無疆。歲戊辰上巳後，寫祝年伯母徐母陸太夫人八袠大慶。

一七一－五八 **水墨梅花** 爲述昌世先生作

爲語素心人，此君原澹泊。

一七二－五八 **梅花原是故人家**

梅花原是故人家，不見故人見此花。苦雨桂林行不得，衰殘其凄對夕陽斜。令仲兄彌留，熙有約，弟往桂林視太夫人墓。年來烽火滿地，湘桂尤甚，熙與弟均是衰殘，奈何！奈何！寫此并題，寄阿筠三弟。戊辰上巳後十日，雨暘不時，不得與畫友劇談也。

一七三－五九 **題申端愍公仿郭河陽山水真迹**

予得先生公子鳧盟所藏傅青主父子畫册六幀，自題其堂曰遲山堂，日望青主之來也，其清高可想見。先生以太僕丞閱馬近郊，聞李自成破居庸，即策馬入都。及城陷，衣冠拜母，躍井中殉難。觀其遺子書，辭嚴義正，不讓文山先生衣帶箴也。此幅爲翰臣先生所得，以枯墨寫河陽，骨□蒼逸，當與黄忠端、倪文正并重天壤。

一七四－五九 **梅** 齊眉偕臧 戊辰四月

齊德復齊年，歡喜固且堅。西人稱金昏，吾子有鴻篇。憂患與安樂，相隨各以天。兒時不須憶，白髮今爲妍。草木榮雨露，天命使之然。繩繩子孫盛，笑舞樂蹁躚。花燭當重輝，貽此照几筵。劍秋二弟與其夫人今歲同進六十，去歲有《金婚篇》，所謂樂不淫，哀不傷，蓋《風》之正也。予和未能，今寫此梅，聊繫以句，非敢言詩。又少子將於壽筵授室，笙歌引鳳，此樂何如。二弟與夫人年六十尚如少壯，八十花燭重暉，不足云老。戊辰四月，熙頓首。（圖二十二）

【按】 此畫現由私人收藏。刊印於《張大千的老師——曾熙、李瑞清書畫特展》，臺灣歷史博物館二〇一〇年四月版。

【校記】 文後落款『戊辰四月，熙頓首』據畫跋補，原未録出。

一七五－六十 **題季爰仿石濤山水卷**

莊生之文白也詩，行吟澤畔三閭辭。三子以後陳人畫，丹青亦是血友離。畫至石濤，洗盡元明以來畫家面目，而以所見山水工其剪裁。至其奇思譎采，驚絶千古，所謂傷心人别有懷抱也。季爰寫石濤，能攝石濤之魂魄至腕下，其才不在石濤下，他年所進，尚不知如何耳！因見季爰弟臨此卷，并繫以句題此。戊辰三月，熙。

【按】 此圖卷刊印於北京保利二〇一〇年秋季拍賣圖録第二九八〇號。

【校記】 并繫以句題此：『題此』二字原脱漏，據題跋補。落款『戊辰三月，熙』據畫跋補，原未録出。

一七六－六十 **松**

蒼蒼之松，相依維柏。一廬江渚，太古風月。

一七七－六一 **四尺山水軸** 戊辰浴佛前五日

充楊子所至則老矣，充墨子所至則佛矣。舉世混混，吾誰與歸！莽莽山河，誰是主人？任筆所造，已落鴻濛之後矣。聊以自適，非敢求知。

一七八－六一 **題清道人臨六朝四種** 第三集

曏侍武岡鄧師金陵文正書院。鄧師曰：『予酷好詩，有詰旦至日夕，能得一稱心之句。』其苦心慘澹如此。清道人當同寄京時，有一筆不逼古人之藩，嘗達旦不休。祖庵曰：『道人書思沉力厚，直似白香亭詩。』可謂真知白香亭詩與道人書者。道人歿忽九年矣，而髯書不少進，不足告知己於地下也。題此自嘆。戊辰浴佛日。農髯熙。

【按】 此題墨迹刊印於《清道人節臨六朝碑四種第三集》，震亞書局發行。

鄧師即鄧輔綸（一八二九—一八九三），字彌之，湖南武岡人，咸豐元年（一八五一）副貢生，官至浙江候補道，曾任衡陽船山書院、金陵文正書院山長，有《白香亭詩文集》傳世。

【校記】 直似白香亭詩：『直』字原脱漏，據題跋補。落款『戊辰浴佛日。農髯熙』據畫跋補，原未録出。

一七九－六一 **山水軸** 戊辰四月爲炳章老兄作

美哉此山河，劫後生意足。神聖雖組淪，正氣鬱岳瀆。貞元會有期，日月當旦復。勝殘百年事，所苦民命酷。得酒勸客飲，有書授兒讀。還我元漢心，澄慮且觀物。

【按】 此題畫詩刊印於日本《東華》雜志第十二期，藝文社一九二九年七月版。詩後有青厓評語：筆致老蒼，骨韵高遒，玄漠之中，自有悲壯之氣。

一八〇－六二 **紅梅便面** 戊辰四月

此花其清在骨。戊辰四月，農髯熙。（圖二十三）

【按】 此便面現由私人收藏。

【校記】 文後落款『戊辰四月，農髯熙』據畫跋補，原未録出。此便面上另有江萬平題：『戊辰夏日，虞澹涵女士售海上各書畫家所作便面數百幀，開會展覽，請余妹道樊訪髯師所徵件，師應五頁，道樊書背者二，此其一也。其四皆作山水，似皆較此工緻，而筆墨飛舞，不易學步，允推此箑。蓉舫兄獨能鑒賞於世俗之外，以十六金易之。蓉舫欲與髯師譒求補款，師曰：「蓉舫獨愛此箑，真能知余畫者，曼倩請其代記其事，不愈於余補一款哉。」余應曰：「諾。」因爲記其因緣如此，亦藝林一佳話也。是年九月，錢塘江萬平因髯師所命，爲蓉舫鑒家題。』

一八一－六二 **山水** 戊辰四月

實處有畫易，空處有畫難。道樊師予八分，能得妙處，喜而作此。

【按】 道樊即江百平，生卒年不詳，字道樊、曼倩，自署小江村女，浙江杭州人，江紫塵之女，與其兄江一平、江萬平皆入曾熙、李瑞清之門，學習詩文及書法。

一八二－六二 **柏樹扇** 爲伯嚴作

古貌古心，横盤海上。

一八三－六二 **山水扇**

泉聲松韵，蒼莽莽，其無極耶？

一八四－六二 **柏樹扇**

骨堅於銕，飽餐風雪。獨立不惧，還不清白。

一八五－六二 **松樹扇** 爲滋霖侄作

松勁而堅，非以三代鼎彝之筆，不能代表其精神。

【按】 滋霖即曾滋霖（一八八八—一九五八），别名宗一，齋名貫齋，湖南衡陽人，上海政法學院法律系畢業，由曾熙推薦任譚延闓秘書，後以收藏、鑒别古玩書畫爲職業，一九五四年經陳叔通介紹入上海文史館。

一八六－六二 **詩**

將作嵩山游，遠謝東南客。變易舊姓名，長與家人别。一念已超凡，萬緣從此絶。何須問鴻盧（臚），盗名乃天賊。何須尋面壁，真空勝佛説。一息足千年，精氣天相接。更哭商山人，采芝徒苦拙。

一八七－六三 **山水扇** 用黄子久淺［絳］筆間爲德馨兄世友作

松溪放棹。莽盪山河誰是主，蕭然一葉與天隨。

一八八－六三 **百齡圖** 爲兆琳仁兄作

一八九－六三 **五尺大幅紅梅**

梅花小壽三千年，年年歲歲花常妍。且進萬觴爲君壽，岳南佳氣鬱陔前。戊辰七月，寫祝海真先生七十大壽。

一九〇－六三 **黄石赤松圖** 爲海真先生壽

海真先生年七十，而精神容顔尚如三四十時，所謂不采藥而自有金丹者，因寫黄石赤松壽之。

一九一－六三 **扇** 戊辰秋

秋山妍艷。詩外有詩，乃可與言詩。倦知老人深於詩，請以論詩之法論予畫，何如？閑止翁阿好予畫，乞幷正之。

【按】 倦知老人即余肇康（一八五四—一九三〇），字堯衢，號敏齋，晚年號倦知老人，湖南長沙縣人，清光緒十二年（一八八六）進士，民國後，遷居上海，以遺老和寓公生活自遣度日。

一九二－六四 **扇** 戊辰七月爲百齡世小友寫百齡圖

一九三－六四 **百齡圖**

一九四－六四 **松風桐韵圖** 爲王伽島作

戊辰七月中旬，連日大雨如注，暑氣漸消，徐步非園，歸齋寫此。似迦島老兄法家正之，農髯熙。

【按】 此画現藏於南京博物館。

【校記】画後落款『似迦島老兄法家正之，農髯熙。』據畫跋補，原未録出。

一九五－六四 **扇** 山水佛，爲王伽島作五十生日

塵心儻滌盡，浄海長不波。寫此爲君壽，無須念彌陀。

一九六－六四 **題吴興（鄞縣）趙叔孺爲爾卿先生畫瘦馬卷**

秋雨凄凄秋草肥，昔年百戰苦征衣。長城既壞不堪憶，瘦倚寒林伴夕暉。戊辰新秋，讀叔翁臨趙吴興《秋郊瘦馬》小卷，賦七絶一首，以應爾卿先生之請。吴興原卷，髯既讀過，今觀叔翁所臨，韵古氣厚，并不下真迹，願爾翁秘寶之。

【按】 爾卿即林爾卿，生卒年不詳，江蘇蘇州人，曾任明華商業儲蓄銀行董事，海上書畫收藏家。

一九七－六四 **山水中幅** 爲季祚輝之母易太夫人六十大壽寫此佐觴

青青之松，鬱鬱之柏。執酒上壽，式歌懿德。

一九八－六四 **五尺山水屏** 爲鼎三先生作

年年江上看紅葉，不覺蹉跎六八秋。戊辰七月二十八日燥，列（烈）异常。

一九九－六五 **山水軸** 爲朱挹芬五十生日

秋山研（妍）明，佳氣勃郁。寫此爲挹芬先生五十生日佐觴。熙乙卯冬來海上，挹芬印《道人臨六朝唐宋諸家書》，既又印道人與熙分臨《蘭亭》及臨各種碑志。熙見道人爲《金剛經》書，必陳列原拓大字，狼藉滿室，未嘗不以爲苦，因語挹翁縮小原拓，并與茶陵昆季集聯印之，一時風靡，於是挹翁震亞圖書局之名充滿海内。其時挹翁年三十餘，今五十矣，熙且六十八矣。世外人但解書畫老且日進，并記。

【按】 朱挹芬（一八七九—一九四〇后），名崇芳，安徽婺源人。上海震亞書局主人。

【校記】 未嘗不以爲苦：『不』字上衍『当』字，故删除。熙且六十八矣：『六』字上衍一『八』字，故删除。

二〇〇－六五 **墨牡丹** 爲建正先生作

近因此花亦畏人，畢竟繁華易失真。富貴倘能求本色，不容姚魏結比鄰。老髯題此補空，時寓上海朱家木橋。

二〇一－六六 **梅石** 爲芳正先生作

寫罷齊疊又梅花，石公相對枝横斜。嶺南亦有好梅客，是否林逋梅作家。戊辰秋七月，寫寄芳正仁兄法家正之，農髯熙。

【按】 此畫臺北長流畫廊藏。

【校記】 詩後落款『戊辰秋七月，寫寄芳正仁兄法家正之，農髯熙』據畫跋補，原未録出。

二〇二－六六 **祭向親家樂谷文**

惟我樂叟，體實志宏。好古過我，垂老益勤。寶光在篋，□唐佛經。紛郁几案，彝器古碑。書避時好，畫與天隨。方面之才，乃屈監司。臨難不避，履險如夷。我哭公兮，所遇非時。廿年之友，十載不離。知交漸盡，更爲何爲。同遭世亂，羡公蚤歸。有弟主喪，禮惟其宜。有子歸骨，三月爲期。既壽令終，公其庶幾。

二〇三－六六　**髯與公展、一亭合作畫題詩**　戊辰秋八月

公展寫菊髯寫松，居然三徑來清風。一亭嘗爲髯畫像，大肖當年栗里翁。近日畫家畫淵明無不俗，盍乞一翁圖髯像，即可作一幅松菊猶存觀也。

【按】　公展即謝公展（一八八五—一九四〇），名壽，一作翥。江蘇丹徒人，近代著名畫家，善花鳥魚蟲，尤工畫菊，有『謝家菊』之稱。

二〇四－六六　**山水扇**　爲文虎作

到處飢人喚奈何，不如歸去山之阿。荒崖尚有敝廬在，漫聽漁人唱樵歌。文虎弟麓山別後二十餘年，兩過滬江不得暢叙。此扇上句爲予從侄伯周作也，因賢弟推愛，爲之救飢渴，因書之。髯未嘗學畫，偶以書法通之，仍是書家本色，弟意云何？

二〇五－六七　**三尺山水**　壽黄子林

君年五十猶四十，甘辭絓組養清逸。歲歲尋山吴越間，行篋芬秘皆名迹。知君愛畫更愛友，千金又嫌等敝帚。贈我瓊瑶發祥光，讀畫如對君飲酒。九秋澄空松柏香，寫此再拜爲君壽。

二〇六－六七　**題唐人畫佛**　補庚申九月

敦煌石室唐人第一畫佛。此抱蜀子官察秦州所得唐人畫佛奇迹也。歷白匪之亂，出入兵燹，獨抱此佛與六朝經卷以歸，好古真過我矣。畫於石上留名，譯爲尉遲乙僧，左角有沙州報恩寺印。沙州唐置，宋改安西，此唐畫之確有證據者。寶光照人，歷千三百餘年如新，殆有鬼神護之也。

二〇七－六八　**題子久山水卷**

此大痴老人寫《天池石壁》，安氏舊物，嗣歸嶽雪樓，粤中如潘氏、伍氏皆有賞鑒圖章。元人勿軒題詩，勿軒詩人，而書法之妙如此。題册左角有元人貢師泰印，其詳見嶽雪樓集中。此卷張生季爰從蜀得之，季爰以髯酷好大痴，遂割愛讓之髯。丙寅除夕，曾熙識。（圖二十四）

【按】　此圖卷現由私人收藏。

【校記】　左角有元人貢師泰印：『元』字原漏，據畫跋補。遂割愛讓之髯：『髯』字原漏，據畫跋補。落款『曾熙識』據畫跋補，原未録出。此圖卷前有曾熙題額：『大痴天池石壁妙墨。此畫張生季爰自蜀携歸，即留髯篋三歲，丙寅冬讓與髯，爲書其耑。』

二〇八－六八　**大痴畫有時氣静神永**

大痴畫有時氣静神永，若無過人處，鹿床居士稱爲有道德者之畫？予藏烟客立軸，其用筆斂氣頗得之。有時老腕横披，雖毫髮之細，亦必挾千鈞之力，内府所藏《芝蘭室圖》，與此寫天池石壁是也。丁卯上巳甘園修禊歸，熙。（圖二十四）

【校記】　丁卯上巳甘園修禊歸：原作『丁卯從甘園修禊歸』，據畫跋改。落款『熙』據畫跋補，原未録出。

二〇九－六九　**明季諸賢多從大痴老人出**

明季諸賢多從大痴老人出，然寬閑逸雅，獨思翁一人。髯得思翁畫稿二十紙，高江邨舊物，江邨所題凡三千餘言。乾隆時烟客曾孫王古岩分割四紙，其十六紙流傳爲何道州所得，今夏歸髯，越月，古岩所分出亦入髯篋，所謂奇墨奇緣也。二十紙中，心追大痴居三之二。戊辰六月熙記。（圖二十四）

【校記】　戊辰六月熙記：『熙』字原漏，據畫跋補。

二一〇-六九　**題傅青主父子山水花卉册**

此青主先生父子山水花卉凡六幀。蓋真有古心者，非人所能襲取一筆也。阿某不死，黛一見之，不知其如何大聲叫好也。此册戴廷栻贈申凫盟。凫盟父謚忠愍，事詳《明史》。廷栻號楓仲，祁縣人，刻晋四家詩，先生父子居其二，見《漁洋詩話》。戴申皆先生道義之友，當時所得僅止六幀，且絹素不一，其難得如此，宜（疑）今所見長條巨幅皆贋本，能弗重加寶愛耶？歲丁卯浴佛日，譚震青同年讓得之，熙并記此。

二一一-七十　**山水**　爲秉初二弟作仿大痴筆勢

三古此山河，精神寄周孔。頗聞岩谷人，嬉戲稱垂拱。予藏石田大册子中有臨大痴一幀，設色古厚沉鬱，聊用其筆勢爲之。

二一二-七十　**三尺山水軸**　戊辰重九後三日

老幹霜餘生意足，翹然疏秀立江頭。戊辰重九後三日，農髯熙。

【按】　此畫刊印於《當代名人畫海·甲編》，蜜蜂畫社徵集編輯，中華書局一九三一年八月版。

【校記】　文後落款『戊辰重九後三日，農髯熙』據畫跋補，原未録出。

二一三-七十　**三尺設色山水軸**　九秋

懶婦不梳頭，破衣常百結。終是瓊玉姿，却勝粉黛色。乙盦老人書以醜拙爲人所不能及，髯畫亦作如是觀。

二一四-七十　**水墨山水**

歸去還尋栗里徑，新詩寫寄慰遠人。震青同年先生來滬將兩歲，今歸，寫此爲别後想，幸正之。農髯熙以董意爲之。

二一五-七十　**校碑品茶圖**　戊辰立冬後六日

宜滋賢弟富收藏，喜臨六朝碑志，筆秀雅。尤喜飲茶，每過寒齋，必携飲器，茶或荷露，蓮香清芬，留舌本，因寫此圖以答雅意。戊辰立冬後六日，農髯曾熙。（圖二十五）

【按】　此畫現由私人收藏。刊印於一九三〇年九月《上海畫報》。

【校記】　必携飲器、茶或荷露：該句原作『必携飲茶器、或茶或荷露』，据畫跋改。落款『戊辰立冬後六日，農髯曾熙』據畫跋補，原未録出。

二一六-七一　**山水軸**　爲藹士先生作

霜華曜陽林，寒岩松更青。

【按】　藹士即汪吉麟（一八七一—一九六〇），字藹士，江蘇丹陽人，寄居北京，近代著名畫家。

二一七-七一　**松佛軸**　爲孟祥弟作

有時幻坐長松下，手持經偈遲衆生。孟祥賢弟事親至考（孝），近復篤脩静業，爰寫此佛，同証慧果。

二一八-七一　**梅**　戊辰十月，以李復堂本爲培騦兄作

復堂自題句『不效元章效補之』，補之梅昔年曾見一卷，其卷長條，剛中能柔，不但復堂腕力不能到，冬心且望塵却步矣。

二一九-七一　**山水扇十幀**　爲吕蘧生棣作，戊辰十月既望

一、天下幾人學杜甫，孰得其皮與其骨。予於子久亦云然。

二、塵市煩囂，擬從江上岩樹深處築别墅清養。

三、萬馬奔騰仍不步伐，軍法也。書法畫法莫不然。

四、予於龍田舊宅後山手植松三萬餘株，今殆二十年矣，雖經兵燹，然松林蒼翠。憾不能歸，寫此悵〔然〕。

五、江嶼荒寒，詩家畫家皆取之。予此作當不居元人下。然元人寫枯木，予尚嫌其繁而不簡。

六、雨後看山，取其蒼潤之氣以入書（畫），六法尤不可無此領略。

七、荆關雪景。元常書雖臨橅覆刻帖，然法尚在也。予所見荆關本皆覆刻耳，但取其筆刱此。

八、摩詰詩澹逸，然古風遒邁，其來歷遠矣。

九、秋山妍艷。此畫雖刱格，然古人必先有爲之者。鹿床嘗言：『有古人似我也。』

十、有人門（問）缶叟，髯寫山水何如？叟曰：『君亦見過秦權量諸刻乎？是髯之畫稿也。』越日，叟告髯，相視而笑。蘧生賢弟索畫扇，寫此十扇寄之。

【按】　蘧生即吕苾籌（一八八三—一九三九），字蘧孫、蘧生。湖南益陽人。曾任湖南督軍署秘書長、行政院秘書長、浙江省民政廳廳長等職，一九一五年冬，在上海譚延闓寓所拜入曾熙門下，學習書法。

二二〇-七二　山水扇十二幀　戊辰十月十七日

一、天下幾人學杜甫，孰得其皮與其骨。予於子久亦云然。

二、老年不難於蒼，所貴蒼中能潤耳。書亦宜然。

三、氣韵尚生動。

四、筆縱而神宜注，書法如此，畫法亦宜然。

五、擇水石幽奇，古木□年，名花四時，天然不假人工之地，爲置別墅，亦大快事。

六、古趣。古木竹石，畫家皆樂爲之。然寥寥數筆，人品心術攸關，亦大可畏也。

七、但以赭墨勾勒，不知古人亦有此畫法否？熙注。

八、直可作六朝新體詩讀耳。吴劍秋、程伯臧來看董畫稿，退後寫此。

九、黄曉翁以畫松自負，值倍寫山水，及見髯大小松乃閣（擱）筆，起曰：『予但爲松寫照，今松乃寫髯耳。』語頗奇，記此。

十、岩上有亭，岩下有松。江居有廬，聊適所從。二十年前，丞（烝）湘之間舉杖即得此境，今非其時矣。

十一、密林深翠處，尚有故人居。

十二、太古之石，千歲之松。聊以頤年，置酒從容。予寫此扇甫成，内子以酒壽，告以珂男今日進二十四歲，遂以此扇與之。

【按】　程伯臧（一八七三—一九五二），名學恂，字公魯，號伯臧，江西新建縣人，光緒二十三年（一八九七）舉人，精於詩詞，亦擅長書畫，有詩、書、畫三絶之稱。

珂男即曾憲珂（一九〇五—一九六〇），原名憲璞，字叔主，號檢生，一號季鳴，行博一，又行五，上海大夏大學政治系畢業，曾熙第五子。

二二一-七四　山水扇十幀

一、層巒亦何高，江嶼清冽，漁翁亦知道，不須栖岩穴。

二、頗近檀園，終是石田變相耳。髯自評之，劍弟云何？

三、垢道人有此拙無此峭，老髯墨戲。

四、豈亦靖節之侶，尚戀此石上松耶？

五、以大痴筆勢寫此，散處尚能得其神理。

六、春江烟柳。農髯熙寫於海上心太平庵。

七、千仞一亭立，兀岸氣更幽。

八、荆關《沙磧圖》，張爾唯曾仿之，略取其筆勢寫此。是夕從黄曉翁處汽車歸，已漏四下矣。

九、汲石之液，老且益堅。

十、江亭清幽，秋樹疏秀。熙爲劍秋二弟寫扇十張，聊爲客中遣悶耳。歲戊辰十月，同客滬上。

二二二 - 七五　柏齡圖　戊辰十一月

石取其堅，柏取其節。詩書之澤，留此清白。惟竹伊青，惟芷伊榮。鬱鬱佳氣，以顯令名。節婦李六嫂胡孺人五十開慶，寫此頌此。

二二三 - 七五　柏齡圖　三尺松佛山水軸

滌塵賢弟來書云：『前歲潦水爲患，今又苦惶（蝗）。』爲造世尊一區，清齋供奉，當可消除一切災戾也。

二二四 - 七五　三尺山水軸　戊辰十一月又二日

流水有時枯，吾生無時滅。元氣相周流，驅遣在形色。今歲得思翁畫稿，既證前歲所畫，雖有極不穩處，尚不損天趣。此幅究近過穩，亦姑存之。

二二五 - 七五　三尺山水軸　仿大痴筆勢

前夕予夢至一山，巉峭壁立，因攀蘿尋勝，遂躡絶頂。左憑大江橫睇，小嶼如螺子，石逕草深，若未曾有游人之迹。歸至山麓，予以爲武夷第一曲，遂問紫陽書院，土人答以示知，遂驚醒。既思武夷中有梯，此則引石磴由左也。爰以大痴筆勢追此境寫之。

二二六 - 七六　山水軸　以石濤、半千筆勢寫之

十日前有畫估携來龔半千與石濤合寫山水立軸，半千自題云：『石濤來予齋，就案頭寫石山，即爲友人携游栖霞，予少爲點綴，復寫江景，頗有烟雲之氣。後三日石濤復來，見此幅，大叫曰：「不可無老夫醜拙石。」即以焦枯墨作小石塊。』此幅三尺長，索值千金，遂棄去。因追寫此幅，皆有墨氣。爲慎五八弟補壁，即正之。

二二七 - 七六　松　爲權田和尚作

此松從須彌來，願一切衆生護持之。

【按】　權田即權田雷斧（一八四六—一九三四），號天縱，日本新潟縣權田市人，一九二四年，與橋本關雪等人訪華，曾任大正大學校長，一生著述共八十餘種。

二二八 - 七六　三尺高麗紙山水軸　戊辰十一月十日

石清松秀，江嶼澄明，此天地自然之佳氣，終古不改也。仁壽侄夏間自寧省予滬上，樸直之氣尚如十（年）前，蓋得天獨厚也。寄此爲我告乃父曰：『九伯父年六十八，尚喜以筆黑（墨）自頤，不足云老也。』

二二九 - 七七　三尺山水仿巨然筆勢　爲寄蓴仁兄作

顔石山房藏巨然大軸嗣歸蔡京卿，置髯案頭三歲。當元人所仿，其勝明以來所臨巨然遠矣。略師其筆勢。

二三〇 - 七七　花卉扇十幀　五松五梅，以徵五福

一、和白老人嘗言：『楊（揚）補之畫梅幹如鐵鑄。』阿筠亦稱道，談之津津有味。及庚申周夢公携此卷渡海來滬，展玩浹旬，知和白但解冬心，於補之猶未也。偶憶寫此。

二、直是鼎彝變相耳。道州七十後儻畫梅，當有此風骨。

三、骨瘦而疏，其清在神。

四、相愛之深，雖遠不違，此花有之。

五、昔魁百花，今號國香。

六、蟠塞天地，其氣乃耳。

七、頗肖南阜設色。

八、石岸古松欲拂天，手栽已逾八千年。主人甲子不須問，生在南山北海前。石田題松句。

九、以道州筆寫馬遥父松法。

十、爲道者相，爲壽者相。戊辰臘月，祖安三弟五十生日，寫梅五幅松五幅，以徵五福。

二三三一-七八 松五尺屏 爲輔成仁兄

以瞿山筆勢寫此，頗覺疏瘦有逸氣。

二三三二-七八 梅屏五尺 爲春霖仁兄作

丹花照日。

二三三三-七八 五岳圖 爲伯夔先生五十生日佐觴，戊辰臘月將望

提攝五岳歸腕下，老髯六法君文章。老髯寫此幀，爲伯夔先生五十生日佐觴。戊辰臘月將望，熙頓首。（圖二六）

【按】此畫現由私人收藏。刊印於《曾熙與上海美專書畫作品集》，劉海粟紀念館編，上海辭書出版社二〇一〇年十一月版。

伯夔即袁思亮（一八七九—一九三九），字伯夔，號蘉庵，光緒二十九年（一九〇三）舉人，曾任北洋政府國務院秘書、印鑄局局長。晚年隱居上海，終日以著述、購書爲樂事。所藏宋元古籍甚多。

【校記】文後落款『老髯寫此幀，爲伯夔先生五十生日佐觴。戊辰臘月將望，熙頓首』據畫跋補，原未録出。

二三三四-七八 梅 戊辰臘月爲似昌仁兄作

寥廓江天梅早放，一亭且遲故人來。歲戊辰臘七日寫此，即似昌伯仁兄法家正之。農髯曾熙。（圖二十七）

【按】此畫刊印於香港佳士得二〇一三年秋拍圖録一三二三號。

【校記】文後落款『歲戊辰臘七日寫此，即似昌伯仁兄法家正之。農髯曾熙』據畫跋補，原稿未録出。

二三三五-七八 山水軸 戊辰臘月七日寫與三男婦趙氏

今歲十一月卓男婦趙氏來賀予六十八歲生日，將返湘，以此幅與之。當歸告其夫曰：若父雖健，書畫樂事，然以之易錢則苦。須知一筆一點皆精神所寄，一錢一粟皆能力交换得來。其深誦斯語，敬守之。臘七日，老髯記此。（圖二十八）

【按】此畫今藏湖南博物館。刊印於《湖南明清以來書畫集》，湖南美術出版社二〇一〇年一月版。畫上另有一題：『美哉此山河，劫後生意足。神聖雖徂淪，正氣鬱岳瀆。貞元會有期，日月當旦復。勝殘百年事，所苦民命酷。得酒歡客飲，有書授兒讀。還我元漠心，澄慮且觀物。戊辰中秋，復檢此幅書此，農髯熙。』

卓男即曾憲璚（一八九三—？），字叔瑶，小字大凝。號立尹。行忠九，又行三。大學生册名炳文。達材法政專門學校法律專科畢業。更名卓生。曾熙三子。

趙氏（一八九四—？），曾憲璚妻。

【校記】敬守之：該句後有『臘七日』三字，原脱漏，據畫跋補。

二三三六-七九 山水卷 申江送别圖

春申江上水，歲歲别離多。爲問瀛洲事，异邦近如何。祉甥去年游日本，重伯宗人以詩送别，髯允寫《申江送别圖》。今將一歲矣，補寫此圖，并題二十字，幸以詩答之。戊辰臘八日。

【按】重伯即曾廣鈞（一八六六—一九二九）：字重伯，號觙庵。湖南湘鄉人。曾國藩長孫。光緒十五年（一八八九）進士。官至

廣西武鳴府知府。辛亥革命爆發前夕，弃職歸里。有《環天室詩集》行世。

二三七-七九　**題文仲子豳風圖**　爲縉侯世友題

予性喜農桑，卜居西湖側（洞庭之西天心湖。予庚子侍母居此，稱龍陽老農，其時未有髯也）。披圖三太息，今我歸不得。文仲子此卷，志在仿宋，而工雅疏逸，别有天趣，以視其兄但乞靈於山樵，其風度夐乎遠矣。題句不無所慨。縉侯世友兩正之，戊辰臘月既望，農髯熙。

【按】　此畫刊印於寧波富邦二〇一〇年迎春拍賣圖録。縉侯即朱縉侯（一八八二—一九六一），安徽黟縣人。一九二五年創辦安徽銀行。活躍於蘇滬藝壇，與書畫家頗有過從，收藏頗豐。

【校記】　爲縉侯世友題：『侯』字原作『候』，據畫跋改。題句不無所慨：『慨』字原作『概』字，據畫跋改。落款『縉侯世友兩正之，戊辰臘月既望，農髯熙』據畫跋補，原未録出。

二三八-七九　**山水佛軸**

形形色色，適然天則。生生滅滅，以氣充塞。山〔不〕壓（厭）平，水不厭竭。大觀園妙，庶幾充悦。再題數語，以擴前義。此幅裝成，頗覺生動。檢贈超明大居士清玩，戊辰除夕。

二三九-八十　**松**　己巳元月

庭前雙松，垂蔭多祜。以鼎彜之筆，用僧繇之法，寫爲摩羲姻先生德配湯太夫人古稀佐觴。

二四〇-八十　**題畏廬山水卷**　己巳正月

畏廬先生嘗喜以西法入宋人室。此卷純以□勝，而骨韵之清潔澹逸卓然名家，蓋從學問來也。新梧兄以其兄瑞桐先生隱於醫，遂爲兄寶此圖，蓋風雅有道之士，爲識數語。

【按】　畏廬即林紓（一八五二—一九二四），字琴南，號畏廬，别署冷紅生，福建閩縣人，光緒八年（一八八二）舉人，近代文學家、翻譯家，擅長山水。著有《畏盧文集》。

二四一-八十　**松**

此松直是千年前一尊古佛骨耳。考《須彌山志》稱：老僧坐岩中三百年，一日解脱，忽化千年松。松傍一石，頗肖其生前所持之鉢。群弟子羅拜松前，亦時有舍利光，其即此松歟？己巳元宵後，曾熙寫於心太平庵。

【按】　此畫刊印於《美展特刊》，正藝社一九二九年十一月發行。

【校記】　其即此松與：『即』字，原作『如』字，據畫跋改。落款『己巳元宵後，曾熙寫於心太平庵』據畫跋補，原未録出。

二四二-八十　**山水軸**

石壁千尋削空起，横障東下大江水。此松真與石齊年，太初甲子那可紀。

二四三-八一　**山水軸**

臨邛有客能題字，畢竟文人駟馬心。是米，非也。不是米，亦非也。不是米而是米，其庶乎可與論米。予此幅頗近鄒衣白之學董，鹿床所謂『名（古）人似我』。

二四四-八一　**細筆山水條幅**

三年前，粤客携來吴仲圭臨巨然小軸，絹如青銅，墨黝黑如漆，留齋中十日，以絹破如百衲，遂棄去。然常追悔於中，因寫其大意。

己巳人日，六十九叟熙戲墨。

【按】 此畫現由私人收藏。

【校記】 文後落款『己巳人日，六十九叟熙戲墨』據畫跋補，原未録出。

二四五－八一 山水軸

岳峻松青。己巳二月十日，寫爲譚嫂黎節母五十大壽佐觴。

二四六－八一 山水軸絹本

畫山水實處易，空處難；繁筆易，簡筆難。况松弟近究心六法，視此作如何？

【按】 况松即李况松（一八八八—一九五七），又名李勁，湖南衡陽人，曾熙弟子，工書畫，歷任湖南省議員，省高等檢察廳廳長，國民革命軍少將高參。湖南省政府顧問。

二四七－八一 梅 爲炎煊先生作

獨占人間第一春。

【按】 炎煊即謝文炳（一八八二—一九四九），號炎煊，湖南衡陽縣人，早年入廣州講武堂，并加入中國同盟會，一九二六年參加北伐戰爭，任國民革命軍四十八軍軍長。

二四八－八二 江天秀氣

己巳六月，寫似蕊初先生四十生日佐觴。農髯曾熙。（圖二十九）

【按】 此畫現由私人收藏。

【校記】 四十生日佐觴：『佐觴』二字原無，據畫跋補。落款『農髯曾熙』據畫跋補，原未録出。

二四九－八二 題張生季爰自造像

老髯之髯白如雪，喜子髯虬翠如墨。一十二年几席親，每出一幅人嘆絶。米書嘗作内史觀，子畫應爲好古得。未必古人勝今人，此話難與世解説。不貴人相貴我相，自寫面目留本色。松下暖暖雲氣深，恍如置身天都側。蜀中兄弟稱坡髯，書畫到今名不滅。願子策力抗前哲，再見岷峨生光澤。己巳二月，農髯熙題於戲海樓。

【按】 此畫刊印於《大千己巳三十自寫小像》，東方學會出版。

【校記】 一十二年几席親：原作『一十二年几杖親』，據畫跋改。米書嘗作内史觀，子畫應爲好古得：該二句原作『襄陽作書王著收，子畫嘗爲好古得』，据畫跋改。落款『己巳二月，農髯熙題於戲海樓』據畫跋補，原未録出。

二五〇－八二 梅 己巳五月爲李志女史作

香清益遠。

二五一－八二 題季爰寸紙卷子 付其兒啞弗

三歲小兒初學語，聞説黄山意栩栩。乃父新躡泰岱雲，癡懷恣戀黄海雨。侍母坐兒棚陰下，痴兒索畫歌且舞。寸楮潑墨付痴兒，兒痴父痴髯獨與。

【按】 啞弗即張心智（一九二五—二〇〇六），名穎，小名啞弗，行十，四川内江人，張大千次子，爲二夫人黄凝素所生，自幼隨父親學書畫，一九四一年與父親赴敦煌莫高窟臨摹壁畫，曾任寧夏博物館館長。

二五二－八三 山水軸 爲王培甫作附詩

王子搜奇書，好古予弗及。抱兹軼世才，自處甘岑寂。冲然道之體，攝生藴神識。六十髮青青，尚如年三十。矜己不苟同，孤行求自給。

萬卷終易米，且讀且佐食。青主兒挽車，君有子負極。閑閑越江海，容容話今昔。投我新詩篇，力抗蘇黄席。予非能詩者，寫圖照四壁。歲戊辰五月，梅雨苦悶，日在病中，佩翁先生以詩遺我，圖此答之，幸兩正。農髯熙。（圖三十）

【按】 此畫刊印於香港蘇比斯二〇〇一年春季拍賣會圖録第一六〇號，名爲《小招隱館校書圖》。

王培甫即王禮培（一八六四—一九四三），字佩初，號南公、潛虛老人，湖南湘鄉人，光緒二十九年（一九〇三）進士，民國知名藏書家，著有《小招隱館談藝録》。

【校記】 孤行求自給：『求』『給』二字原作『取』『適』二字，據畫跋改。君有子負極：『極』字原作『笈』字，據畫跋改。寫圖照四壁：『寫圖』二字原作『圖此』二字，據畫跋改。落款『歲戊辰五月，梅雨苦悶，日在病中，佩翁先生以詩遺我，圖此答之。幸兩正。農髯熙』據畫跋補，原未録出。

二五三-八三 松 己巳清明前四日

以南阜法寫須彌松。覺民大醫士活人無算，殆如須彌老松，能護持一切衆生也。

二五四-八三 山水軸 爲王壯伯作并題

石溪道人生長武陵，窮五溪山水之勝，既乃訪道南岳，觀雲黄山，晚遂蒲團牛首，往來栖霞，故其畫雄鬱深厚，於江浙諸名家外獨立一幟，聊仿其大意。

二五五-八三 松 己巳三月

一木豈擎天，百折心不死。吾黨固多賢，愛君不好子。蘇戡先生數歲以來，患難從公，可謂不負平生志矣。今歲七十，鬚髮未白，未明而起，精神奮迅，不异三十年前初相見時。天之福先生，蓋有在也。寫此松，題此爲壽。

【按】 蘇戡即鄭孝胥（一八六〇—一九三八），字太夷，號蘇戡。福建閩縣人，光緒八年（一八八二）舉人，官至湖南布政使，辛亥革命後，以遺老自居。一九三二年任僞滿洲國國務總理。近代著名詩人、書法家。

二五六-八四 梅

李晴江長於寫幹，高西唐每寫枝有疏越卓邁之勢。髯以李高兩家法合寫之，能讀李高畫者當能一辨之。次晨熙補題。

二五七-八四 細筆山水軸

靡歲不構兵，生民禍無極。舟中彼何人？自稱曰天逸。鼓棹發狂歌，悲風生兩腋。太息綱維絶，河山將异色。一舟將安之？溯洄以永夕。己巳立夏前二日，寫此并題五言詩一首。

二五八-八四 梅

烟烟雨雨又風風，三兩横斜出廧東。孤山豈是忘情客，款款丹心照水紅。

二五九-八四 五尺水墨山水軸

長夏草木深，石徑苔蘚積。云有异人居，望塵常不及。朝宿岩之巔，暮息巖之隰。挹露以爲飲，吸氣充作食。當是王高侶，不須姓名識。歲己巳四月二十日，及明即起，適檢十年前友人所饋乾隆漆光墨寫此，并繫以詩。

二六〇－八五 **松扇**

此松骨岸岸而氣蒼鬱，大似疚齋老兄所爲詩，因以奉詒。農髯熙。

【按】此扇現藏於香港藝術館。

疚齋即冒廣生（一八七三—一九五九），字鶴亭，號疚齋，江蘇如皋人，清光緒二十年（一八九四）舉人，近代著名學者、詩人。

【校記】因以奉詒，『詒』字原缺，據畫跋補。文後落款『農髯熙』據畫跋補，原未録出。

二六一－八五 **梅**

瓊枝雙秀。繼梅吾侄與其夫人以己巳五月十八日同進四十，寫此當爲兩老人前并進萬年觴也。

二六二－八五 **三尺山水** 己巳端節後爲藴黄弟作

雨後江嶼，洗青錯黄。有若老嫗，時露古妝。松則蒼蒼，水則洋洋。無舟何往，結廬層岡。

二六三－八五 **梅** 爲孟嘉先生作

小師道人云：『揚州某宅尚有唐梅一株，人多不能辨。』當約友人訪之。己巳五月既望，爲孟嘉先生法家寫此，即正之。農髯熙。

【按】此畫刊印中國嘉德二〇〇〇迎春拍賣會圖録第二九號。

【校記】文後落款『己巳五月既望，爲孟嘉先生法家寫此，即正之。農髯熙』據畫跋補，原未録出。

二六四－八六 **松石扇** 爲韋齋先生作

老松鬱千年，其下有琥珀。珀神化爲石，明瑩堅且潔。不磷亦不淄，取之厲風節。

【按】韋齋即費樹蔚，（一八八三—一九三五），字仲深，號韋齋。江蘇吴江人，近代政治活動家、詩人。

二六五－八六 **赤松黄石扇** 爲松岑先生作

言瞻嵩谷，雲氣悠悠。富貴能逃，名亦可憂。何如世外，與道優游。玄風式暢，元氣周流。

【按】松岑即金松岑（一八七三—一九四七），原名懋基，又名天翮、天羽，號壯游、鶴望，自署天放樓主人，江蘇吴江人，清末民國時期國學大師。

二六六－八六 **淡梅扇**

如此清意，吾輩中惟玉梅庵主頗肖之，戟傳老弟尚追憶之否？

【按】戟傳即程崇信（一八六四—一九三三），字戟傳，號半芋居士、天嚣老人等，湖南衡陽人，光緒十九年（一八九三）舉人，工書，喜集印，王闓運弟子，著有《詩補箋繹》十八卷。

二六七－八六 **梅扇**

清意。叔厘賢甥雅屬。

二六八－八六 **山水扇** 爲伯群先生作

徐庾文章在，爲寫六朝山。己巳夏五月二十三日，寫似伯群先生法家正之。農髯熙（圖三一）

【按】此扇現由私人收藏。

伯群即王伯群（一八八五—一九四四），字文選，貴州興義人，中國同盟會先驅、政治家和教育家。

【校記】文後落款『己巳夏五月二十三日，寫似伯群先生法家正之。農髯熙』據畫跋補，原未録出。

二六九－八六　**梅扇**　爲啓之書畫家作

兀岸頗肖詩人骨，清白但留處士風。

【按】　啓之即王个簃（一八九七—一九八八），名賢，字啓之，江蘇海門人，從吴昌碩學書畫篆刻，爲入室弟子，著有《王个簃隨想録》。

二七〇－八七　**宜黄吴劍秋先生暨德配徐夫人六十雙壽徵文啓事**

歲己巳六月朔，吴劍翁之公子静漪自粤歸，手出陳真翁徵文啓及自述世德一篇，熙曰：『何蚤不以書遺我？』静漪曰：『予父固辭之，且深責之。』熙曰：『若父年六十，而精神志氣無异三四十時，宜不以老自居，然人子於父母生日召賓客，將以歌咏發皇孺慕之歡心，情也，禮所許也。且若父與予交且三十有四年矣，若父性摯實而志恢邁，氣磅塞而行慎蜜（密），涉百家，重事功，貴名實，嘗輕儒者迂闊。義寧陳散原、臨川李痴，平生信友也。嘗曰：「予敬其人而不取其學，以其無當於世也。」當新學發軔，海内豪傑風靡，若父又曰：「某者予取其言，又深鄙其人。」夫是者非之所集，以一人之志，求伸於天下難。此若父所以抱苦心終歲，嘗栖栖而不自適者也。當予侍母居京，嘗登堂見若父與世父侍王母坐。王母日寫《漢書》一卷，且以小學授若輩。又嘗侍母會食，王母與母道及生平，皆涕下。然予母長王母，嘗多病，若父未嘗三日不至寢門問病。其考（孝）也，蓋又能加諸人之母也。當是時，新建高叟遐九、武陵歐九君重、清泉周三敬夷、長沙二任相與擬議古今，不可一世，今則殂喪相繼，僅予與若父且頑且健，具放言於人道將絶之秋，其亦幸矣。曏者李痴愛弟以姑息，若劍翁之愛兄，則師也，友也。其殁也，若四海之内無此人不可居也。其天性過人，蓋如此。』配徐夫人舊家世好，觀禮髫齡，齊德齊年，偕老允臧。伉儷之情，在老益篤，出必携手，幾忘其白髮婦矣。爰以歲之六月十五介壽之日，爲公子二人成婚禮，花燭暉皇，孫子羅拜，此樂曷極！敢敬告之好之以詩文爲壽者。曾熙頓首。

【校記】磅塞而行慎蜜（密）：『蜜』字下原衍一『慎』字，故删除。

二七一－八八　**山水扇**

石田老人仿子久失之沈厚，惟思翁得子久空靈。後來衣白、青溪皆專師子久，青溪腕空而龎，不及衣白渾秀耳。己巳六月十日寫與蔗青。

二七二－八九　**百齡圖扇**

須到百齡無暮氣，同將六法樂天倪。己巳六月，寫上紹殷同年。志能帥氣，故朝慕（暮）之氣，志主之耳。少而偷安，壯而耽逸，即暮氣也。熙與阿哥年六十九，阿哥尚以書畫問世，熙雖盛暑不綴（輟）筆墨，即朝氣也。畫題句，願與阿哥徵信之。

【按】　紹殷即魏業輅（一八六一—一九三八），原名業癸，字瑞豐，號晦龕，又號楚竹，别號紹殷，晚號弱叟，行七，湖南衡阳人，邑優廪生。歷任安徽阜陽、英山等縣知縣，壽州知州。民國三年，任河北省邯鄲縣知事，晚年居滬，以書畫自娱，與曾熙交情契合，得未曾有，一九二九年教育部第一次全國美術展覽會有作品參展，刊行有《英山縣清匪善後公牘》。

二七三－八九　**松**

寫此松付與味蔬賢弟。渡遼遼中當多千年之木，不知劫火所餘幾何，其蒼然特立，殆天所相也。己巳六月廿九日。

二七四－八九 松扇

蒼鬱兩松，壓倒仲圭，何論石田。伯魯老兄以爲狂乎否耶？

【按】 伯魯即宋伯魯（一八五五—一九三二），字芝棟、子鈍，號芝田，晚年號鈍叟，齋名心太平軒，陝西禮泉人，光緒十二年（一八八六）進士，近代書畫家。

二七五－八九 梅扇 爲亞伯兄作

清馥散寒岑，幽意誰與語？

二七六－九十 松扇

寫勾婁（岣嶁）禹廟二松。此山多石，故瘦勁而葉疏。以石濤之石、南阜之松寫與琛甫。

【按】 琛甫即朱熙（一八七九—？），字琛甫、申甫，湖南漢壽人，畢業日本陸軍士官學校，陸軍中將。

二七七－九十 題松

題曰：己巳孟秋起病腕，爲達存我兄寫此松，頗有疏蕩卓邁之氣。予少時見松梢奇异，即坐其下，或竟日不去。及壯游泰山，北上燕山，每見奇柯必下車。近所寫松，多生平所欣遇。爲達存兄再書此。

二七八－九十 梅 己巳八月五日

不寫齊罍寫梅花，璆枝繚曲任參差。平齋兩拓蝯翁篆，恍惚苔深落照斜。

二七九－九十 題雪盦藏石濤西園雅集詩

狂濤嘗憾古人不見我，日本無薪何論火。陰陽在手萬象開，千家支離皆尾瑣。在宋伯時圖西園，儒巾羽衣樂翩躚。狂濤見之奪其荃，風物瑰奇勝當年。丹岩蒼石檜與松，十七人中首坡翁。鬚眉清於笠屐圖，神解得之書詩中。魯直兀兀元章痴，游偃各自傳天倪。圓通道人未足奇，風流獨賞晋卿姬。月湖亦是西園主，未必海上無逸侶。酒後嘗抱齊侯罍，主人不言意栩栩。安得髯才如狂濤，爲君圖之君當喜。

雪盦先生藏石濤《西園雅集圖》，設景瑰奇，其寫人物鬚眉神志，各肖其生平。予所見石濤人物，大者如寫《美人》横幅，小筆如《清明上河圖》，《美人》篆法蒼古，《上河圖》則如作行草，趣意幽奇工雅，未有如此卷者。雪盦嘗於鄞上之月湖築室藏書，又嘗置酒賞其所得齊侯罍，詩中因述之。至所藏宋元以來名迹及三代兩漢古器，不可勝記。山谷詩云：滄江夜静虹貫月，知是米家書畫船。爲先生誦之。己巳八月五日，曾熙。

【按】 此畫上海博物館藏。刊印於《豪素深心——上海博物館珍藏明末清初遺民金石書畫》（澳門藝術博物館二〇〇九年九月出版）。

雪盦即周湘雲（一八七八—一九四三），名鴻孫，號雪盦，寧波人，上海灘的房地産大亨、著名的收藏家，藏品以青銅器及書畫爲最精。

【校記】 圓通道人未足奇：『圓通』二字原作『圖適』，据畫跋改。爲君圖之君當喜：『喜』字原作『許』字，據畫跋改。酒後嘗抱齊侯罍：『後』字原作『逡』，據畫跋改。『雪盦先生藏石濤《西園雅集圖》』句至末尾，原作『題雪盦藏《石濤西園雅集》』。雪盦從鄞上月湖築室，又藏齊侯罍，詩中及之』據畫跋改。

二八〇－九一 山水扇

玄黄錯采，萬象以呈。仰觀俯察，明慧在心。畫家每以成法施之，則山川亦笨滯之頑物耳。

二八一—九一　**桂**　爲笠舫作

桂生南裔，拔萃岑嶺。廣莫熙葩，凌霜津穎。氣王百藥，森然雲挺。

己巳中秋前三日節郭景純《桂贊》。

二八二—九一　**題劍鳴廬校碑圖**

予少喜學劍，與子同一痴。棄劍而學書，篆分日委蛇。及今四十載，苦樂且忘疲。寧拙勿取巧，興至涣其機。子性能守拙，久之天自隨。執一御萬變，毋爲時論移。黄子妙六法，直逼康雍時。讀碑兼讀書，樂天復奚疑。（圖三二）

冠群弟少喜學劍，因名其廬曰劍鳴廬。既從予學書，所習篆分及爲《鶴銘》《金剛》《文殊》各碑，骨健氣渾。平日守信義，一言不欺，蓋吾門之子夏也。曉翁此卷骨寒神清，不讓石谷、廉州之臨古，其珍重藏之。己巳中秋後二日，農髯熙。（圖三十二）

【按】　此畫現由私人收藏。

【校記】　冠群弟：原後有『子』字，據畫跋刪。蓋吾門之子夏也：『子』字，原脱漏，據畫跋補。落款『己巳中秋後二日，農髯熙』據畫跋補，原未録出。

二八三—九二　**爲王伯秋題曉汀君（居）士畫手卷**

萬樹梅花萬卷書，人間清福此何如。衡山舊事君須記，再後十年始卜居。

二八四—九二　**四尺山水軸**　己巳九月既望

人事日闘新，山容不改舊。年年霜花紅，轉覺春色醜。勝地闢名園，嘉會集良友。長老各言觀，童冠奔恐後。施政慰邦人，兢兢務不朽。何以答璠瑶，縑素爲君壽。祖基孫君長本邑，於惠山築公園，托其友王君伯秋以書招游園，老朽多病，不足以慰雅意，爰寫秋山紅樹，并以詩記之。

【按】　祖基即孫祖基（一九〇三—？），字道始。江蘇無錫人。曾任無錫縣縣長。

二八五—九三　**題楊龍友卷子**　補戊午清明後一日

高尚書不得行其志，於内史忠正不得盡力，淮揚皆馬、阮所爲也。龍友實馬上客，觀忠正報宿遷、邳州之警，馬指龍友大笑曰：『將士欲叙防河功耳，寧有是事！』龍友并無一言。甲申之變，天下臣民所痛哭。今讀送高尚書詩文，何其雍容太平耶。龍友蓋風雅士，後督戰鎮江，竭力援衢州，殉身浦城，其晚節可取也。戊午清明後一日，衡陽曾熙。

【按】　此畫卷現由私人收藏。畫卷上另有杭世駿、李瑞清題跋。

【校記】　竭力援衢州：『州』字，原漏，據畫跋補。落款『戊午清明後一日，衡陽曾熙』據畫跋補，原未録出。

二八六—九三　**三尺山水立軸**

山人不須問甲子，一盧（廬）高枕羲皇年。

二八七—九三　**古柏圖**

北京法源寺有唐檜一株，柏葉松身，古勁不可端倪。予乙未出山海關，有古樅盤出絶崖，松葉柏身，高數十尋。偶憶此樹，圖此并記之。

二八八—九四　**百齡圖**

前日粤友携來孟麗堂先生《百齡圖》，柏古勁而靈芝設色拙中發妍，尤此老生平所獨得。

二八九－九四　**梅**

清度誰與比，吾友李道士。迢迢天闕雲，悠悠大江水。此幅寫成，頗覺有清氣，因憶玉梅主人，題此。

二九〇－九四　**乾隆諸老畫梅**，晴江蒼而逸，冬〔心〕莊而雅，巢林能密近弱，西塘（唐）能疏尚健。未識箬浮兄視此何如？

二九一－九五　**題石谷山水册**　己巳冬十月

予嘗與阿筠評王惲兩家之畫，石谷臨古最工，然局於法度，所謂人事勝，天機淺。南田山水渾澹之中神意充悦，又云『石谷寫到十分尚不停筆，南田但到九分即暢然意滿』。阿筠極激賞予言，此册渾澹而静，學倪而能繁，所謂真見倪之勝迹者。前歲與阿筠松江韓宅賞畫，見石谷册子，純以韵勝。韓册蒼肆，此册静逸，應送阿筠同賞之。

二九二－九五　**題楊石樵與王二痴合册**

此楊石樵與王二痴合册。石樵晉人，其《風霜摇古樹》一幀，骨韵沈厚，餘以清勁勝。二痴守家法，畫史稱其上追宋元，臨撫殆遍，此册尚是石谷正宗也。

二九三－九五　**題烟客山水卷**

思翁上法董巨，力追倪黄，掃盡沈文之習，以氣韵爲主。晚年枯潤相生，象外取神，故明季諸賢無不承流風靡。太常此卷，雖志在師黄，筆實學董。至其腕之空靈，筆之深厚，墨之淋漓，即置之思翁卷册中，亦是無上妙品。孫文恪以鑒賞名京師，今見其藏散出海上，皆名迹，蓋得名不虚也。此卷爲雪盦先生所得，假置案頭旬日，題此歸之。己巳立冬後，熙識。

【按】　此畫卷故宫博物院藏。刊印於《山水正宗——故宫上博珍藏王時敏王原祁及婁東派繪畫精品集》，澳門藝術博物館出版。孫文恪即孫毓汶（一八三四—一八九九），字萊山，謚文恪。山東濟州人，咸豐六年（一八五六）進士，官至兵部尚書。

【校記】　掃盡沈文之習：『掃』字原脱漏，據畫跋補。故明季諸賢無不承流風靡：『不』字原脱漏，據畫跋補。筆之深厚：『厚』字原作『原』字，據畫跋改。『此卷爲雪盦先生所得』句至末尾：原作『爲雪盦題此歸之』，據畫跋改。

二九四－九五　**墨蘭立軸**

偶以草隸筆，寫爲荃蓀心。屈賈淚已枯，無須問湘靈。乾隆諸老畫蘭，世人僉稱板橋，髯獨喜晴江。每見其一葉半花，古味樸厚，蓋其氣骨高峻，真性流露，非尋常易學步也。

二九五－九六　**梅**

老幹盤作鐵，丹心吐作花。獨立無可語，孤懷寄水涯。

二九六－九六　**松立軸**　爲傅熙作

巍然百木長，鬱兹千歲姿。貞固禀之性，不待歲寒時。老髯再題此補空。

二九七－九六　**梅立軸**　爲昭剛作

和晴（靖）固詩人，偶寄孤山下。梅豈一家私，寫與同心者。

二九八－九六　**紙本山水册十幀爲吴仲衡作**　己巳十月

一、霜崖孤松秀，疏嶼連江屯。戴文節稱大痴畫有二，其一閑雅雍和，全無縱横之氣，蓋有道德者之畫也。內府所藏《芝蘭室圖》

與予所得石（天）池石壁小方幅，別一派。

二、江居無客至，一葉清閑。亦大痴法，不落入漸江，以漸江瘦刻傷韵也。

三、遥知疏柳下，定有處士廬。薄於梅花盦主，却厚於檀園老人。

四、人事日鬪新，山容不改舊。年年霜花紅，轉覺春色醜。此寫秋山與孫祖基之詩，節其首四句題此。予此幅在師宋人。

五、有亭須載酒，期君君不來。閑情寄松下，長嘯江雲開。

六、舉世黑暗之中，尚能露此清白頭面耶？王洽潑墨之法，不意後有老髯之狂，石濤得毋駭笑乎！

七、此君卓立，愛清愛直。虚心友竹，堅貞師石。此作可許九龍山人一讀之。

八、疏狂之氣肖老夫，一竿兩竿青何如。此間亦宜小卜宅，但呼老吴□與居。老吴謂劍秋二弟也。

九、秋容錯餘綺，殘照满山紅。以没骨法寫山，頗有逸韵。

十、聊取雲山供游戲，此是老米獨立軍。予此幅取韵在思翁，仲蘅世兄頗喜予畫，平日所寫山水，筆極清健，寫十幅以志所愛。

二九九－一〇二　癸亥秋與張生善孖論書畫

古人稱作畫如作書，得筆法；作書如作畫，得墨法。前義允矣。後義墨法，云猶宋元以後書家之言耳。以篆法言之，書家筆筆皆畫法也；以筆之轉使頓宕，究何异寫古松枯樹？古稱吴道子畫人物爲蒓菜條，即篆法也。篆法有所謂如枯藤，畫法也。神而明之，書畫一源，求諸筆而已矣。離筆而求畫，謂之畫匠；離筆而求書也，謂之書吏。然則所謂筆，筆法云耳。筆圓能使之方，筆突能使之勁，筆濕能使之枯。正用之，側用之，逆使之，縱横變幻，至不可思議。神而明之，存乎其人。包安吴論執筆膠柱鼓瑟，不可訓也。米老嘗云：『作書在得勢。』無論書家畫家，不外得勢。能得勢則生，不得勢則死。書家枯潤相生，始於思翁，備於石庵相國，乾嘉書畫家類多如是。戴文節取以入山水，施之生紙，亦别有風韵。所謂枯潤相生，筆法墨情以適其韵而已。古法無不如此。古人稱東坡書，其墨如童子瞳光，不貴枯澹也。吴仲圭點山苔，數百年來，其黑如漆，又何當從枯處取韵？思翁臨叔明山水，其皴山點苔，尤多篆隸之法，异常古拙。一家用筆且不同如此。吴仲圭畫松皆篆法，王叔明勾水亦籀文。吴固不能篆，王篆又反不如勾水，此畫不能入書也。何道州行押書如寫枯木古藤，奇石异草，其畫蘭竹不能得行押書萬分之一二，此書不能輸之於畫。功有偏重，才有短長，此又不可概論也。筆與墨，無情之物，惟氣足以生之。天地之氣，賦於人分清濁；人之氣，賦於筆墨分雅俗，此言質也。濁者使之清，俗者使之雅，則惟澤之以詩書，蓄之以道德，據德依仁游藝，此其本也。試問以盗跖之心，而欲安弦奏南風之曲，能乎否耶？孫過庭不云乎：審之貴精，擬之貴似。畫家亦猶是耳。宋元以來，贋迹既多，審定確有把握，不可不臨橅。審之既精，臨之貴似，所謂『有古人無我也』。及其臨橅既久，下以已意，所謂『有古人有我也』。功力既久，神解妙悟，然後以我之神志意趣，磅礴紙墨之間，所謂『有我無古人』。但卓然成家，此境良不易到。然禪家有頓悟宗，此生有慧根，非尋常説法也。善孖弟善畫虎畫佛，既通西法，又求宋元以來諸大家參証之，自當卓然成家。然謙冲且以書法畫法質之老髯。髯不解畫，但解畫家筆法。粗舉大略，善孖弟其謂何？癸亥七夕，農髯燈下，時已五鼓，天將明矣。

【按】　此文刊於一九二九年一月一日《申報》，題名爲《曾農髯與張善孖論書之問答》。文前有張善孖按語：『癸亥秋，澤由蜀至滬，晋謁農髯夫子。春風化雨中，發探奇好异之想，欲窺書法堂奥，而求畫法捷徑。明知非所問，且不當問，乃小扣小鳴，大扣大鳴，竟無一不響我之問，真不負此問，於以見書畫同源。農師之示澤者，正自不少也。張澤謹識。」

【校記】 作書如作畫：「作書」二字原缺，據刊文補。，書畫一原：「書畫」二字原作「畫書」，據刊文改。謂之畫匠：「之」字原缺，據刊文補。離筆而求書也：「也」字原缺，據刊文補。筆濕能使之枯：「濕」字原作「潤」字，據刊文改。施之生紙：此句原作「施之生施之紙」，據刊文改。思翁臨叔明山水：「明」字原缺，據刊文補。無情之物也：「也」字原缺，據刊文補。能乎否耶：此句原作「能乎耶否」，據刊文改。

三〇〇－一〇五 雜詩一首

當夏戀幽林，經秋喜高閣。寒燠有常理，愛憎今异昨。一歲且如此，百年將安托？所貴適所適，以我爲憂樂。 見到諸以幽折之筆達之。

三〇一－一〇五 題梅烜畫一首

磊磊橋畔石，亭亭橋上人。俯臨百尺淵，欲釣已無綸。南山鬱松柏，北舍榮擿榛。日夕豈不歸，拄杖獨逡巡。逡巡亦何爲？念我平生親。 語妙天下，風神姚冶。

三〇二－一〇五 偶寤一首

悠悠復悠悠，去者無少留。唯有太初石，不隨滄海流。沈淵既嗟拙，飲丹豈真脩。方外尚有方，不若與性游。栩栩終非蝶，吾嘗笑莊周。 天衣成錦，不待摘句。

三〇三－一〇五 題王編脩蘇硯圖詩兩首

編脩龍文，改名補。前歲夢東坡送硯，越日果得東坡硯，携圖示髯。髯曰：「君脩《廬陵志》，爲歐陽文忠辨誣數事，宜東坡送硯也。」因賦此詩。

廬陵新志成，文忠疑憾息。夢中見東坡，褰硯客抑抑。重此平生物，肝膽淬殘墨。昔年知己恩，地下嘿嘿識。十字足以狀難顯之情。

其二

曠者感神遇，遺硯托君笈。黄州風雨聲，筆枯眼還濕。有君終可回，無土身安立？遼闊江海天，此心等縲縶。回首三十年，相對但一泣。 一氣盤於潛淵摩漢。

【按】 王編脩即王龍文（一八六四—一九二三），字澤寰，號平養居士。湖南湘鄉人。光緒廿一年（一八九五）進士。一九一四年被衡陽船書院聘爲山長。著有《平養堂疏稿》《平養文待》。

三〇四－一〇六 讀吴柳堂先生《罔極篇》一首

此身不可生，凛然就死所。不聞全盛時，議儲以身許。先陵土未乾，烈士心獨苦。豈睎百（日）世名，誠懼再誤主。（先生奏中有「一誤不可再誤」語）薊門白百寒，黄鳥聲凄楚。昔年罔極痛，忠魂今依母。兩廟付冲人，泣涕先臣語。安得起九泉，再造生申甫。學陶然得其神，其源出《三良》《荆軻》。

三〇五－一〇六 雜詩一首

形形何時已，苦照在大明。留此妍媸痕，愛怨遂紛營。萬象無真形，愛怨豈定情。何如通元漠，神覿守冥冥。 寄托遥深。

三〇六－一〇七 題姚甫秋寄贈寒林圖一首

無地可買山，更無山可隱。寄我寒林圖，岩壑生靈境。踈烟暖荒苨徑，老樹錯日景。如聞蝯嘯聲，哀號天池悚。幽賞以目駐，聊作山居引。 陶不煉句，只此便足。

三〇七－一〇七　**題程息叟幽篁獨坐圖一首**

南山誠可移，先生志難奪。持此堅定力，操刀期必割。好善決江河，沛然莫敢遏。儻躋中興朝，勛業小管葛。濁世思一試，五十初解褐。直道豈易合，退居心冲漠。瞻拜舊宫墻，禮樂有述作。峋嶁實南鎮，天風下鸞鶴。勝地引名賢，丹碧生岩壑。流泉遶清漪，柏軒秀紅藥。杜曹不足富，萬軸矗高閣。偶然獨嘿坐，新篁初改籜。令我憶山居，幽想勞思索。平生淬肝膽，患難常有托。矧在苫塊中，爲母安窀穸。誼重難情酬，知深感在昔。西林雲氣深，安得王喬舃。庚申初夏，愚侄曾熙拜題於歇浦諸家橋寓廬。　一結空靈，縹緲如成連海上之琴。

【按】　此圖刊印於《曾熙年譜長編》，上海書畫出版社二〇一六年十月版。民國時期有彩色珂羅版發行。

程息叟即程商霖（一八四七—一九二四），名龢祥，號息叟。湖南衡陽人。歷任淮南北皖鹽道，湖南榷運使，湖北江漢海關監督。晚年隱居故里，熱心公益事業，以詩書自娱。

【校記】　南山誠可移：『誠』字原作『猶』字，據畫跋改。五十初解褐：『初解』二字原作『始釋』二字，據畫跋改。柏軒秀紅藥：『柏軒』二字原作『山徑』二字，據畫跋改。偶然獨嘿坐：『獨嘿坐』三字原作『持一卷』三字，據畫跋改。安得王喬舃：『舃』字原作『寫』字，據畫跋改。落款『庚申初夏，愚侄曾熙拜題於歇浦諸家橋寓廬』據畫跋補，原未録出。

三〇八－一〇七　**己未九月李筠仲四十九歲詩一首**

論交將卅載，式好同昆季。每笑仲子痴，常矜阿筠慧。瑩然玉藴淵，斐然鳳比翼。以性相泳游，文史展嬉戲。仲子規唐虞，筠實管樂器。維時予性狂，抵掌天下事。任載高儒行，歐周負俠義。意氣挾風雷，馳驅越燕冀。迫以甲午役，上書警有位。筠有書畫癖，終日搜殘笥。

一卷偶得之，神賞契寤寐。風雅宜石渠，泥塗困良驥。吁嗟命運篇，行邁徒勞勩。良友各差池，坐視日月昇。仲子守危城，不得信夙志。黄冠僑海濱，相見但有淚。孤劍不得鳴，怵心恣一醉。世亂喜會合，携手歷五歲。發篋滋新賞，餘市攫异味。自傷余兄逝，樂此勝同氣。予更愛阿筠，獨厚天所賜。阿兄既稱難，諸子皆拔萃。愉愉晨夕間，融融几席侍。解衣輕拂暑，炎夏忘其顇。夫人寔清才，詩畫差解意。下筆神骨逸，仲子驚弗逮。有時展清謔，廓然類高士。五十潤朱顔，儀容温且粹。偕老君子福，宜年方未艾。執爵歡今夕，金英粲滿地。　長江大河，是其全體。其間一汀一漵，采菱拾翠。殆以幽憤，悲憤樹骨，而文之以少陵之嶄絶，蘇州之開宕者。不能摘句，不復抽奇。

三〇九－一〇八　**偶感一首**　己未四月作

初歡已成夢，既覺復生悲。在己本無居，聲景苦相隨。居非平生親，邂逅托相知。相知不相疑，胡爲中路歧。君子重貞信，詩人誠菲萋。俯仰常自適，所貴我知稀。　潛氣内轉。

三一〇－一〇九　**庚申四月十九夜偶成一首**

余生復何悲，終夜長不寐。思發如突泉，萬源相洊駛。平生喜坐忘，展轉潛引淚。散衿神屏營，儵失身所寄。深宵海氣嚴，寒月光照地。昔照同夢甘，形景今各异。廿年地下人，應憐予顦顇。湯恭人以翌日生日，死别蓋二十年矣。　偉長茂先，此其法乳。

三一一－一〇九　**淫雨一首**　己未六月

淫雨苦彌月，黯然慘無日。炎洲懼飄摇，使我長慓慓。羲和失神御，厲氣成疢疾。長衢聲呻咿，死者十九室。焚香籲蒼蒼，聖神終首出。烈澤走魑魅，奠□光川岳。周孔既升廷，人倫晤先覺。欣然箕山下，皓首有述作。諸作寢饋六朝，此獨浸淫及韓愈氏。

【校記】 皓首有述作：『述』字上衍『述』字，故删除。

三一二-一〇九 **題石筍圖** 賀秀才趙養矯得子一首

太古遺此石，峋峋骨疏奇。與世共濁塵，介然心不移。正氣鬱琅玕，綠篁榮四時。翹然玉體立，靈根神護持。感此雨露恩，矜兹貞固姿。繇來頌達人，維德厚其基。 秀句似思王，翹然擬更森然。

三一三-一一〇 **寄散原老人一首**

鄧王既已徂，風雅有鄭陳。更世嬰憂患，激響多苦辛。鄭肆陳岸岸，并世矜鳳麟。覯子白香舟，言芺（笑）熙三春。竊以文章事，天寄甫與申。白日驚飄風，時命哀詩人。坐使千載下，長歌首陽仁。白髮喜苦吟，踈顔骨嶙峋。有時發篋讀，鍾阜雲氤氳。

披沙揀金，全體有類，結欠陡健。相從已彌紀，相知殊不盡。發篋諷新作，有感入余性。良玉不雕琢，歲寒見貞勁。猶求和氏疵，肯下王倪問。君畫不示璞，君書久千仞。三絶復何如？留遺照無竟。讀孳園近詩，加墨竟并題。 伯般甫。

三一四-一一〇 **題吴漁山畫一首** 崇岡隱霧 山田稻香，松下一人，舉杖自適。

山稻异平疇，習習松下風。值兹炎威沸，喜余幽徑通。曾岡宿烟霧，异境造洪濛。方誚王喬拙，不睹元化功。蕭然一柱杖，安計歲歉豐。墨井道人此幅，蓋出山樵別派，筆斂氣静，幾過石谷。至引陶『平疇遠風』之句，尚不及予詩之要眇也。庚申七月既望，曾熙。

【按】 此畫刊印於《教育部第二次全國美術展覽會專集第一種·晋唐五代宋元明清名家書畫集》，教育部第二次全國美術展覽會管理委員會編，商務印書館印行。

【校記】 安計歲歉豐：『計』字原作『記』，據畫跋改。『墨井道人此幅』句至末尾：據畫跋補，原未録出。

三一五-一一〇 **庚申七月九日道人生日** 阿筠令二子買舟自吴城劉家濱至虎丘作一首

輕櫂出吴城，沿流躡虎阜。荒麓偃驢冢，破刹生荆莠。曾閣廓舊基，遐賞坐良友。矜此千山色，憐爾萬劫後。劍池夾飛淙，頑石盤磴道。仰視浮圖景，凄凄向秋草。良辰展清游，攀岩予未老。歸取憨憨泉，爲君蘄壽考。

三一六-一一一 **題宋文山相國墨迹**

百折身不死，誠懼一死非。顛沛度海日，豈不哀式微。國破尚有君，臣存志敢摧。呼嗟天命傾，義勝卒莫回。衣冠就檻平，顔色何崔巍。求仁在夙昔，三歲無徘徊。懔懔衣帶辭，庶幾聖賢歸。庚申六月，曾熙敬題。

【按】 此題跋刊印於《宋文山相國真迹》，民國私印本。

【注記】 衣冠就檻平：『平』字原作『車』字，據題跋改。落款『庚申六月。曾熙敬題』據畫跋補，原未録出。

三一七-一一一 **戊辰戲與阿梅**

椒馨滌胃濁，宿茗解煩渴。與子憨結癥，常苦無刀藥。偶警晨鷄聲，奮然期有作。當午忽嬉荒，今非更勝昨。昔賢嗟逝水，及老喜行樂。踢案類鞲鷹，冥飛誚樊雀。易米不取錢，清風展予橐。戲與阿梅一首。

（圖三十三）

【按】 此詩稿現由私人收藏。刊印於《曾熙書法集》，上海辭書出版社二〇一三年十二月版。

【校記】 踢案類鞲鷹：『鷹』字原作『膺』，据詩稿改。末尾『戲與阿梅一首』據詩稿補，原未録出。

三一八－一一一 題月湖草堂圖應

昔年曾卜龍陽居，草廬直插天心湖。自謂避地得賢主，烟雨一篙學捕魚。世事滄桑那堪憶，孺子潢池等兒戲。八年海上效君平，書畫吾老幸有寄。月湖主人甬上有，買得風月不費錢。萬山奔騰争赴海，春來月湖水連天。湖上看月須載酒，直招明月作良友。亭□千卷澄空明，人間清福君獨有。看山不負白髮心，月到湖心期携手。

三一九－一一二 癸亥六月二十日坐胡床假寐 忽聞絡緯聲清幽解人 遂賦此

當午姿（恣）酣睡，絡緯鳴唧唧。方憚暑氣深，儵驚秋聲疾。草蟲本無知，逐時相喧寂。予少喜苦吟，及老甘簡逸。閑閑止以神，容容朝復夕。白髮尚初心，此意兒童識。兒童何所識，終日無休息。天機與之翔，欲取忘所適。吾道貴坐忘，不取白生室。有時着丹青，醇樸還素質。猶嫌昭昭中，終滯形與迹。

三二〇－一一二 反招隱一首題烟水泛舟圖

揚飄涉重淵，烟水紛漭蕩。岩松萬載立，雲巘千峰抗。云有幽人居，千里勞相訪。望廬且回舟，孤棹恣所向。招隱徒欺人，寤言樂清曠。《反招隱》一首，題《烟水泛舟圖》。癸亥中秋前，偶有所感，因寫此圖，并繫以詩，農髯熙。（圖三四）

【按】 此圖現由上海私人收藏。

【注記】 孤棹恣所向：『恣』字原作『任』字，據畫跋改。『《反招隱》一首』句至末尾，原未録出，據畫跋補。

三二一－一一二 譚母李太夫人墓碑

茶陵譚延闓之生母李太夫人，其先宛平人也。世居長辛，夙稱著姓。考諱祥明，妣薛氏，有德不顯，食貧蚤世，與弟雲章，相依世父。孤苦髫齡，神明寔鑒，頭有祥光，月映如蓋，見者驚奇，卜其必貴。同治辛未，文勤入覲京師，出官陝藩，夫人陳氏病，莫與從，關睢進賢，母遂來歸。温温之儀，翼翼之心，鷄鳴珮玉，夙夜在公。陳夫人既殂，總攝内政，處己接物，止於禮義。文勤外領疆圻，内居臺衡，明威霜肅，寮吏嚴憚。母惟敷之以小心，蒞之以莊恪，故能從官三十餘年而相敬如一日焉。母性清穆，喜習勤苦，珩璜匪貴，力尺是度。綴鍼終日，如完裘治，雖在富貴，不忘艱窶。每感風木，傷哉貧也。弟昏侄孤，殫力經營，始有田廬，宗祊庶永。仁孝之風，母其允矣。尤曉大義，丈夫所難。文勤四子，母出三人，析産授田，但取其半。戚族嗟嘆，傳爲盛德。於戲！天道常與善人，鷖鳳在庭，惟母受福，生極九鼎之榮，殁有萬民之哀。享年六十有一，以丙晨（辰）歲十月十一日卒於上海僑寓。季子呼號，延闓在塗，禮成歸喪，軍民騈哭。粤以明年丁巳正月甲子朔一日甲子葬於長沙雨花亭故寧福寺之原。幽宫既宅，封墓宜碑，禮也。所生子三人，延闓居長，淹博多才，兩定湘亂，從父老之請，領桑梓之軍。仲恩闓，著有詩詞，不幸短命。季子澤闓，好古能文，風高不仕。有孫七人。惟母令德，居貴不務，匪爲不衿，自忘其榮。惡衣菲食，樂善喜施，晚斷肉食，皈依净土。天闢佛埸，靈來胥宇。信坤福之永寧，銘貞石以詔後。其辭曰：墓門有桂，合抱參天。醫母信善，鬱茲百年。人競朱翟，清風載玄。傷矣蓼莪，莫慰母哀。生女雖貴，中夜徘徊。富貴思親，豈命之哀。位豐履嗇，孝思維則。君子正直，母儀四國。岳降惟申，天嘉厥誠。繼父有功，壽母以名。誰謂有德，不大其聲。顯顯明明，視此崢嶸。

三二二－一一四　通奉吴先生墓碑

先生諱恩晟，字少溪，姓吴氏，江西宜黄縣人也。清德世承，甲科相繼，爲縣望族，曾祖諱志剛，贈朝議大夫，祖諱祖彝，贈中憲大夫。并有懿行，垂範閭里。考諱燀，嘉慶己卯科舉人，四川井研等縣知縣，贈通奉大夫。學遒愛人。譽顯東里。垂老縣車，風高澹泊。配李氏、汪氏，皆封夫人，有子六人。先生居季，蓋汪太夫人所出也。咸豐初葉，粤寇構亂，九江喪師，宜黄再陷，流離奔竄，未嘗廢書。懍懷母教，憚於嚴師，卒以髫長，習禮上庠。中同治庚午科本省舉人。先生身長七尺，聲如洪鐘，大度廓然。嘗負瑋略，公車北上，匹馬居庸，縱觀雲中，嘗曰：『我疆三面距俄，邊政不修，禍至無日矣。』五試禮部不第，大挑二等教職，録景山官學教習。振衣南歸，終身色養。初遘父喪，兄復不禄，母氏悲號，摧傷顛頷。先生侍側，罔間斯須，曲意婉言，求解母憂。迨其晚歲，汪太夫人遘罹風疾，聞告馳歸，入門先哭，事疾兩歲，痛抱罔極，哀毁逾節，不克終喪。以光緒十年五月八日，齊衰而殁，春秋三十有七。距母殁一歲九月，烏呼痛哉！生我之愛，庶幾無忝。先生爲學務觀大略，既薄章句，獨崇實用。其發爲文章，托之歌咏，才駿思宏，悉關世道。性常坦易，而察事幾微。宜黄俗悍，民習輕官，先生一言，城鄉倚重。不顯其身，在乎子孫。二子皆貴，成於趨庭。夫人謝氏，博涉經史，在耄益勤，賢母之教，海内所敬。後先生二十七年卒於福建文涉司官廨，别有碑傳。先生以子官覃恩晋贈通奉大夫，夫人一品夫人。子男三人，長某某官，次某某官，次某殤。女嫡（適）某。孫某，曾孫某某。粤以光緒某年月日卜葬於邑中岱鄉大河之船山，禮也。追惟先德，藴幽重泉，牲牢今苾，崇封隕涕。宜述德之有文，猶逡循而謙退。孝思之慰，義惟友朋，徵行書碑，敬告來葉。其詞曰：

嘉興之沈，宜黄之吴。并章先業，鳴珮友於。於皇先生，其度惟廓。天豐其才，胡嗇以爵。千駟匪榮，我懷所生。無母何恃，疇恤余情。哀哀衰絰，敢云有子。哀盡身毁，敢云率禮。吁嗟天弓，庶完人弓。夙興黄泉，玄夜晨弓。踵德維賢，庶不識言。君子道光，俟百年兮。

三二三－一一六　資政大夫黄君墓志銘

君諱錞，字春甫，姓黄氏。其先江右人也。祖曰小峰，由江右遷江蘇之松江縣，遂爲縣人。君秉性仁厚，廣藝多才，年未乃（及）冠，學醫西士，研精闡微，窮致其術。時英人樂醫士，創上海仁濟醫院，以君主之。學服初釋，治事伊始，人懷憂疑，君益勤毖，不敢朝食，遑言安寢，抱茲恫瘝，捄民疾苦。復念赤子無辜，痘癥曼（蔓）延，若罹天罰。建言蘇松太道設牛痘局，既竭其力，更濟以貲。，屏營海瀕，周歷鄉鎮，活人無筭，垂四十年，未嘗告勞。君嘗曰：『中西醫道，各有至道，貫而通之，宜立顯學。』遂捐萬金。夙志未成，改建三育學校。君每以幼貧失學，咨嗟時遇，䐨（睠）言童孺，廣設義塾。公子承業，洪廓君志。閑居志愉，考（孝）友是型。爲善同舜，不懈鷄鳴。山頽遽驚，喪茲良人。春秋七十有八，以某年月日，淹疾而卒。烏乎傷已！君起家艱難，居富襲儉，薄己豐人，博施惠衆。直、魯、晋、秦、兩粤，振金巨萬，臨卒之日，遺命振皖。蓋其天性好善，實至名隱。時曾惠敏、張文襄器君任俠，將顯諸朝，君行素位，不淄塵滓。夫人朱氏。子慶瀾，署湖北德安、宜昌知府，特簡湖北高等檢察廳。長女子某嫡（適）某。孫某。以甲寅十二月某日葬君於青浦縣之黄渡鎮。家人摧傷，行道殞泣。國亂民離，今甚於昔。中澤無人，誰與安集。君子無子産之位，而有惠人之稱。伐石書銘，永慰幽靈。其詞曰：

允矣先生，德罔與京。人欽其名，罔察其誠。一藝之微，重於公卿。疇蘇爾疢，疇扶爾傾。君曰無告，乃予父兄。人之好善，罔與君争。惠而不矜，福寔爾盈。我裒君子，殁世孔榮。

三二四－一一八　清故廩貢生王君墓志銘

君諱家燊，字阮琴，姓王楊氏。世籍衡陽長樂鄉。高祖王父曰瓊林，洞明内經，好行隱德，事載家傳。曾祖王父曰：『養静，丕焕先業，肇造有家。』王父曰鞠泉，修治儒術，禮敬賓師。王楊氏始以文學顯。父曰敬夫，履純守簡，篤恭孝友。君其季子也。生而英敏，濬思好學，時從兄家梁擢優貢，昆季駢騁，君益奮迅。遂以廩貢生，治經癘行，名聞於時。母李太孺人，未笄作婦。逾年喪姑，撫育弱叔，宗族稱義。及病亟，君侍湯藥，衣不解帶者浹旬。居喪致哀，身癯骨立。廬墓於虎神山。或告之曰：『山多虎，虎穴在焉，吾懼傷若。』君卒不顧。未幾，父歿，兄又繼歿。終歲悲號，積憂賈身，以光緒三十有一年五月癸酉朔越廿十四丙申卒於里第，春秋四十。逾月，權厝於太原郡之海潭衝。於戲傷已。君紹遺業，履境常豐，約己明儉，恤物誼周。長樂俗習，溺女割田，集資創局育嬰。伯氏既亡，鞠養遺孤，愛同所生。復以公田數十畝厚歸其妹。臨卒之日，聞者感痛。君配龍氏，生子一，曰鶴生。氏卒，復配曾氏，生女二，長適張永生，次適江東楊良孫。曾氏，予從妹，少嘗聞經於熙，披覽百家，記誦靡遺，兼采漢宋，著書盈篋。狀君遺行，踵門泣請。既矜其表夫之苦志，復嘉其貞慧之淑脩。伐石書銘，垂之來葉。其辭曰：長樂之鄉，富稱王楊，皎皎公子，植性允臧。孝乎惟孝，百行之綱。有妻抱經，管彤芬芳，銘以永之，光慰泉壤。

【按】《清故廩貢生王君墓志銘》，一九二一年十月上海震亞圖書局出版。

【校記】孝乎惟孝：『乎』字原作『子』，據刊文改。

三二五－一二〇　康經畬先生暨德配文太孺人七十壽序

衡山康生鳳岑從余游，南校校生數百人，予視康生無以异也。既而請業則起，請益則起，侍吾坐，終日無倦容。言循循，若不勝衣。既出必及階，然後趨。予心异康生之執禮敬。既而觀其文章，其辨儒墨與漢宋學者致用之方，體博而義精。詢其所學，則曰自幼至爲秀才皆家君之教。熙聞而嘆曰：『人（孰）熟不愛其子，今乃知經畬先生愛子之有道也。』越歲，康生持先生詩集語予曰：『家君少喜任俠，當爲諸生時，與邑中陳太史梅生、文孝廉二山以詩文馳騁長沙岳麓。既厭科舉，深居山中，讀書數十年，意有所感，則以詩繫之。一山一石，皆歌歗之所寄。』予讀其詩詞，質而旨深，其殺（聲）正而可勸，以視世之優孟古人而自喪其我者，則大有徑庭。康生曰：『夫子序之，家君之志也。』予居南山之右，其山後平疇曠野，一望百數十里，居民萬户，其俗多富人。山前奇巘峻峙，湘水縈紆，故文人多産其間。予與衡山諸子交，皆當世知名之士，獨於先生則讀其詩然後知其人，蓋隱君子也。先生既不出，乃益脩於家。康氏世居江右安福縣之濛潭，至明分吴楚兩派。先生曰：『濛潭道遠資重，子孫不得與之祭，是予之罪也。』遂捐田立濛潭祠，祭會間歲一往祭，衡山之俗始遷。祖既立祠矣，昭穆以降，皆各立祠，或高曾祖又別立祠，貧者就所居室祠之。康氏以敬愛公爲始遷祖，先生既厘定祭禮，正其秩序，乃會嵇（稽）保泰鄉賓恭俞（諭）各祠祠産，集資建豫順公祠及常公祠，并置祭田，輯八修族譜。朗山族訟經年，則曲解之。族婦有貧將嫁，則出資保全之。支祠在他縣者，歲嘗觀祭存問。烏乎！此孝之大者。古之詩人，可與事父，可與事君，先生其庶幾矣乎。今歲康生出治廣西隆山縣，將逾年，先生乘轎逾嶺至隆山察其治行。至則隆之父老皆舉酒爲壽。康生治隆山以孝悌力田爲本，損奉捐谷百碩置社倉，且勸其父老曰：『予里中社谷初不逾百碩，自家君嚴定條教，今年至千餘碩，計農夫歲耕一畝可貸谷二碩。比歲大荒，而予里免飢餓，且得損其餘息創建鄉學，兼設育嬰。』蓋先生之學，又將擴而充之以南矣。夫以先生所遺之時，不能行其志，今康生可謂行其志矣，而又生非其時，是可爲太息者矣。先生配文孺人，恭儉而治家有遠略。生子三，康生其季也。孺人命日耕，季宜讀，且自督耕，日循隴陌，察原隰，備旱澇，秋稼當場，躬治圃事。先生優游山林，與康生朝夕言仁義，而具禮讓於族里之間，暇則詩酒自頤，而家復殷厚，未始非文孺人之力也。今先生與文孺人年皆進七十，先生自隆山循海至滬濱，且約熙曰：『來歲將西入秦，由太原縱觀燕趙之地，東上泰山，謁孔子廟於曲阜。』

【按】 原稿以下未録。

【校記】今年至千餘碩：『年』字上衍『十』字，故刪除。

三二六－一二三　誥授通議大夫芷江縣知縣升任直隸州知州譚公家傳

公諱爲堃，字厚之，又字鐵孫。江西南豐譚氏。曾祖考諱尚忠，誥授榮禄大夫，吏部左侍郎。祖考諱光祐，誥授中憲大夫、湖南寶慶府知府。考諱祖勛，誥授中憲大夫、江蘇候補道。公爲寶慶公長孫，生於寶慶府治之東廳。生時見有長鬚老人入室，署中人知爲柳樹神。公夙慧，十歲九經成誦，能通其義。於詩詞別有神悟，著有《可園詩集》若干卷。兩應鄉試，憤起投筆。當是時，發逆東下，袁帥督師，延公參軍，累功保知縣。同治壬申，選授湖南常甯縣知縣，檄赴新甯縣。時江忠烈以團練起家，悍將驕卒，横肆鄉里，公按律懲治，不少寬假。縣境接廣西，士苦鄉試，遂捐俸設賓興局。臨代，父老郊餞，有持江陰郭侍郎手書楹帖，句云：『斷獄具辣手，恤民見婆心。』其興誦蓋如此。甲戌，履常甯本任。常甯風俗，每田宅售出，藉故索錢或假貸，不遂，飲藥暴死，謂之油索。又曰坐油中人之産，一案蕩然。公捐資立造福堂，勘驗命案，丁役棚廠費由堂給，永著爲令。縣城有常平倉，無積穀，凶荒薦臻，父報稽遲，飢民坐斃，遂於右文軒側築四厫，捐穀六百石，別募穀數千石實之，縣人名之曰『譚公倉』，志不忘也。既調署桃源，所治一如新甯、常甯，創六父捐，擴充育嬰經費。公每至一縣，修聖廟，設禮樂局，令民治橋梁，濬溝洫。大吏奏奬，升任直隸州知州，調補芷江縣知縣，奉部文引見。因苦道路，引疾歸里。携酒游山，吟嘯自適。庚子拳匪亂作，熙侍母歸自京師，知府唐步瀛聘長石鼓書院，而譚同年承元適知衡陽事。承元，公子也，由户部主事改赴湖南。時巡撫俞方以衡陽教案爲憂，承元至，蜜（密）訪倡毁教堂巨痞一人，斬之，一月之内民教大安。步瀛剛嚴，而承元明决，濟以寬龢。然大事必禀命於公，時公方就養署中也。乙巳，承元署零陵縣，公卒，年七十有九。孫女侍疾，割股和藥，竟不起。配楊氏，繼配翟氏，側室戴氏、王氏。翟生承元，王生女一。孫一，孫女二。承元少爲公所篤愛。及居官迎養，政事勤勞，退食必入告。稍遲，公必呼孫問之曰：『乃父猶琴（勤）未甯息耶？』公授通議大夫，夫人皆授淑人。承元由常德補永順府知，保升在任候補道。

曾熙曰：曩過常甯，父老尚能樂道譚公四厫譚同年趨庭，其習親民之訓久矣。循吏繼世，政績光照。辛亥後，再起承元守常德，及歸。有袁州守之檄，皆謝不就。君子蓋知世德所流遺遠矣。衡陽曾熙撰并書。

三二七－一二六　杜嘯吾

杜嘯吾，楚人也。僧性高潔，嗜山水。好筆墨，間有臨作，皆從無師智中流步。雖然，翁於學道分中，此不過弄泥團耳。嘗求入幽棲之室，與之定額，賜翁待渠挨泥團時，更有快活在。偶書於傳室。

三二八－一二六　清史稿（節録）　列傳

列女

曾廣垕妻劉，衡陽人。歸廣垕。舅老，姑前卒。兄公初喪，舅痛子，幾失明，出入需人。劉侍舅謹，日執炊，一飯三起視舅起居衣食。雖貧，必具酒肉。舅病，奉侍七晝夜不就枕。舅卒，棄田廬治喪。劉方產，徙陋巷，艱苦冰雪中。廣垕又卒，乃與姒李同居，以子爲之後。李亦苦節，劉事之如姑。晝治鹹鹾，夜則紡績，節衣食，命子就學，卒以成立。方極困，老稚或乞食，必分食與之。晚少豐，年饑，必出谷以賑貧者。維翰謹録。

三二九-一二七　右傳浙人金兆蕃籛孫所作

右傳浙人金兆蕃籛孫所作。金氏撰《清史·列女傳》，均不具其人子若孫名，其實史無此例也。

農髯先生惠存

附録

附録一　曾熙傳記資料選輯

曾農髯先生小傳　朱大可

曾先生名熙，字子緝，一字士元，號農髯，湖南衡陽人。少孤，事母以孝聞。少游武岡鄧彌之先生門，稱高弟。光緒甲午科成進士，特旨授兵部主事。遭拳匪之亂，先生負母間道走天津，三日狂行數百里，踵趾皆穿。自是絶意進取，奉母居長沙，日以作書自娱。會巡撫陳寶箴創辦新學，檄先生與熊希齡、譚延闓各署監督，而先生任事尤久，衡湘子弟强半皆先生門下士也。國變後，杜門不出。已而李梅庵易名清道人，鬻書海上，頗享盛名。有乞書者，梅庵輒蹙額曰：『吾書何足道，吾友曾子緝，斯當代蔡中郎耳。』乃貽書招之，先生亦欣然報可。自是海上談書者有南北二派，北派以梅庵爲宗，自《鄭文公》、『二爨』以上窺鐘鼎古籀；南派以先生爲魁，自《瘞鶴銘》《張黑女》以力追中郎、太傅，唐宋而下不足道也。先生於兩漢六朝碑版無不臨摹，而尤得力於《夏承》，嘗以臨本影印示人，見者靡不嘆爲伯喈復生。間作山水，意境在八大、清湘之間，蓋其身世有相似者。平生與梅庵交最契，梅庵殁後，先生爲經紀其喪，葬之南京牛首山下，每歲僕僕滬寧道，憑吊遺阡，欷歔流涕，若不自勝，其篤於故誼如此。先生今年逾七十，鬚髯飄拂，望之如神仙中人。海上後生載酒問字者，不下數十人，而張善孖、季爰、江萬平、一平、百平、朱大可、姚雲江，其尤著者云。

【按】録自《海上名人傳》，上海文明書局一九三〇年五月版。

清故兵部主事曾君墓志銘　陳三立

君諱熙，字子緝，初字嗣元，晚號農髯，姓曾氏，世爲衡陽人。父卒，生甫逾歲，君母劉太夫人艱苦撫君至成立。幼聰强，弱冠補諸生，博覽嫻藝文，復以工書稱儕輩。學使者張君亨嘉負雅望，拔君肄業校經堂，學益進。光緒辛卯舉鄉試，上禮部不第，納資爲郎，隸兵部。癸卯成進士，仍留兵部，補武選司主事，尋得記名提學使、弼德院顧問。先是甲午歲，劉忠誠公督師山海關禦倭寇，君一赴君幕，退而聯公車上書，慷慨陳時政，意氣甚壯。及妖民亂作，蒼黄奉母出都門，即被劫，君覓竹輿坐母，偕一僕肩曳行四十里許得附舟。當是時，母對君泣，君反笑示無苦，以慰薦母。既南返衡陽故居，長吏聘主講石鼓書院，兼漢壽、龍池書院。君本治戴氏《禮》，公羊左氏《春秋》，溢而爲文辭詩歌，雅懿棄凡進，生徒經君指授，從風爲改觀。復迭充監督師範、法政學堂、教育會、諮議局、自治局，物望翕然。國變後，母以天年終，君哀毁幾以身殉。久之，其友李文絜（潔）公瑞，清號清道人者，方鬻書滬上，資糊口自活，爲書招君曰：『家居碌碌，盍來與我共一旦之命乎？』於是遂走依清道人。君於書與清道人同淵源，皆務復古，習秦漢篆隸，而後專摹六朝碑體，盡其態。清道人殁，君踵起，名益振，四方齎重直求索不絶，歲所赢輒推濟族戚交朋窮乏者。君事母極孝，終其身，語及繦褓中，母遘侵陵禦侮保孤狀，未嘗不流涕。

於清道人爲卜葬金陵牛首山，築祠置祀田，世尤高其風誼焉。在滬居僻巷，而賓友或弟子常滿坐，古貌白鬚，呴呴披肝膈絮語，故親附者衆。晚歲喜購古先名輩遺迹，餘興效作畫，崛奇出天授。一日余過君，有自寫潑墨山水裝池懸齋壁，雜清湘、雪箇諸幅間，余誤而贊之。君掀髯狂笑，曰：『老夫區區戲墨，亦可亂真耶？』余即自承爲誤，又搖頭曰：『不得言誤也。』其風趣詼詭類如此。君年躋七十，庚午七月四日病卒。所著有《左氏問難》十卷、《春秋大事表》兩卷、《歷代帝王年表》兩卷、《和陶詩》兩卷，書畫録、文集、詩集各若干卷。曾王考諱某，王考諱紀領，考諱廣扆。妣氏劉，旌表節孝，國史館立傳。配湯恭人，所出子曰摯、曰述、曰卓。女二，適譚適夏。繼配萬恭人，所出子憲珂。孫男五人，孫女四人，曾孫一人。是年九月，歸葬君於衡陽界牌峴塘衝，其孤摯走匡廬山居乞銘。余於君號生平最狎習者也，掇次事狀所未備，繫以辭曰：亂驅一老投海裔，巧救飢腸厠鬻藝。初接黃冠騁聯轡，喪朋文采獨照世。飄髯蜃樓閱年歲，萬靈踴躍役運臂。立身本末根孝義，墨痕隱涴思親淚。道存亡命緬高致，流風蕩摩後誰嗣。魂合岳氣片石瘞，鑱補聲詩導肆志。

【按】　録自《散原精舍詩文集》，上海古籍出版社二〇〇三年六月版。

附録二　曾熙詩文題跋選輯

行楷五言聯

雅度清於玉，嚴威肅若霜。襄凡仁兄法家正之，曏與阿某作書，劃分南北，近阿某犯我南疆，予亦深軍入其北壘。此聯大有混一南北之勢，主人以爲然乎否耶？一笑。丁巳寒露前三日，曾熙。

【按】　三峽博物館藏。

贈張大千六言聯

學業日惟不足，精神養則有餘。

【按】　録自馮幼著《形象之形》，九歌出版社一九八三年四月版。

贈張大千章草五言聯

從所好求樂，每無因得緣。

季蝯仁棣癖嗜予書，且嗜予作章法。予於章頗謂能發幽造秘，當世阿梅外，鮮有知之者，季蝯廼造門而請，亦大奇事，因并識此。歲己未夏四月十日，農髯熙。

【按】　録自《清代民國書法選》，上海遠東出版社二〇〇九年七月版。

袁希濂書例

近數十年間，學士莫不交口言北碑。谿髯觀之，蓋有三派，其蕩肆而江湖者趙之謙派也，其斲削而寡性情者陶濬宣派也，近更有道士派。道士以大篆爲北書，學者既不解篆法，從而優孟之，其不失之砌則失之鋸，然且以其砌與鋸，詡詡揚於人曰：『予書即道士書。』人或從而和之。莊子所謂萬世之後，而一知其解者，是旦莫遇之也。吴有學士曰袁仲濂者，其書顓師《滎陽鄭碑》，既無趙習，復脱陶藩，且欲以廉瘦之筆，別於道士之渾厚。委它居於杭，杭人争乞其書，髯因以書招之，曰：『今海上書家將千人矣。吾聞賈必居市，大市必有大賈，能爲市獪，則得值多且易，遂爲仲濂定其值。』己未五月廿六日，曾熙。

書成適道士來，嘆曰：『學予書誠如公言，然袁仲濂予舊識，且喜其顓精《鄭碑》，乃取其值損益之。』

【按】　録自《小樓書畫集》，民國珂羅版。原題『横幅行書論今之學北魏者』。

袁希鐮（一八七四—一九五〇），字仲濂，上海寶山人。一八九九年，與李叔同、蔡小香、張小樓、許幻園結金蘭之誼，號『天涯五友』。翌年，與海上書畫家組織上海書畫公會。一九〇四年留學東瀛，就讀於東京法政大學。歸國後，在天津任法官。晚年居海上，以鬻書爲生。譯有《憲法泛論》。

致張大千書三通

收到英洋貳拾肆圓，當即書就先寄。畫册收到。尊臨《鶴銘》蓋髯法，非李法也，甚好，吾道有傳人矣。（道士亦喜令兄畫，謂其能兼西法，指山水言也。）李梅庵先生急欲得蜀刻《八代詩選》三册，髯欲得一册。又《八代文粹》，髯欲得一册，請購，開價奉上或蜀中有乞書畫，以書易書亦可。令兄均此，未另。季蝯仁弟，熙啓。五月廿九。

季蝯賢弟足下：前承贈何聯，翌晨以小病未起，匆匆即別，殊爲歉然。嗣得兩書，知蜀道艱難，尚未入峽。寄來令伯子善翁山水人物花卉，法兼中西，不特髯心賞，即道人素以畫自許，亦稱頌不已，允爲題識再寄。髯草草數語，聊表己意，未識有當否？賢弟書才近所少見，髯書無可學，然得弟，吾門當大，亦自喜也。道士托購蜀刻《八代詩選》三册，髯欲得二册，又《八代文粹》一册，未審行篋能携帶否？或托商務運送局辦理亦善。何時來滬？尚望時以書寄我，以釋懸懸。暴雨連日，征人更苦，幸爲攝衛自愛。（托書聯及中堂二，寄上。髯好飲普洱茶，茯苓請選上品略帶之。又川椒、厚樸。）熙頓首。六月一日。伯子善存（孖）先生承贈畫，謝謝，未另啓，乞恕。

季蝯賢弟足下：重慶得手書，承寄紫油、厚樸，謝謝。又筆資十二番收到。聯書成，當即寄上。來書以尊公病即馳歸，甚爲懸念。游子遠歸，當荷天鑒，勿藥有喜尚幸。即以書告令兄爲善孖，誤『孖』爲『存』，請以原稿寄我，當再書之。弟既好古勤學，宜請命早來滬，同資研究。道士亦寄語問候。蜀道安否？即告。即頌侍福無量。農髯頓首。七月廿日。又，小印一方，古厚可愛，并謝。

【按】録自《曾熙年譜長編》，上海書畫出版社二〇一六年十月版。

跋張善孖折衷畫景册

題籤：『折衷畫景。張善孖著，曾熙題。』

季蝯弟相識滬上，出所爲髯書與阿梅書，皆有風骨，一見驚嘆，蓋其書才，求之近世，良不易得。一日，又以其伯氏善孖先生所畫山水人物册子來見。善孖先生既兼南北，而其水泫山光又將合中西法治爲一爐。蜀固多才，如善孖、季蝯昆季，蓋將於書畫有千秋之想焉。世界亂如此，吾生何樂，惟有良朋，得永朝夕，寤言思之，我心如寫。己未六月一日，曾熙爲善存（孖）先生注此。

（圖三十五）

【按】上海私人藏。

題王鐸詩卷

此卷蓋孟津極意師米書也。米自黄州謁蘇文忠後，耑趨步右軍，既窺見褚河南學右軍，益窮褚書之妙。孟津繇米窺褚，繇褚窺右軍，而草書則繇長史、素師以步大令，故學孟津書不得其來源，鮮不僵硬無變化。此卷波瀾宏闊，轉使皆出自然。近來愛孟津者多，真窺見孟津者，海内不過一二人。且風習所趨，寶其草書，而於師米師褚所書，或反咄爲不真，殆亦未悉其本原也。庚申立夏後，携諸孫游半淞園歸題此，農髯熙。

【按】此卷美國三藩市亞洲藝術博物館藏。卷後另有于右任、程滄波等題跋。

題李瑞清詔門人張大千學篆書課徒稿二則

此阿梅去歲醉後，檢兒童塾課紙詔季蝯學篆書也。季蝯所得止此四字，宜如何寶愛之！庚申十一月二十四日大雪，農髯注。

阿梅於三代金文皆能造其極妙，至其取《散盤》奥衍以入《鄭羲碑》，可謂後無來者。農髯爲季蝯題此。

【按】録自《曾熙年譜長編》，上海書畫出版社二〇一六年十月版。

爲江百平書論行書横幅

米老嘗云真書在得勢，後人以此語多流弊。其实太傅、右軍皆得以得勢二字括之，爲太傅書即有太傅之勢，推之篆隸真行莫不皆然，惟須從得字上注意耳。如篆書《散氏盤》取横勢而盤紆，繇左旋右。

《楚公鐘》亦係横勢，但左右齊勢，不倚一邊。《毛鼎》取從勢，左右如掬，故中正。作篆且然，况用之真行乎？百平欲學予行書，因以此紙予之。用功既久，當以予言爲不磨之論也。辛酉二月五日大晴，熙。

【按】　苏州博物館藏。

【校記】　真書在得勢：此句『真書』二字原迹殘損，據米芾《海岳名言》中『真字須有體勢乃佳耳』一句補。

論書法扇面

枯坐誦經，不能得佛之真筌，人蓋知之。而謂終日臨池，即能得書家之三昧乎？書畫借徑古人，實自寫其學問與性情耳。筱庭仁兄法家雅正，熙。

【按】　上海私人收藏。

論清朝小楷

本朝小真書人皆稱翁學士，然骨韵不及静娱室，疏秀遠遜成邸，如以諸誠之箋《大觀》、蝯叟之跋《黑女》校之，則三子又不足道也。

【按】　録自原件。上海私人收藏。

論晚清四家篆書

阮氏爲大篆，雖非篆法，然篆分雜出，别有天趣。吴中以小篆書三代文字，殊少古意。蝯叟過於奔放。其雍容遒古，惟吾臨川李痴一人，髯不及也。

【按】　録自原件。上海私人收藏。

爲張大千書論書三則横幅

古人作書并無定法，真是天機翔舞。太傅各表，右軍所臨，唐檝宋削，無可窺見。《季直表》最晚出，尚可與六代經卷參看。

作書無法，無論執筆，古人張腕，任其自然耳。量其字之大小爲張腕之高下。安吴論執筆是大笑話，好爲文章，自樹旗幟，名士欺人，由來如斯。

古人筆勢多論隸分，《書譜》所采注重行草，泥焉則滯，不辯必歧。經歷既久，庶幾自得。季蝯好書，偶及此。

【按】　上海私人收藏。

論隸書扇面

隸分近多不能辨别，覃溪翁引據極詳，未能以一二語剖析之。故學者無一定準繩。蓋秦變周法，削篆之繁，以别周制，世稱曰小篆。斯實未嘗别造文字。又削篆之圜而爲方，化篆之曲以縱直，所以便佐書即隸書也。谿隸而波磔之，迺有八分。叔儛世友前喜予爲隸，因再書此，熙。

【按】　上海私人收藏。

題張大千藏李瑞清無量壽佛圖

六塵非塵，萬空非空。佛無眼耳鼻舌身意，安用其明。洞中香滿，别造鴻濛。阿梅年來畫佛純以篆籀之筆行之，亦不自知其爲書耶畫耶？此幅爲日本書畫會友所作，筆尤古勁。佛未點睛，遂謝塵緣。季蝯，阿梅得意弟子也，家人因以此付之。辛酉浴佛日，心佛生曾熙敬題。（圖三十六）

【按】　李健之女李家松藏。

題张大千藏李瑞清岩石兰花图

道人來海上，海上人但争求道人之書，不貴其畫也。後，日友求道人畫，且云：『偶然數筆皆是明季大家風骨。』谿是海上人稍稍知道人畫，然每以重金易得，終棄之高閣。及道人歿後，日友搜索，雖殘墨破紙，視同珍璧，海上書畫家亦遂争寶之。髯嘗曰：『道人書天趣爲功力所掩，惟畫能傳其胸衿之磊落。』此數筆雖假八大，而腕法終高出八大，惜季爰不肯讓老髯也。熙。

【按】　香港私人藏。

題李瑞清琅玕雙翠圖

琅玕雙翠，玉笋斑斑。抗此清福，蜀山之南。予得李文潔此畫，愛其清潔，因季爰昆仲回蜀爲堂上兩老人介六十之壽，題獻之。辛酉夏，曾熙。

【按】　録自《曾熙年譜長編》，上海書畫出版社二〇一六年十月版。

題張善孖嘯滿天地圖

嘯滿天地。善孖二兄最善畫虎，《十二釵圖》可謂善諷善喻。此幅神姿英發，能使百獸慄慄，真奇觀也。辛酉端午，曾熙注。

【按】　録自香港佳士得一九九五年春季拍賣圖録第二二八號。

贈張善孖真書五言聯

長嘯震山谷，下筆起風雲。善孖二兄善畫虎，古人談虎變色，况風生腕下乎！因季蝯歸省，書此相貽。辛酉端午後，曾熙。

張大千題上聯簽：髯師真書聯上，贈先仲兄。

張大千題下聯簽：髯師真書聯下，弟子爰謹題。

【按】　録自北京誠軒二〇一〇年春季拍賣會圖第二五五號。

爲倪壽川書論隸書册

八分至東漢已極其妙，至中郎更變化無窮。一碑有一碑之筆法，如《華山》以折法取其姿，後來如《曹真》《王基》皆其法嗣。《夏承》一脉以古籀化爲分書，而府仰張翕，轉明使明白爲奇神之運用，魏晋以後無傳其學者。明季好古之士亦嘗欲步趨，然風韵温秀或有之，不解陰陽向背，則搞匽無生氣矣。蘇齊尚坐此弊，其佗何譏焉。《郭有道碑》純和温雅，惜世無善本也。壬戌四月朔，谿江寧過吴，壽川弟招游天平山，連日將盡覽吴中山水之勝。今日歸滬，倚裝書此，答壽川好學之殷勤也。四月四日，熙。

【按】　上海私人收藏。

爲張大千題廢弃章草五言聯

長歌發清徵，素月明容光。此戊午年所書，已敝簏中物矣，而季蝯弟乃酷好之，且以重值購得之，乞髯補題。足見一物之成毁，亦有數定，况大此者乎！壬戌重九前，熙。（圖三十七）

【按】　録自《曾熙書法集》，上海辭書出版社二〇一三年十二月版。

天闕山梅花圖

寫天闕山梅花一株贈磚軒先生歸國。山上建玉梅花盦，種白梅十萬株。先寫此株，請置之齋前。先生猶能髣髴當年問字耶。壬戌十月，農髯曾熙。

【按】　香港佳士得二〇一八年十一月十九日中國書畫網上拍賣一六九五號拍品。

贈黄湘荃江岸老梅圖

前夕夢至江上，有老梅一株，其花隱約，而水聲幽咽，若爲人聲，驚起。因嘆曰：流水有聲梅无語，獨憐江上未歸人。因寫此，寄湘荃先生，知必有詩以和我也。壬戌十一月九日，兄熙。

按：此畫藏於新加坡亞洲文明博物館。畫上尚有黃湘荃題跋：『九哥因夢梅，寫此寄予。以篆法作幹，草分法作花，下筆如鑄，宋元畫無此古茂也。就原均和之曰：水流聲似傳梅語，嗚咽江頭話故人。壬戌十二月六日，湘荃記。』

祝融奇石圖

南岳自九峰山蜿蜒直起祝融，其間多奇石，或依山築堡以避亂，或結茆種瓜以爲業。此寫石頭寨境也。山石雲氣舒翔，其産茶多异香，其人壽常至百歲，距髯山居之廬直十餘里耳。山人嘗以雲茶芽相贈，每取宇石岩泉水煎之，其味清以瑟，今八年不飲此茶矣，寫此頗有故鄉蓴菜之思。癸亥二月。農髯曾熙。

【按】録自《曾熙與上海美專書畫作品集》，劉海粟美術館編，上海辭書出版社二〇一〇年十一月版。

補題松樹圖贈張大千

癸亥三月既望，少晴，季蝯搜弃紙簏中見此，强髯爲之補款，未免阿好。熙。

【按】香港私人藏。

題張君綬遺墨柏石圖

君綬弟從予學書一年，盡得筆法，又戲爲畫，畫亦澹逸，卓然名家。又嘗手自烹飪以進髯，今正不得見矣，題此愴然。癸亥上巳後三日，農髯熙。

【按】録自《蜀中三張畫集》，爛漫社一九二九年二月版。

題宋高宗趙構勅岳飛起復詔

班師不奉詔，未必飲黃龍。俎豆千秋日，不讀春秋功。衡陽曾熙題。

【按】録自西泠印社二〇〇八年秋季拍賣會圖録第三二九號。

都門烟柳圖

壬辰入都，其時鐵道未築，買舟繇天津泝通州，所經楊柳村一帶，驛亭曉烟，若斷若續。舍舟登岸，遠望村落，在白雲緑樹之間。太平之民，農者安耕，舟者安楫，所謂安者各安其分耳。《易》言：『小人乘君子之位，則凶。』世亂如此，惟『不安分』三字可以蔽之。偶憶前境，寫此三嘆。時癸亥三月二十六日，從聶家讌歸，登樓作此。農髯曾熙。（圖三十八）

【按】廣東省博物館藏。

與張大千合寫蘭石圖

季蝯寫八大，髯補蘭花。髯。（圖三十九）

【按】上海私人藏。

仿二石山水圖

予生平最酷好石濤、石溪。石濤如天馬行空，奇境天開；石溪以老衲坐深山，登高横睨，嘗得真山水生氣。此幅參用二石之法，其枯墨老處，得之石溪更多，未識醒翁老法家視此爲何如？癸亥四月，農髯熙作於戲海樓。（圖四十）

【按】香港蘇富比一九八八年秋季拍賣圖録第二六號拍品。

題哈少甫藏張瑞圖寫十八羅漢册

佛無色聲相，云何得其象。佛無色聲相，即心即佛相。果亭善寫佛，下筆勢奔放。天然草稿書，忽現應真狀。哈叟喜護持，壽與佛無量。

少甫先生出示果亭寫十八羅漢，神品也，題此。癸亥三月，熙。

【按】録自《張瑞圖人物册》，西泠印社一九三四年十一月版。此册另有哈少甫、蒲華、楊守敬、陸恢、楊葆光、吴昌碩題跋。

贈張善孖富貴牡丹圖

富貴同心，宜男草秀。寫頌善孖賢弟嘉禮，農髯熙。

【按】録自香港蘇富比一九九七年春季拍賣圖録第三一八號。

贈張善孖、大千昆仲長聯　癸亥

管夫人一門富丹青，白髮揮毫，彩衣捧硯；潘太尉萬觴羅絲竹，板輿日暖，蘭砌風和。

【按】録自張善孖《曾農髯夫子之孝思》一文，刊於一九三〇年九月二六日《申報》。

張懷忠先生家傳

先生諱懷忠，字懷忠，四川内江縣人也。其先有用廷君者，廣東番禺人，康熙二十五年以進士授内江縣知縣。川亂甫平，城郭殘毁，君至，募民修築，且曰：『寇未已也。』後李黨再煽，他縣多陷，獨内江無恙，民感威德，依若父母，遂籍内江焉。高曾相承，世守儒業。父諱朝瑞，歲貢生，補授南溪縣教諭，以正心誠意，率厲縣士。尤重孝弟力田，嘗取農桑諸書，授南溪四鄉子弟。先生禀性純謹，自童蒙授經，及爲郡縣試文字，皆承庭訓。又懼責善太過，爲延名師。然屢試屢躓，教諭君曰：『學官清貧，不足贍妻子，汝輩終身困場屋，不若掘井煮鹽，或可療貧。』先生於是治鹽業。未幾，丁父憂。母年已髦，又多病，先生事母，奉甘旨，未嘗須臾離膝下，井竈悉付之人。繇是折閲，不堪其窶。夫人曾氏，雅擅丹青，以筆代耕，頗給歲需。其時太夫人在堂，先生親匜盥，夫人進食，貧而知義，鄰里稱之至今。先生嘗詔諸子曰：『先子勖予學，大者行己知耻，次及進身。予弗能顯揚，且叢脞井竈之間，旦夕思之，嘗悒鬱不自安。汝曹能成學，是先子之志也，貧也何傷。』子六人：長棨，殤。次澤，卒業明治大學，歷任四川鹽場知事，癸亥冬内調任府諮議兼吴巡使顧問。又次信，經理重慶宜昌商鋪，創造入川輪船。又次檝，附生，歷任成都、資中、内江、重慶中學教習，今經商駐滬。其季子曰權，喜佛學，癖嗜書畫，與季爰皆居熙門下。數歲以來，滇蜀構兵，先生盡室避地松江。前歲過予舍，見其輕步揚塵，方羨其健，乃於甲子三月二十六日日入，病歿松江寓舍。檝侍疾未離寢門，澤先夕自京歸。信、權自蜀，鄂先後奔喪。先生體清癯而志度簡嘿，年六十五，未嘗有病，初春偶咯血，飲藥即止。當權之入蜀，其時先生方燕居安食，出未浹旬，乃遭此痛，豈亦命耶！先生以長子雖殤，宜立後，以信生子心銘後之。孫十人。前以中書科中書加同知銜，授奉政大夫。論曰：文吏起家教諭，承流詩書之澤，其衣被遠矣。先生長者，終日事母，趑趄幃闥，其亦言治井竈耶！語云：『不在其身，在其子孫。』五子皆通才，其三游予門，因得紀其始末云。衡陽曾熙撰并書。

【按】録自《張懷忠先生家傳》，民國年間石印本。

張大千書畫例言

張蝯，字季蝯，内江人。生之夕，其母夢黑蝯坐膝下，覺而生季，因名蝯，字曰季蝯。季性喜佛，故曰大千居士。季之仲兄曰善孖，畫人物山水，尤好畫虎，蜀中與京師士大夫多争取之。然與季少時皆受筆於母。季昆季十二人，每歲學金皆出自母氏筆墨。季入學校數歲，謂科學少生人之趣，不足學。遂東渡，與日本名宿參論中日畫理。又以日人新舊煩雜不足學，歸游名山，日與僧人言禪學。一日，執贄就髯席請曰：『願學書。』髯曰：『海上以道人爲三代兩漢六朝書，皆各守家法，髯好下己意，不足學。』因携季見道人。道人好奇，見季年二十餘，其長髯且過髯，與語，更异之，繇是季爲髯書，復爲道人書，人多不能辨。近則刻苦求於髯與道人書之外，卓然自立矣。季初爲畫，喜工筆人物，及見髯與道人論畫，山水則喜方方壺、唐子華、吴仲圭、王叔明、大滌子，花卉則喜白陽、青藤、八大及揚州諸老。季昆季中，多善爲計學，近又蜀中富人矣。季因不汲汲自見，然終日爲人奴隸，亦何所取，因爲之定其書畫例下（下略）。季尚有弱弟曰君綬，年未冠，書畫皆過其兄。前歲入都觀内府所藏，以書遺季曰：『將蹈海。』然無踪迹，或以爲遁入海外禪林云。甲子春，農髯曾熙。

【按】　録自原件。

張善孖畫例言

張澤，字善孖。蜀之内江人。好畫虎，髯因稱之曰虎痴。門人季爰之兄也。髯居上海之三歲，季爰居門下。一日，持善孖所爲《十二釵圖》乞題。髯曰：『鄙不喜爲閨閣綺麗之辭。』季曰：『虎耳。』大驚，展示，果十二虎：踞者、立者、渴飲者、怒者、媚者，極數變態，皆奇想天開。嗟乎！善孖其善以畫諷世者歟！去歲來滬，携其平日所畫虎，大者丈餘，小或數尺；或寫群虎争食，喻當道賢者；或寫犬而蒙以虎皮，喻賢者中之又賢者。嗟乎！張生何諷世之深耶？然予觀古來畫虎者，每多類犬，寫生家又但能傳其皮相，不能得虎之天性，君操何術至此？善孖曰：『予因畫虎，遂豢虎有年矣。虎性貪利得肉，予每日以肥豚大方飼之。待其飽，然後弛其鐵繩，縱之大壑，須臾風生，若怒若醉，長嘯奔舞，山谷异勢。及其饑，復置肥豚檻柙中，虎且摇尾而前，若敬主人者。』髯曰：『虎得肉足耳，且知有主人耶！』善孖又善畫佛，其於山水鳥獸，皆能折衷中西法，取其所長。近與髯論畫，且學書，其爲人端慤，任事勤密。讀善孖畫，可以知其人矣。農髯曾熙。

【按】　録自原件。

題李健、張善孖、張大千、馬駘、江萬平合作達摩圖

甲子五月二十六日，萬夫人晋五十八歲，學子咸來舉酒爲樂，張生季爰寫佛相，仲乾侄以篆法勾衣，江生萬平畫蒲團，馬生績周寫菩提樹，張生善孖朱花小竹。老髯抱元和、九一兩孫觀學生作畫，遂題其端。

【按】　湖南省圖書館藏。

贈栗谷青南山秋霽圖卷

季爰自蜀得黄大痴立軸，畢瀧所藏，八十二歲所作，骨韵澹而和，即戴文節所謂筆墨安閑無過人處，而人所不能到，有道德者之畫也。又得方册，安氏舊物，岳雪楼所藏，筆老而横，尺幅有千里之勢，一點挾萬鈞之力，麓臺司農所謂大痴晚年有畫外畫，味外味者。二畫皆置髯室。又適子威吾甥來滬，以青藤老人畫饋髯，興味無窮，因寫此圖。用大痴法爲鳳樓妹倩及五妹六十之慶，倘乞吾湘耆舊題咏，亦一段雅事也。甲子九月既望，熙寫於心太平庵。

【按】　湖南省圖書館藏。

仿石濤潑墨山水

文至莊子，畫至石濤，可謂變幻不可思議矣。然世人必得石濤粉本，乃言石濤，不知石濤無粉本，又何須筆筆效石濤。乃曰石濤耶？甲子臘月既望，偶憶石濤潑墨，設境率爾爲之，世得勿又以髯爲粉本耶，一笑。熙。

【按】　日本私人收藏。

疏林遠亭

倪迂削荆關之繁，而以高簡適其天機，八大去倪迂之峭密，而以疏闊養其筆趣。老髯高簡疏闊，在二子之間，然自成爲老髯之高簡疏闊而已。天機筆趣不可外假，假則非真我矣。乙丑二月二十五日，嚴寒，寫此自遣。熙。

【按】　録自嘉德四季五十六期拍賣會圖録第三十一號拍品。

題張大千藏李瑞清團扇洞庭君山圖

此吾二弟李仲子寫洞庭君山也。壬寅，仲子與筠庵三弟先後來京，嚴冬航海回洞庭，其時予奉母新居龍陽之天心湖南，至磊石分舟。此尚堪回憶耶！季爰得此遺墨，髯爲之注。乙丑四月，熙。（圖四十二）

【按】　録自原作，上海私人收藏。

題張大千藏李瑞清書畫團扇八幀册

此册所得團扇，多饒君石頑款，蓋仲乾三侄之外舅也。石頑吾湘詩人，其著《楚國雜事詩》，逼近梅村。李仲極愛石頑詩，又極愛寄禪詩，每談常終日。髯語李仲曰：『石頑風雅，然名利心過重，寄禪喜接納權貴，但不過借官力補僧産耳。』後乙卯髯來海上，石頑已罹極刑，李仲嘗以髯前日所言爲有先見。石頑，髯愛其詩，與仲同心，惟踪迹少疏耳。内辛亥一扇，其書畫時，髯與祖庵同在仲案前，并記之。乙丑夏四月四日，農髯熙爲季爰弟識此。（圖四十一）

【按】　録自原作，上海私人收藏。

論伊秉綬隸書條幅

墨卿分書，海内争傳，髯亦稱之。今但見其楷書入分，然此習唐以來名家所未能免，不須苛論墨卿。乙丑中秋前，曾熙。

【按】　私人藏。

論鄧石如劉石庵書法團扇

完白尊碑，尚未能造其極。石庵守帖，能兼古人之所長。至其雍容振腕，骨勁韵蒼，所謂生長太平，上有太宗，而下有歐虞也。農髯。

【按】　衡陽市博物館藏。

論鄧石如隸書扇面

唐以來，凡爲隸分，皆從楷書蜕，墨卿且不免。惟完白能窮究篆勢以爲八分，其氣骨頗厚實。承德仁兄法家雅正，農髯熙。

【按】　上海私人收藏。

論袁世凱康有爲書

袁世凱、康有爲亦自有可喜處。袁書如沙漠萬里，康書如鱷浪千尋，皆有凶横之氣，不可當也。故袁爲政霸，康爲學霸。揚子雲云：言，心聲也。書，心畫也。聲畫形，君子小人見矣。信哉斯言。

【按】　録自馬宗霍抄本《糓子隨筆二》。上海私人收藏。

題張大千藏李瑞清落英繽紛圖

此道人擬南田，究不讓南田，宜季爰得之大快。髯注，乙丑四月六日病初起。（圖四十三）

【按】録自上海崇源二〇〇四年秋拍圖録第九六九號。

仿石溪山水圖

歸与臨川李痴居京，其時丹徒丁叔衡師喜吴、惲山水，所藏頗富，而侯官張燮師獨好石谷，十屏萬金且不惜。是時李痴酷好石濤，而髯好石溪。每張師詢及二石，張師云：『石濤狂生，如醉人使酒謾笑，予性不耐殘禿，禿管殊少生意。』退与李痴笑曰：『張師好古博通，蓋翰苑之翹楚，然論書畫鮮有合者。』適武陵歐陽君重至，湘鄉李刑部亦元亦至，刑部向黨張師，而歐陽黨李痴，偏重石濤而薄石溪。髯曰：『石濤史中之司馬、子中之莊周，石溪則《漢書》《荀子》。髯於文喜班、荀，故於畫獨愛石溪耳！』頃丹徒丁師至，告以日約將成，君等尚雍容言書畫耶！是爲乙未之歲，今三十年矣。因寫此幅偶涉石溪，并記歸日師友雅好。龍蒼仁兄精研畫理，視此何如？乙丑四月，曾熙。（圖四十四）

【按】湖北省博物館藏。

題張君綬遺墨山水圖

一紙已足傳，廿年成一世。白頭老親在，知君心未死。君綬有慧根，從予學書，篆草已臻神妙。父母以季子，愛憐更甚，諸兄友善，季爰尤形景不離，其蹈海何爲邪？幼時喜依寺僧，及來滬，儵逃之普陀，季爰數月訪得之，豈真大覺邪？乙丑六月，熙。

【按】録自《蜀中三張畫集》，爛漫社一九二九年二月版。

題張大千仿石濤後游赤壁圖

季爰自得髯所藏大滌巨幅册子，筆力更雄厚。此幀寫東坡後游赤壁，儒冠古服，真能得其劃然長嘯、草木震動之曠懷，大滌原本恐尚不能到此。乙丑十月三日，曾熙。

【按】録自香港蘇富比一九九二年秋季拍賣會圖録。

老松圖

九嶷雲氣生腕下，鬱鬱蒼蒼寫髯公。此松頗肖老髯，因題此。乙丑八月，寫於海上戲海樓。

此幅寫成，適小吴携蝯叟聯來，蓋中歲臨《道因碑》而骨韵勁秀，髯酷愛之。小吴請以此畫相易，遂許之。未幾，季爰弟又酷好此松，以重值購得之。曉汀、鐵年又苦向季爰求讓，卒不與也，可謂真好髯畫者，因記之。乙丑除夕，熙。

【按】録自《第四回日華繪畫聯合展覽會圖録》，東方繪畫協會編輯，大正十五年十二月十日印刷，十五日發行，發行者正木直彦。

墨松圖

寫九嶷一株，疑有雲氣生吾腕下。時乙丑秋八月，農髯熙，時年六十又五。

此松與張生季爰所得之長幅蓋同日所作，略取大風之腕法。此松又爲漸逵宗弟所得，九嶷靈根將移之蜀矣，一笑。丙寅二月，熙補注。

【按】四川省博物館藏。

題張大千黄曉汀合繪李瑞清遺像

赤子之心，大人之度。三古舒翔，六經作注。世欽其學，我惜其遇。黄冠草履，豈志之素。有墨皆淚，孤忠誰訴。天闕之山，出雲吐霧。靈之游兮，嗟嘆行路。門人張季爰畫像，鄉人黄曉汀寫衣履補景，故人曾熙贊之。丙寅三月。

【按】 録自《清道人遺集》，中華書局一九三九年九月版。

題方稼孫藏王宸山水册

蓬樵老人自守永州後，畫中氣骨爲之一變。蝯叟嘗言此老得三浯异勝，其鬱鬱兀兀自成一家風概。髯曰：能變家法，乃能守家法，麓臺之於西廬，蓬樵之於麓臺，觀此知奴古者不足與論畫也。此册爲最晚之作，尤爲難得，稼翁其珍秘之。丙寅浴佛日，熙。

【按】 録自《南畫大成》。

贈馬宗霍無盡溪山圖

無盡溪山殘禿筆，不襲其形取其液。精神直接三百年，天闕雲深開三益。石溪《溪山無盡》長卷，蔣孟蘋兄所藏，假置齋中，偶臨一過，凡下筆必有得，以髯腕相合也。石溪証果天闕，而玉梅花盦又在天闕，故有三益之句。宗霍妹倩冒暑來覲予，寫此與之。丙寅六月四日，農髯熙。

【按】 録自《曾熙與上海美專書畫作品集》，劉海粟美術館編，上海辭書出版社二〇一〇年十一月版。

題八大山人仿青藤老人墨荷圖

題籤：八大仿青藤老人墨荷絶品。阿筠裝成，熙署。

此清道人藏八大山人第一妙迹也。嘗置之卧室，客有能賞八大畫者，引至榻前激贊以爲樂。張生季爰嘗執贄時，道人詒之曰：『八大無篆書？此數筆荷柄即篆書耳。』張生尚能記其遺事。此爲筠庵三弟護持。丁卯元月，熙。

【按】 録自《教育部第二次全國美術展覽會專集第一種·晋唐五代宋元明清名家書畫集》，教育部第二次全國美術展覽會管理委員會編，商務印書館印行。

題張大千臨石濤小像

貌兼心古迥造塵，老幹疏花自寫真。不與時流争姿媚，千秋萬古一圖春。舊得清湘老人小像，囑大千仁弟臨，老髯題。

【按】 録自香港《大成》雜志第一四四期。

贈張善孖書畫合璧扇

不是松，却是松，倘若是松，便是畫工。且醉且畫，此樂無窮。丁卯中秋前一日寫此，尚有筆趣，即爲善孖賢弟留之。熙。

外峻内和，右軍之草法。至其真書，則外和而内峻。陶靖節之詩，亦如是耳，倪迂畫亦何獨不然？畫後再書此，熙。（圖四十五）

【按】 私人藏。

贈張善孖書畫合璧扇

將作嵩山游，遠謝東南客。變易舊姓名，長與家人别。不須問鴻廬，盗名乃天賊。不須尋面壁，真空勝佛説。一息已千年，氣與太清接。更笑商山人，采芝徒勞拙。年來亦苦筆墨，真能割去所愛，屏棄所知，作嵩山之頑僧，亦大樂事，但陽明知行并進不易到也。未識善孖弟讀此詩云何？熙。

道州隸分，直接兩漢。予尤喜庚辛壬之間所臨各碑，後每過之。熙再爲善孖弟作八分書。

【按】 録自上海朵雲軒二〇一九年春季拍賣會圖録第一八八號拍品。

梅花圖　賀張善孖、大千昆仲母壽

眉壽無疆。三代彝器，凡言眉壽，文皆作[illegible]，上象兩眉之形，下即頁，頭部也。自宋以來，至阮、吴諸家無异義。劉氏心源釋作貴，不知眉壽三代吉語。貴壽，漢人吉語，且從頁從貝，尤易辨也。因寫梅爲宗姑張老夫人壽，并注此。丁卯十一月，曾熙。

【按】　臺北張大千故居藏。

贈許雪齋簡筆山水圖

雪齋先生精賞鑒，前月自湘來滬，携有許道寧山水立軸，骨遒韵逸，確是宋人真迹，留置案頭，欲仿不能。予性近明季諸賢，不敢望宋也。先生將還湘，寫此爲紀念。丁卯嘉平朔吉。農髯熙。

久聞湘陰李文恭公藏宋畫二幀，一郭河陽，一即許畫。今河陽既爲郭侗伯同年所得，此幀復歸雪齋，楚弓楚得，當置酒賀也。同日熙再記於海上心太平庵。

【按】　録自香港蘇富比二〇〇五年春季拍賣圖録第二〇九號。此畫另有張大千、宋禹等人題跋。

題張善孖爲水野疏梅寫春馬飲水圖

説法期仰秣，開宗賴馱經。諸天方夢夢，我佛但云云。善孖畫馬能窮馬之神意。水野先生遠來吾土，其將有馱經開宗之志乎？戊辰閏月，農髯熙。

【按】　録自《曾熙與上海美專書畫作品集》，劉海粟美術館編，上海辭書出版社二〇一〇年十一月版。

題張大千爲水野疏梅臨石濤游黄山小景圖

獨留蒼翠照山川，洞壑泠泠響遠天。最是松風無執著，吹將幽意落空禪。季爰寫此贈水野先生，熙題其耑。

張大千自題：『鸞翔鳳翥一身下，鶴舞龍蹲五大夫。瑶草野花渾不羨，撩人風月醉歸圖。曩見大滌子有此，蓋寫游黄山小景也，因爲水野先生臨之，益請雅教。戊辰閏月，張爰。』

【按】　録自《藝苑掇英》第七六期。

題張善孖秋郊瘦馬圖長卷

秋雨瀟瀟秋草肥，昔年百戰苦征衣。長城既壞不堪憶，瘦倚寒林對夕暉。善子賢弟臨松雪老人《秋郊瘦馬圖》，既擴大之，而精神骨韵不下松雪，爲賦七絶，并記之。農髯熙。

【按】　録自香港蘇富比二〇一一年秋季拍賣會圖録第一七九一號。

題張大千藏石濤花卉册簽

清湘老人細筆花卉册子。平生所少見，季爰既得絹本，復得此册，可稱雙絶。戊辰八月。熙署。

【按】　録自香港佳士得二〇〇八年春季拍賣會圖録第一二三九號。

題張善孖十二金釵圖

此張虎痴之善諷世也。猛虎，人皆畏而避之，美人之搏噬人，蓋甚於虎，其亦覽斯圖而自警覺哉？此十二幅較前十年所作更神妙。戊辰十月熙識。

【按】　録自《十二金釵圖》，爛漫社一九二八年十月出版發行。

與馬駘、張善孖、張大千、丁六陽、廖寄鶴合寫歲朝清供圖

且傾新歲酒，四坐皆歡顔。汲脩仁兄屬補梅并題此，爲庚午開歲之喜。農髯曾熙。（圖四十六）

【按】　録自《張大千的老師——曾熙、李瑞清書畫特展圖録》，

臺北歷史博物館編，二〇一〇年四月版。

題張善孖四十八歲生日自寫駿馬圖

既舍我車，安用吾馬。閑閑自適，優游松下。君子道喪，所求在野。善孖弟當道嘗求之，退隱於畫。此四十八歲生日所作，因題數語嘉之。庚午三月，七十髯叟熙。

【按】　録自《當代名人畫海》，中華書局一九三一年八月版。

題張善孖十二金釵圖

虎痴寫《十二金釵圖》，老髯曰：『今日金釵之流，其害非關一人之性命也，蓋甚於虎矣。』噫！庚午四月，七十髯叟題。

【按】　録自《十二金釵圖》，一九三〇年五月再版，太平洋藝術社出版發行。

致張善孖書二通

佑翁極欲暢談，今以忽發吐紅之癥（冬燥服補藥所致），不得詣陪。善孖弟幸爲婉致詞，且詳告病情。此上善孖弟。熙頓首。十一月一日。

【按】　録自《可居室藏清代民國名人信札》，國家圖書館出版社二〇一二年三月版。

阮君明集册收到（方尚非遺臣，已入國朝，居達官矣。冬心底本當在照相館，尋得再送。）八大大軸交上，幸檢交對看。善孖弟。髯復。即日。

【按】　録自汪毅《張善孖的世界》，九州出版社出版二〇一五年二月版。

贈張善孖七言聯　祝其四十九歲生日

兄弟高年文伯子，詩書善畫蘇長公。

【按】　録自張善孖《追念曾農髯師》，一九三〇年九月九日《申報》。

仿白陽山人牡丹圖

偶寫白陽山人牡丹，然不及張生之凌空。髯。（圖四十七）

【按】　録自《曾熙年譜長編》，上海書畫出版社二〇一六年十月版。張生即張大千。

殘札

季爰開會之籌備，畫百件作百票，每票二十元，須先向至契商計，願承認若干票，蓋交情上之分別。刻聞已有六十票矣，如百票完全可得千元，以裱價、開銷各費須一千也。曉翁生意頗好，尚不多，已去一次。熙再頓首。（圖四十八）

【按】　上海私人收藏。曉翁即黃曉汀。

附録三　大風堂詩文題跋選輯

一、張善孖

爲楊滄白省長畫回頭虎

同是英雄冒險艱，出山幾載始還山。當時多少不平氣，都在回頭一嘯間。

【按】　録自張善孖稿本《集句》。上海私人收藏。

楊滄白（一八八一—一九四二），名庶堪，字滄白，晚號邠齋，四川重慶人。中國近代民主革命家、辛亥革命元勛。先後任四川省省長、中國國民黨本部財政部長等要職。著有《楊庶堪詩文集》等。

松鶴圖　祝王汝勤生日

蒼松白鶴，壽逾千年。紫芝翠竹，各全其天。人承舊德，亦如是焉。三槐留蔭，久而彌堅。根深葉茂，代有名賢。爰及今世，瓜瓞綿綿。篤生申甫，顯於幽燕。陳師鞠旅，兄弟蟬聯。棠棣競秀，勛業爛然。荆沙作客，得與周旋。丹青畫筆，敢曰如椽。壎篪迭奏，名以遠傳。爲請於部，給獎佩懸。是真异數，莫之或先。私衷感激，匪言可宣。欣逢攬揆，禮應來前。斟以大斗，晋祝金仙。適因鹺政，路隔三千。無物將敬，謹撰斯篇。書之畫軸，以佐賓筵。臨風遥拜，用致拳拳。願乞福壽，永永長延。中華民國八年舊曆八月畫，爲幼甫先生大人千春榮慶，蜀中善孖弟張澤遥祝。

【按】　録自張善孖稿本《集句》，上海私人收藏。

爲前清道臺劉琴舫先生繪下山式嘯虎圖七絶一首并跋

一聲長嘯萬山中，凛凛之威八面風。當道豺狼俱斂迹，如今才見大王雄。余前在荆沙，得從幼甫師長賢昆仲遊，已逾兩載。過蒙垂愛，幾同骨肉，别來數月，書札往返，備極殷勤。頃承囑畫山君，謂將以贈至好瑟(琴)舫先生，因於百忙中勉而爲此，并綴俚語數句，以博一粲，還乞舫翁正之。歲己未夏曆十月八日，蜀中張澤繪於北川樂至場署并跋。

【按】　録自張善孖稿本《集句》。上海私人收藏。

幼甫即王幼甫，生卒年不詳。曾任北洋軍師長。一九一七年前後駐扎在湖北荆沙地區，張善孖從其游。

題曾魯南税官下山虎

猛虎不得食，爪牙皆贅疣。男兒不得志，天地成幽囚。吁嗟虎兮何所求，作勢直欲下山邱。如今豺狼正當道，食人無厭已自愁。豈容爾再出山去，更與豺狼爲匹儔，虎兮虎兮我心憂。

【按】　録自張善孖稿本《集句》，上海私人收藏。

爲林鏡秋繪半節虎

當道盡豺狼，食人太無算。山君似有知，伸出頭來看。豐草蓋蒙茸，全身見其半。不聞長嘯聲，狐兔已奔竄。若竟下山來，豺狼會驚散。逐去豺與狼，虎又將爲患。所望睡獅醒，殄除群獸亂。睡獅復長眠，長夜真漫漫，吁嗟黑闇兮天下何時旦。

【按】　録自張善孖稿本《集句》，上海私人收藏。

致沙市花叢姊妹書

花叢姊妹均覽：自别群芳，輒形孤寂。近維花容益艷、玉體咸安爲慰。不佞前在沙頭，相逢客里。生成傲骨，鄉不愛乎温柔；素有俠腸，質偏憐乎窈窕。合衆香以爲國，那禁舞蝶頻來；集百卉而成叢，自應狂蜂屢至。感花英之墮溷，長此沈淪；念柳絮之沾泥，難堪踐踏。幾經惆悵，一味流連。爰本憐香惜玉之心，激而爲好義捐金之舉。濟良所人皆贊助，好同净土以皈依；大願船我來造成，敢詡迷津而共渡。乃竟鶯儔燕侣，各有感情；鴉婢鴇娘，亦知愛戴。匆匆行色，率雜佩以相貽；渺渺予懷，直篆銘之不已。嗟呼！墮來孽海，已嫌追悔太遲；跳出火坑，休尚執迷而不悟。當此倚門賣笑，供歡笑者，年年憑他對酒徵歌；樂笙歌者，夜夜總覺春花秋月。等閑度却光陰，并教暮雨朝雲，瞥爾都成夢幻。一誤豈容再誤，宜早托乎良媒；今年又復明年，莫遲回於苦境。琵琶晚抱，難勝老大之悲；紈扇秋捐，易動凄凉之感。孰若臉波未皺，眉月還新，嫁得檀郎，宜家室而永好；生來桂子，俾似續以無憂。美顔色轉眼便衰，若怪門來冷落，新眷屬有情，即是無庸格外苛求。果能自願回頭，必有人相援手。出污泥而不染，雖周子亦愛蓮花；處濁世而能清，在屈平尚思芳草。苟終身之可托，即决意以相從。三五小星，且自安乎時命；一雙佳藕，在人各有因緣。北馬南船，曾閲遍殘花多少；東勞西燕，總相望明月團圓。願他年崔護重來，人面不知何處；莫异日劉郎再到，桃花仍是後栽。至於乳燕剛飛，雛鶯才語，未及破瓜之歲，尚然含蕊之花，尤宜早出樊籠，向高枝而栖息；慎勿徘徊歧路，共墜絮以飄揚。價擬連城，古所貴者完璧；珍還合浦，今猶重乎明珠。聊具蕪詞，用陳蕙鑒。倘承共聽，即慰遠懷。楚水迢遥，溯洄寫伊人之慕；巫山高聳，媟褻犯神女之威。敢竭鄙忱，并鳴謝悃。諸惟珍重，不盡蘭言。己未重九後三日，蜀中張善孖寄於樂至鹽場知事公署。

【按】　録自張善孖稿本《集句》，上海私人收藏。

爲曾魯南先生繪燕山五子圖四古一首并跋

燕山五桂，競爽名揚。溯厥由來，得自義方。今見南豐，兒女成行。注重德育，教法已良。培從根本，積厚流光。早卜他日，必大以昌。謹繪斯圖，張之華堂。用作紀念，伫待聯芳。

余自捧檄至樂，得與魯南兄朝夕過從，并同出入辦公，情意相投，已兩閲月矣。因見其喆嗣，頭角崢嶸，皆碧梧翠竹之姿，而又勤於幼讀，義方之教，已可概見。爲仿寫《燕山五子圖》，不用桂樹，特借眼前住處所有竹梧石榴，略布其景，以爲他年多子發祥之兆，萍蹤聚合，契洽良深，拙繪俚詞，工拙殊未計也，還乞魯兄正之，八年十二月一日，弟澤并題。

【按】　録自張善孖稿本《集句》。上海私人收藏。

題别牛華溪場署

作繪有年矣。所酷好者，尤在畫虎，故運憲謝公爲吾撰傳，以『張老虎』稱之。奉年春仲，運司令調老虎往權樂山場篆，場署地點名牛華溪，吾因之有感矣。使其地别以龍名，如龍山、盧龍之類，則必與虎相争鬥，勝敗之機，尚難逆料。乃獨以牛名之。勇怯之勢，强弱之形，人所共見。是牛不能與虎争鬥，虎即欲搏牛而食之，亦甚易易。夫老虎食牛之説，雖曾聞諸卞莊子，而所食之情狀，究未見其若何？不意會逢其適。八弟［大千］由滬上以《老虎食牛圖》贈寄，此間機緣湊泊，何巧若斯。昔韓昌黎所謂變化咀嚼，有鬼有神者，殆類此耶？因即摹而繪之，并次題其事，以爲志念焉。民國十年辛酉仲春，張［澤］繪於南閬場署。

【按】　録自原件。上海私人收藏。

虎落中原图

辛亥反正以來，世道之變亂極矣。時而總統，時而帝制；時而將相王侯，時而罪大惡極；時而鞠旅陳師，天下皆是；時而生殺予奪，人盡可操。嗟乎！下爲竊鈎，上爲竊國，中國幾於不國矣。夫以數千年强大之國，一躍而入共和，宜如何雷厲風行，乃茶然頽靡不振，犬羊之族得以乘間抵隙而相跋扈。執政諸公不知生於憂患，猶復内起牙璋，分南分北，甚至南又分南北又分北，各樹旗幟以相傾。輒致使狂犬益吠聲影，羝羊近觸藩籬。以虎踞中原之勢有若垂頭喪氣而不力奮雄威，深可慨也！世人不以爲慨，吾獨慨之，略繪其意，卷藏於家，以俟後之覽者有慨於斯焉。癸亥初夏，善孖張澤識於閬苑。

【按】　私人收藏。

蒼山扁舟圖

秋水清百尺，晚山蒼數層。扁舟何所往，買鶴與尋僧。仰欽先生雅教，善孖張澤，乙丑新秋寫於塞北。

【按】　録自朵雲軒二〇一七年春季拍賣會圖録第三六〇號拍品。

伯俞遺風圖

泣杖仰伯俞，純孝堪娱。宗風宛肖衆交揄。叙樂一堂親色笑，左右歡呼。爲國效馳驅，忠亦不渝。政聲卓著炫察區。自古賢兒多母訓，名實相符。

丙寅六月，澤以親病，解商都篆，道經豐川，因車阻，不克遄返。秀岩鎮使情殷維縶，始下榻署中。公暇踵門爲老伯母叩安，睹秀岩於軍書旁午，猶能晨昏定省，毋稍疏違，其樂融融，有伯俞遺風焉。竊孝爲人倫之首，能孝父母，即能陶鎔德性，忠愛國家。澤素所知交，皆孝友忠信之輩，秀岩尤有過之。澤雖有母，滬上寄居，欲養未能，問心多愧。每臨風而興感，思愛日以高懸。比擬秀岩，徒深羨慕。爰繪斯幀，并填一闋以志其慶，還乞岩岩如棣鎮使教之。善孖小兄張澤，大暑後二日作。

【按】　録自《中国近代繪畫叢刊—張善孖》，雅墨文化事業有限公司二〇一四年十二月出版。

草澤雄風

草澤雄風。丁卯夏，東渡聯絡中東美術，乘上海丸應弓野先生雅命，寫此紀念，并請教之。蜀中善孖張澤。

【按】　録自中國嘉德四季五十三期拍賣會圖録第四五八號拍品。

贈水野曉梅柳下雙駿圖

良樂惺惺辨驌驦，幾人勛業耀旂裳。燕王臺畔春猶昨，市得千金骨亦香。戊辰春，寫似水野先生法家兩正。蜀中張善孖澤作於大風堂。

【按】　録自《曾熙與上海美專書畫作品集》，劉海粟美術館編，上海辭書出版社二〇一〇年十一月版。

與錢瘦鐵在秋英會合作黄山老人峰圖

群峭攢高青，巔崖立石叟。見我老人來，雲端爲招手。戊辰，九月。秋英雅集，冷月道兄屬作，瘦鐵畫黄山老人峰，善孖補高士，并記。

【按】　私人收藏。

畫談

古今畫論夥矣，如唐之張彦遠《論六法》、五代之荆浩《畫説》、宋之李咸熙《山水訣》、郭熙《山水訓》、陳遠《論寫神》，無不研精入理，允爲圭臬。沿及明清，作者既多，論者層出。笪江上之曲盡精微，龔半千之理法兼備。石濤參禪入畫，抉莊老之玄理，泄天地之精英，上下縱横，囊括萬有。學者苟能參悟一二，亦即可升清湘之堂，浩浩無垠，夐乎遠矣。澤何人斯，安敢妄冀古人。然少承母教，粗解六法，三十年來，寢饋其中，略有心得。前者於美展會中偶具意見書，頗爲同人所許可，大意即以『始之有法，終之以無法』二語盡之。澤以爲畫無定程，以心主之。設想於筆墨之外，置身於山水之中。此心但當有畫理畫意，盡情畫韵，其理與意與情與韵，又當在可有不可有之間，百煉鋼化爲繞指柔，一點靈光透出塵楮矣。米元章謂書可臨可摹，畫不可臨不可摹，蓋臨得勢，摹得形，畫但得形則淪於匠事，其道盡失。關仝繪石，石之立者，左右視之，各見其圓鋭長短遠近之勢；石之卧者，上下視之，各見其方圓厚薄廣狹之形。筆墨到處，便能移人心目，作石之難如此。董文敏云畫樹之竅，只在多曲，雖一枝一葉無有可直者，其向背俯仰全在曲中取之。澤偶見文敏粉本，樹五株，點染以後，有李營丘寒林意，直得元人神髓。惲南田論寫雲山當以氣勝，有吞吐千峰之勢，不獨仿米山爲然。又云昔人寫生多作枝葉，徐熙父子雖長絹大幀每用此法。足見古人於書畫一道，須具會心，不能放鬆一筆。其於鳥獸則取多識，故詩之六義曰多識鳥獸草木之名，良以不識其名，不特形色殆畫虎類犬之譏，而於精神筋力尤談不到。蓋有精神則有意，有筋力則有勢，能於形似中得筋，於筋力中傳精神，方有生氣，不成死物。總之，畫之法無窮，畫之理則一，以理御法則趨上乘，以法求理則受束縛。吾人作畫，先只知有古人，繼則有古人復有我，終則宜知有我而不必拘泥乎古人。宿雨初收，曉烟未泮，澤三復之矣。

【按】録自《上海美術專門學校季刊》，一九二九年四月第一卷第一期。

題郎静山黄山山水攝影

畢宏用濃墨，李成用淡墨，王洽用潑墨，董巨、二米用積墨，荆、關用焦墨，范寬用破墨兼淡墨，郭熙焦墨兼水墨，皆山水用墨之宗。静山此幀攝於黄山後海，墨氣淋漓，足爲六法注脚，心折之至。静山亦自得，問：『似古人何等？』余以李成、范寬對，既而曰：『非君似李、范，乃李、范似君耳。』相與撫掌，静山屬題，聊書以應上。善子。

【按】録自張善孖稿本《集句》。上海私人收藏。

郎静山（一八九二—一九九五），浙江蘭溪人。中國最早的新聞攝影記者之一。一九二六年至一九三七年曾任上海《時報》攝影記者，并發起成立了『中華攝影學社』。一九四九年定居臺灣，從事攝影創作。

題郎静山黄山攝影

盤陀入層雲，側足陟碕礒。平生凛水淵，小心匪今始。黄山打鼓石（嶺）蒲國（團）石上文殊院，徑小山坡奇險至極。静山道兄攝此，有神妙欲到秋毫顛之樂。攝影一道，大有高下，余兄弟沉酣此中，愧莫能探其堂奥。静山此於國畫筆墨相合，可云毫髮無憾，頗佩之至。張善好。

【按】録自張善孖稿本《集句》。上海私人收藏。

題孫綺芳浪墨

含宏廣大，所包無垠。徵文考獻，六典是陳。庚午春，奉題綺芳先生《浪墨》，虎痴張善孖。

【按】　上海私人收藏。

題雙虎畫扇面

色變何如不深談，寫來生氣視眈眈。市中一片齊東語，賣杏山君也學貪。庚午夏，似鶴章仁兄法家正之。虎痴張善孖。

【按】　私人收藏。

石濤和尚山水集序

余兄弟幼侍母曾太夫人居蜀中，太夫人耽繪事，似南樓老人，好收藏古今名迹，鑒閱既多，暇輟臨橅。余輩耳濡目染，因得窺宋元諸大家堂廡。癸丑二次革命，余家被抄没，舊藏書畫，靡有孑遺。丙辰，八弟季爰游學日本，歸居滬瀆。余時流徙四方，禄仕所入，悉以資之購書畫。季爰質美學甚叩，吾所弗及，其嗜古畫出自天性。有所見輒解衣輟食，以期必得，既得，則寶愛之若頭目，昕夕相對不去手。甑無米，榻無氈，弗顧也。其所自作，初亦規橅宋元，繼乃好爲縱逸之筆。山水學清湘、八大，花卉法青藤、白陽，故諸家名迹購致尤夥，見聞既廣，動筆入古。吾母每爲余亟稱季弟，可謂有收藏而能鑒識，善閱翫者也。老友鄭君午昌，博雅好古，知余家稍有收藏，請擇其尤者歸中華書局影印。余既憾古人名迹流傳之難，而後世知音之不易，因就石濤名迹選其灼然可信者，先以行世。略述吾母曾太夫人所以督教吾兄弟，及季弟歷年收致名迹之功以爲序。至侈陳一門翰墨之盛，則吾豈敢。庚午七月既望，張澤善孖草於大風堂。

【按】　録自《石濤和尚山水集》（一），中華書局一九三六年五月三版。

題石濤山水册

八弟季爰嗜古若命，見名畫必得之爲快，甑無米，榻無氈，弗顧也。甲子歲，余客京師，八弟來會，偶於廠肆獲見此册，以索價奇昂弗能有。旋游滬瀆，吴人某持此踵門求售，八弟見之，如逢故人，驚喜欲狂，卒以七百金得之，藏之大風堂。物必聚於所好，是果有翰墨緣耶？庚午夏，内江善孖張澤記。

【按】　録自民國珂羅版。《石濤山水册》。

題宋高宗趙構勑岳飛起復詔

翰墨流傳信可憑，至今珍重宋思陵。君王自有千秋業，休向湖山説廢興。高宗初政鄂王大節，諸家題跋已詳，余特論其書法。庚午五月，蜀中虎痴張善孖。

【按】　録自西泠印社二〇〇八年秋季拍賣會圖録第三三一九號。

挽曾農髯師

揮毫與梅庵，缶老齊名，北派南宗，試問一代書家，虎卧龍跳誰抗手；及門似長公穎濱昆季，東塗西抹，愧對數行遺墨，山頹木壞劇沾襟。

【按】　録自一九三〇年九月二十三日《新聞報·快活林》。

追念曾農髯師

曾農髯師自國變以後，即避地海上，與臨川清道人李梅庵師皆以鬻書畫自活，世所稱曾李者也。梅師既卒，感悵頗多，世亂日滋，欲歸不得。嘗於浴佛日寫山水，自題云：『充楊子所至，則老矣；充墨子所至，則佛矣。舉世混混，吾誰與歸？莽莽山河，誰是主人？任筆所造，已落鴻濛之後矣。聊以自適，非敢求知。』觀此可知其孤鳴獨醒之概。然其神志老而益康，據案濡毫，從不告倦。

稍休即及門弟子月旦書畫，品藻詩文。余與八弟大千，過從更多，承契彌厚。今歲五月，余進四十九歲，師贈聯云：『兄弟高年文伯子，詩書善畫蘇長公。』雖愧溢量之稱，實見獎掖之篤。又見師新爲魏弱叟老伯畫便面，題云：『須到百齡無暮氣，同將六法樂天倪。』復書其他面云：『志能帥氣，故朝暮之氣，志主之耳。少而偷安，壯而耽逸，即暮氣也。熙與阿哥年俱七十，阿哥尚以書畫問世，熙雖盛暑不輟筆墨，即朝氣也。畫上題句，願與阿哥徵信之。』蓋弱叟與師同鄉同年且同學，弱叟一日以長，故師以兄事之。余謂師朝氣長存，方當比壽大椿，不意入秋小恙，竟至不起。易簀前四日，尚手書一詩與吴劍秋老伯，云：『自濬溪流常繞閣，手栽園柳已成堤。劫餘尚有敝廬在，惆悵年年歸未歸。』案此詩即題《思歸圖》者，圖則爲弱叟作也。魂魄猶樂故土，於兹可徵。劍翁亦師三十年前老友，當師病時，移榻師家。一日，師忽忽不樂，語劍翁曰：『七十三年，丁此季世，能得友如子者，撫棺一哭，死復何恨。』聲淒以永，所感深矣。故劍翁挽師云：『何以生爲，睹兹滿地荒殘象；今真死矣，尚有撫棺痛哭人。』嗟乎！師之書畫已滿人間，師之聲名當留後世。全壽而歸，雖死猶生。吾輩山頹木壞之感，不能已於懷，江漢秋日，願與及門諸子共誦之。

【按】　録自一九三〇年九月九日《申報》。

曾農髯夫子之孝思

吾師衡陽曾夫子，少年之文名，近二十年來之書名，與夫垂老尤以畫得名。凡知夫子者，未有不景仰其文字書畫者也。惟夫子生平有可矜可式者，正在文字書畫以外。故組庵先生贊夫子之像曰：『行可以伏一世，而德淑於一身。學足以追三古，而化不被於人人。書畫特其餘事，猶亦祀而共珍。』蓋組庵先生之於衡陽，兄事者三十年，知之最真切也。及門中孖與季氏大千之於夫子，過從最密，談次晝不足繼以夜，舉足出言，諄諄然以孝行爲勸勉。偶述及庚子覯拳匪之亂，荷短衣，負太師母出都門，走數千里，興奮處忼慨不已。繼以涕零，其馴孝出乎天性，已可概見。癸亥，孖與季弟大千迎養，深見喜許，并賜長聯：『管夫人一門富丹青，白髮揮毫，彩衣捧硯；潘太尉萬觴羅絲竹，板輿日暖，蘭砌風和。』今者泰山其頹，撫髯追髯，神獨愴然。因憶及夫子六十七歲日，寫雪景一幅，題詩云：『我生年又六十七，一歲三月成孤息。母啼兒笑苦不知，鞠養艱難歷五十。五十四齡母棄我，不意餘生及今日。歲歲家人歡置酒，我獨潸淚仰天泣。當年破屋母所居，父病經年倚母力。呱呱墮地冰雪中，且飲冰水作朝食。鄰媪急進生薑湯，掃雪洗兒長嘆息。平生苦節不敢憶，膝下授經月下織。報德無力只刺心，此生此痛曷有極。小南山下雲氣深，但有魂夢接朝夕。擬將槖筆入南山，老依母墓剪荆棘。』又畫册寄二世兄繼尹，跋云：『此册乙丑冬所作，亦有未題之幀，今忽忽又四年矣，褫成補題，寄與述男。述今年四十矣，猶憶予四十是爲庚子歲，負母携汝輩從運河南下，始脱拳匪之亂。時汝十二齡，汝兄十四齡，汝弟八齡耳。汝母先歲歿京師，而先王母年六十九，朝夕携汝輩號泣。及亂作，予但短衣以一僕自隨，百難千辛，今猶歷歷如昨日事，而不覺予年六十八，而汝亦四十歲矣。予出，即命汝居衡，爲守先王母墓耳。處今之世，求不饑餓幸矣。以勤苦守身，以忠實守志。凡事求下人一等，則自處多餘之地矣。述男謹識之，戊辰五月二十有二日記。此以當趨庭之訓云云。』一詩一跋，反覆味之，直《孝思録》耳。於以見吾夫子之馴孝，雖出於天性，亦鑒於太師母撫育之孤衷。今者子若孫孫又有子矣，吾世兄輩皆干蠱之材，晚出有如藩者，亦秀拔英挺，門楣不易，甚顧長以夫子之心爲心也。

【按】　録自一九三〇年九月二六日《申報》。

古道可風之魏弱叟

衡陽魏弱叟老伯，年逾七十，窮心六法，筆墨高深，不落時尚。與先師曾農髯交情契合，得未曾有。客冬曾師與弱叟古稀正壽，本擬壽筵合開，乃曾師未届壽期，遽歸道山。弱叟傷感萬端，稱觴之舉，遂即中輟。憶曾師病篤時，曾爲弱叟寫小幅山水，題詩曰：『自濬溪流嘗繞閣，手栽園柳已成堤。劫餘尚有敝廬在，惆悵年年恨未歸。』此幅爲曾師絶筆，於以見二叟情誼之篤焉。頃又得吴劍秋老伯自北平寄轉補壽弱叟集詩與跋語，詩曰：『與君俱長宣和日，垂老真同爨下琴。不信年華如轉轂，可憐意氣尚憑陵。横林蟲鏤無全葉，醉後龍蛇滿剡藤。師友凋零身白首，了無人會此時心。每説人生七十稀，偷閑聊喜息塵機。多聞只解爲身累，温飽從來與道違。親滌硯池餘墨漬，誰家井臼映荆扉。更餘一事君知否，孤鶴三千歲後歸。弱叟先生於庚午冬月七十正壽，先生與亡友農髯九兄先後一日耳。九兄不幸先數月病故，先生傷同類之凋殘，輟壽觴而不舉，高懷古誼，深可佩已。緣（爰）集陸劍南詩二首，殊不能工，遥申補祝之意云耳。吴綺撰書，時在辛未仲夏。』其詩風骨高騫，實堪傳誦，尤足見曾師、弱叟及劍老之交情，不以生死易也。愚前月五十賤辰，蒙弱叟賁臨，白髮蒼髯，精神矍鑠，風度動人，語言雋永。今秋七月四日爲曾師周年諱日，弱叟又欲參與曾李同門會紀念會，古情高誼，生死不渝。若弱叟者，真可以厲末俗而矯薄習矣。

【按】　録自一九三一年八月一七日《申報》。

清道人之遺札

先師臨川清道人，原名李瑞清，字梅庵。光復後伏處海上，以賣文鬻字爲生涯，署款清道人而不名。一時求者學者，風從雲擁。但最初頗有人不知清道人即爲李氏也。今秋廢曆七月初九，爲先師六十五冥誕，曾李同門會開會慶祝，欲將其生平詩文書畫及尺牘軼事，徵集付刊。余藏有先師覆中國道教尺牘一通，措詞至奇妙，讀其文即知其人品學識之高潔，特録於後，以餉閲者：『涵光、静虚諸道長元鑒：頃辱手書，公等不以瑞清爲不肖，引爲同道，并承賜以道號。但有皇悚！瑞清塵俗人也，非欲求金丹、慕長生、思輕舉也。辛亥國變，刀斧偷生，伏處海濱，以求苟活。寒家三十餘人，賴以爲生，入地獄，便足爲幸。尚何面目談大道，樂神仙乎？其云道人者，不過如明之大滌子，自稱石濤和尚，假道號聊以自娱耳。以名瑞清，故自稱清道人。又來函云，公等欲立中國道教會，其衛道之意，至可欽遲！但欲命瑞清爲發起人，則非所願也。公等既立總會，各省又分設支部，貴會宗旨，既在衛道，則不能不與世周旋。瑞清自辛亥以來，陳死人也，不願拙名復存於世界。至若登報，俾世界周知，尤非迂朽所敢當也。願回寵命，勿刊鄙名，以成余志，感且不朽。又來書命清捐資，義宜樂助，然瑞清雖出世，未能出家，去秋以後，四方擾攘，書畫生涯，日見落寞，家口嗷嗷，日懼不給。顧安能得此巨資乎？語云，富者助人以財，貧者助人以力。若有書畫之事，公等有所諈諉，不敢辭也。吾聞之太史公曰：老子無爲自化，清静自正。此道家之宗旨也。故道貴自衛，安得求助於世？况當此舉世溷濁、豺狼遍地、諸會林立者，無非争權利耳。非但瑞清不肯爲，更望諸道長勿以清静之身，而與此汶汶者浮沉也。他日若瑞清家稍能自沽者，必當高舉遠引於白雲深處窮岩絶壑間，不獨與世人絶，恐吾諸道長，亦無從知清道人蹤迹矣！卒卒奉答，詞不一一，願垂察焉。』此函後由其家人另易答覆，原稿留存，由余十弟君綬，以重價購藏之。

【按】　録自一九三一年八月二十日《新聞報·快活林》。

記清道人覆嚇詐妙文

臨川李瑞清先師，別署清道人，辛亥改革後，伏處海濱，鬻文賣字爲生活。品之高潔，學識之淵深，舉世推重，無待贅述。茲届六十五壽冥誕，曾李同門會開會慶祝之餘，搜集其各種詩文付刊，并擬登報徵求。余藏有先師至妙函件數通，爲世人所不及知者，特録一則，以見其高風亮節，無處不出諸自然也。其覆維良會函云：『維良會先生閣下：貧道傷心人也。辛亥國變，求死不得，飄泊海上，鬻書偷活。寒家幾四十人，恃貧道一管以食，六年以來，困頓極矣。昨據貴會來書，業已作書報覆。頃又得來書，云未取得，以萬人行路之通衢，何能禁人之不取？至云屬貧道滙豐行票三百以助貴會，誤矣。貧道鬻書人也，非有多數之金錢儲之篋笥也。有一日而得數元；數日而不得一元者。此種營業，須平静市面好，然後人纔思及此裝飾品，非野鶏之能到處捉人也。近日銀根緊急，十餘日來，無一元之收入，自顧不暇，何能爲貴會之助？俗云：『有錢錢當，無錢命當。』且人之樂生，必有後來之希望。貧道無妻無妾無子女，所有子女皆兄弟之子女，或寡婦孫兒而已。吾友吴劍秋云：道士無妻妾之奉，而有室家之累。况世風日變，姦慝僉壬俱居高位，擁重兵，亡國之禍已在眉睫，惟求速死，得大解脱。兩得手書，故掬誠相告，請貴會切實調查。如有謊言，手槍炸彈，引領甘受而無悔焉。清道人頓首。』此函乃其家人另書答覆，原稿提留，余十弟君綬，以重價購藏之。

【按】　録自一九三一年八月二一日《申報》。

百步雲梯

辛未秋，與八弟大千、侄旭明、吴生子京、慕生泉淙游黄山。奇松怪石，目不暇接。此爲蓮花峰背後之百步雲梯，梅淵公所謂三面皆空，狀如鯽魚背，險可知也。寫似世昌吾兄博教，虎痴弟張善孖，時借居文殊院。

【按】　録自《曾熙與上海美專書畫作品集》，劉海粟美術館編，上海辭書出版社二〇一〇年十一月版。

題林遜之藏趙之璧草書册

莆田趙十五先生遺墨廿四紙，余從林君遜之借觀累月。遐庵社兄過網師園，見之，詫爲希有。信筆題引首四字，誤以爲余物也。先生事略詳石遺老人跋語，其詩字鸞騫鳳翥，風逸致殆不食人間烟火者，固無俟後人之評泊也。丙子春，張善孖敬題。（圖四九）

【按】　私人藏。此册另有張大千、陳衍、林長民、林紓、於右任、王震、台静農、江兆申等人題跋。葉恭綽題引首：『谷音之遺。恭綽爲善孖社兄題。』

林遜之（一八八六—一九五三），名鴻超，字遜之，號超聲。清末秀才，曾參加過辛亥革命。民國二年被推選爲衆議院議員。晚年遷居香港。善詩詞而工書法國畫，著有《超廬題畫詩鈔》《超廬聯語憶録》等。

題朱芾甘山村逸趣圖

六如居士《山村逸趣圖》，似是皖中裴伯謙舊藏，未見其妙。芾甘賢弟臨本脱去尋常窠臼，頗得明賢遺意，未可以優孟衣冠視之也。乙亥立秋，虎痴張善孖題於吴門網師園。

【按】　録自西泠印社二〇一九年秋季拍賣會圖録第二二四五號拍品。

黄山神虎圖

石濤畫松能畫皮，漸江畫山能畫骨。兩師黄山住半生，不見當年此神物。乙亥冬，蜀人張善孖寫并題。

【按】　録自西泠印社二〇一九年秋季拍賣會圖録第三三〇四號拍品。

雪景圖

中華民國二十八年元月十七日午前六時，經地中海，見北岸高原雪滿，而輪中之寒，較頗塞加多矣。善孖寫所見。

【按】　私人收藏。

二、張大千

松江禪定寺夜坐口號

小坐中庭月色微，滿身花霧欲涼衣；市喧已定萬緣寂，一一流螢佛面飛。

【按】　録自香港蘇士比二〇一六年春季拍賣會圖録第一三五六號。

丁巳江浦口占

漸看蜻蜓立釣絲，山花紅照水迷離；而今解道江南好，三月春波緑上眉。

此予年二十時所作，偶憶及書之。一九七九年六月。外雙溪摩耶精舍，八十一叟爰。

【按】　録自香港蘇士比二〇一六年春季拍賣會圖録第一三五六號。

題仲兄張善孖十二金釵

家兄善孖，怡情於書畫者二十年矣，顧湖海浪游，所作絶未存稿。今秋健社同人以製畫譜事諷家兄，越數日而成《十二金釵圖》，闡救世之苦衷，喻美人於猛虎，固不敢自謂傳世，亦聊以應健社同人之雅命云耳。戊午冬十月，啼鵑識於海上健社。

【按】　録自張善孖《十二金釵》，健社一九一八年十二月版。

戏曲人物

蝯少嗜音律，長尤好劇。每課餘無事，輒引吭高歌，於是儕輩遂以戲迷呼之。蝯乃喟然曰：戲迷何傷？予獨怪當世之有官迷財迷色迷者，因官損德，因財失品，因色喪身，以致爲人類不耻。若夫戲劇則一代之興衰，千秋之事業系焉。歐陽子有《伶官傳》之作，蓋可想矣。戲迷夫何傷！爰寫是圖，以遺儕輩之呼我者。歲己未春二月，季蝯居海上。

爰偶戲作此，幸能仿佛，茶餘酒後相對啞然。龢卿先生與予同嗜，因舉以爲贈，定當高歌一曲以報我也。壬申十月，蜀人張爰題，去畫時已十三年矣。

【按】　録自中貿聖佳二〇一八年秋季拍賣圖録第三〇三號拍品。

題李瑞清師篆書課徒稿

己未之秋，侍夫子宴於衡陽曾夫子齋中，酒罷以所得宗婦壺請筆法。夫子欣然書此四字，曰：『須得其衡勢耳。』何意不及一年竟羽化邪！嗚呼！心喪曷已，道範常存。焚香三復，悲從中來。庚〔申〕十月季蝯。

【按】　録自《曾熙年譜長編》，上海書畫出版社二〇一六年十月版。

王次回先生詩意圖

別來清減轉多姿，華景長廊瞥見時。雙鬢淡煙雙袖淚，偎人剛道莫相思。歲庚申十有一月，雪後嚴寒，寫次回先生詩意，爲吁儂仁兄清玩。啼鵑時主鶯囀賡。

按：上海陸平恕醫師藏。

題高邕之臨瘞鶴銘册

聾公墨妙人間少，曾李吳王亦共推。一撫君書一惆悵，它年倘化鶴歸來。辛酉年十一月朔，大千居士爰。

鈐印：阿爰（朱文）。

【按】録自上海博古齋二〇一一年春季拍賣會圖録第一〇一號。

黄母貢太夫人七秩冥慶

温温黄母，淑德孔彰。幼習詩禮，長悟岐黄。相夫視疾，奕葉流光。門庭丕顯，義聲克揚。孝子錫類，俾熾而昌。車馬在門，主賓稱觴。願玄有述，式闡幽光。大千張季爰。

【按】録自《黄母貢太夫人七秩冥慶集》，黄楚九自印本。

題先師李文潔公辛亥城中答程督軍書稿遺墨

中丞印已付泥沙，方伯逍遥海上槎。多少逃臣稱遺老，孤臣只許玉梅花。

【按】録自《曾熙年譜長篇》，上海書畫出版社二〇一六年十月版。

題十弟張君綬紅衣羅漢圖

此君受學文潔公畫佛也。農髯夫子以爲神似，且題字以寵之。惜文潔公不及見也，把筆記此，悲從中來。辛四月，大千居士爰。（圖五〇）

【按】録自北京匡時二〇一一年秋季拍賣會圖録第九一三號。

題六朝銅鏡拓片

壽世之竟，秦漢爲多，六朝物僅此一見。五年前，曾以之壽梅師，梅師没，不願假作他人壽，重以筠厂先生命，完我趙璧，爰脱之以公諸愛我兼競者。壬戌五月既望，德庵先生索拓片，因識數語於此。大千居士爰。（圖五十一）

【按】録自原件。

題明拓瘞鶴銘

此本紙墨皆似明拓，而填墨尤是明人習氣。『辰』字不損，與劉鐵雲所藏水前本同，較匋齋尚書之天其本尚多數字也。壬十一月七日讀過，大千。

山谷老人云：『大字無過《瘞鶴銘》。』是晚年悟道之語。（圖五十二）

【按】上海圖書館藏。

題李瑞清師書魏碑五言聯

此聯文潔公己未年書，蓋以匡喆刻經頌入猛龍碑陰也。惜初落俗手，竟挖上款。今歲十月攜眷游湖，獲交曉亭道兄，因出此為贈，季爰爲此聯慶得所矣。壬戌冬至前十日，大千弟季爰記。

【按】録自嘉德拍賣公司二〇二一年春季賣會圖録第二三三四拍品。

致永清書

永清仁兄大鑒：前月初三日，在曾師寓匆匆一面，因登樓爲師母作畫，遂未細談，追弟下樓，足下則已去矣。至爲懷想。房山畫在我，未能脱手。特遣价送還，希檢收。再，弟去歲在尊處所裱各件，裱工并希開賬交家兄處轉交與弟，以便奉納也。專此，即請刻佳。弟張爰白。

【按】録自中國嘉德四季第四三期拍賣會圖録第二九四八號。

爲江萬平書楷書無盡藏齋額

無盡藏。曼倩同門兄嘗欲以此三字乞文潔公書，因循未果。今復舉以囑爰，爰乃大窘，强而作此。生手木强，不足應命。它日少有所進，當更書之，曼兄當能諒我也。癸亥四月，大千弟爰書記。

按：香港蘇富比二〇一一年秋季拍賣圖録第一六〇二號拍品。

贈朱大可松石圖

髯師寫松身，先以淡墨塗之，然後以濃墨用篆隸筆勾勒，遂成樸茂，古人無此，蓋創法也。仿爲大可學長兄雅教。癸亥，弟爰。

【按】録自中國嘉德一九九五年春拍圖録。

題仲兄張善孖手拓爨龍顔碑

此二十年前，家兄善孖客滇南手拓以歸者，較近拓自不可同日而語也。季蝯。

【按】録自原件。

朱華庭先生像讚

伊惟先生，鄉里稱孝。慈惠之師，善人心貌。保茲幼稚，不愧博施。年臻大耋，桂馥蘭滋。朱華庭先生像讚。蜀中張爰題。

【按】録自上海敬華二〇〇五年春季拍賣圖録第二六七號。

張季蝯賣畫

蝯幼研六法，不敢自爲有得，顧人多不厭拙筆禿墨乾而追，有若逋負，不有定例，取予不無菀枯。自今以始，欲得蝯畫，各請以直。潤格存上海派克路益壽里佛記書局及各大箋扇店。通信處：上海北四川路永安里第四弄第十家四川張寓。

【按】録自一九二六年二月一七日《申報》。

松下觀瀑圖

往歲居杭州與曉汀同研畫理。時予寫花鳥學八大，曉汀喜畫黄山學石濤，深自負也。因呼予曰『八大』，故予寄曉汀詩云：『八大吾豈敢，石濤君無愧。三十六奇峰，勞我縈夢寐。』及來海上，曉汀則喜梅瞿山，予亦棄八大而爲石濤。曉汀遂又以石濤目予，予何足以當之。閑情標榜，自慚多事。焕章方家、曉汀，以爲何如？弟爰。

【按】私人藏。

墨梅扇面

先師農髯先生畫梅，不襲宋元以來筆法，而自然高逸。竊其一二以爲秋屏仁兄教之。大千居士。（圖五十三）

【按】録自北京誠軒二〇〇六年秋季拍賣圖録第六七号拍品。

臨徐渭、石濤花卉圖卷

青藤長幅卷十六段中，寫風竹一枝頗嫌放肆，因臨大滌子青菜一棵補入之。此卷得自蜀中盧雪堂先生家，并記此。甲子八月，臨奉農髯夫子大人誨正，弟子爰。

【按】録自香港佳士得一九九一年春拍圖録。

臨石濤山水八幀　呈教髯師大人

一、峻極亭前天影紅，夜光岩畔四更風。仙霞絢彩吞銀漢，海氣熔金上碧空。放眼寰中矜獨立，置身高處有誰同。何年鶴駕青冥外，手弄曦輪若木東。硯旅南岳觀日出之作，畫在詩中矣。余寫其夜光岩畔四更風，意在言外。大滌子濟。

二、搔首青天近紫虛，凌高四顧意何如？漢家城闕朱垣在，何氏園林碧草餘。吐納成虹看海氣，迢遥無雁寄鄉書。拖藍曳翠山千疊，隔斷江南使者車。黄硯旅平遠台。大滌子濟。大千臨。

三、地削芙蓉瓣，天懸瀑布瓻。乙丑三月仿大滌子，大千。

四、飛瀑亂分若雹，奇峰叠漢如雲。溪魚歷歷可數，山花忽見忽聞。但能枕石其下，自然香滿衣裙。臨大滌子。大千。

五、樹樹穿雲竇，峰峰拂水波。大千。

六、樹外斜陽照影昏，雨餘峰刺碧天痕。逢人問酒惟期醉，到處看山誠掩門。素女灘頭重作客，烏龍江上一銷魂。并州句好多凄楚，千里桑乾未足論。硯旅渡寫秋江作。清湘老人濤。大千臨。

七、聽泉入山麓，訪舊入松源。蹤跡無知處，高枝一掛蝯。乙丑三月，季爰。

八、虎林洪承德舊藏有大滌子，此幅蓋寫坡公後游赤壁，登山舒嘯也。今想相其意作此，呈髯師大人誨正。乙丑四月，受業季爰。

【按】　録自孔祥東《藏畫瑣記》，書海出版社二〇〇五年一月版。徐邦達題簽：『張大千擬石濤山小八幀。蘡叟署。』

仿倪雲林山水

雲林此幅予癸亥歸蜀得於重慶，今爲農髯師有矣，想相（像）其意寫此，遂未能追蹤迂翁，幸未落四王窠臼也。丙寅冬日并志，張爰。

【按】　録自《大千世界藝術欣賞》，集古齋有限公司一九九九年十月版。

題曾農髯師爲許雪齋作簡筆山水圖

洞庭千里日光寒，蜀道百盤行路難。同是故鄉歸未得，青山還向畫中看。雪老道翁將還湘，予亦思入蜀，俱以阻兵，淹留海上，讀畫題詩，深爲悵惘。大千弟張爰。

【按】　録自香港蘇富比二〇〇五年春季拍賣圖録第二〇九號。此畫另有宋禹等人題跋。

觀張鄭書畫展覽會記

德怡夫人，別署紅薇居士，予從鄭君曼青識之，曼青蓋居士之甥也。居士書畫，譽滿藝林，予亦服膺者久。比與曼青以所作書畫陳列西藏路寧波同鄉會，公開展覽，因與周夢公前輩、家兄善孖、門人胡儼冒雨往觀，辛壺、徵白二子亦先後莅止。辛壺於曼青爲舊交，知居士尤早，指一卷謂予曰：此居士數年前舊作，日人曩欲以二千金得之而未能者。卷長二丈餘，寫雜花百種，用筆輕倩，佈局閑雅，繁枝密葉，冷蕊疏花，各具神態。用水特妙，挹之如清露未乾，殆欲襲人襟袂。夢老云：昔宋藕堂創爲水漬法，論者以爲媲美徐熙没骨，此卷則南田復作，亦當避席襝衽，蔡女蘿、惲清於、方白蓮諸女史無論已。夢老收藏甚富，賞鑒極精，自是名論。居士尤擅畫菊，通錦屏風六幅，寫叢菊繞籬落間，若金盞玉盤，銀臺佛頂，各極其致。花之大者，有似芙蓉，不使東籬作寒乞相也。予嘗怪宋以來畫菊，皆小花無异種，而東坡先生已見如盤者，豈不堪入畫耶？潘岳《菊賦》云：垂彩煒於芙蓉，流芳越於蘭林。游女望榮而巧笑，鵷雛遥集而弄音。居士此屏，深得此賦之意，石後秋樹一株，紅葉離披，臨風欲戰，勾勒設色，絶似老蓮。其他如萬頃江田，一鷺飛之澹遠，一池月浸紫薇花之幽静，竹園清秋之冷隽，孤山疏影之古艷，皆令人瞻玩不忍去。予向聞曼青之畫，挺秀似陳道復，渾穆似孫雪居，鬆秀似華新羅。吾師農髯先生則稱其詩才淡雋如陶、謝也。此次展覽書畫共八十餘件，有丈匹《九秋圖》一幅，尤令人驚心動魄。古柏一株，黛色參天，蒼皮溜雨，如老龍作勢，後襯以疏柳數莖，則如十五女兒，月下作翩躚之舞，下綴棕櫚、黃菊、蜀葵、紅蓼諸花，絶似新羅。予坐其下，徘徊移時。辛壺戲謂予曰：子好之甚，索曼青贈子可也。予聞言欣然欲狂，特不知曼青見許否。又《桃花》一幅，寫老幹九株，落英水面，設境絶奇，直可作《桃源圖》觀，覺趙伯駒、仇實父千岩萬壑，不及此寥寥數筆爲有味也。又《五色石》一幅，高可六尺，以硃砂、石青、石緑、赭墨等，用没骨法爲之。東坡云：石文而醜。一「醜」字足以盡石之變化。此石磋砑特立，傲岸不群，大有懷才不遇之慨。又《玄鶴赤松黄石》一幅，此稿未經人寫，而曼青隨手拈得之，遂成絶品。又《墨芙蓉》一幅，全用白陽筆法，而墨法過之。古人稱墨分五彩，此法久已失傳，近數十年來，海上畫史大抵濃墨破筆，狼藉滿紙，自以爲天池、雪箇矣，不知古人作畫，首重氣韻，豈任意塗抹耶？徵白告予，別有《海棠》一幅，尚優於此，因隨往觀，則籬下一枝，倩立如帶雨，一小鳥啁啾其上。予笑曰：佳則佳矣，其如離人思婦何！君向瀟湘我向秦，予仍當挾《芙蓉》而歸也。徵白亦大笑。或問予曰：子向睥睨晚明初清，於乾嘉以下不屑道，何於曼青獨愛之重之如此？予曰：曼青，今人也。然其畫寢饋於古人者深，予固視其畫如古畫已。世有知曼青者，當不河漢予言。

【按】　録自一九二八年五月二九日《申報》。

仿石谿淺絳山水

衡陽曾師六十二歲後始作畫，以篆籀之筆臨石谿，遺貌取神，蒼蒼莽莽，自然高逸，不似之似，此境良不易到。吾友曉汀居士於古人畫無不學，學無不肖。嘗見其臨黄鶴山樵、石谿、石谷，一樹一石無不與古人吻合，近代畫丈無出其右者。同門江曼平亦善爲石谿畫法，特稍秀媚耳。頃友人以此本見示，且曰君試臨之，遂命筆爲此，形且不能，況神耶？庚午四月朔一日，大千居士并記。

【按】　録自《張大千書畫集》（第七集），臺灣歷史博物館一九九〇年版。

題衡陽曾農髯師七十造像

衡陽曾農髯師七十造像。庚午五月二十六日，門人張爰。

【按】　録自民國印刷品，大風堂藏。

題宋高宗趙構勅岳飛起復詔二首

野鶩家鷄語漫憑，數行遺墨似涪陵（高宗書初學山谷）。南朝羊庾今何在，一代操觚有仲興（『余四十年間，每作字，因欲鼓勵士類，爲一代操觚之盛』，語見高宗《翰墨志》）。大千張爰題於大風堂。

國爾忘身誰似卿（思陵別賜岳王手詔中語，見《清河書畫舫》），中原氈酪痛憑陵。冬青麥飯他年事，殘墨猶存字紹興。大千再題。

【按】　録自西泠印社二〇〇八年秋季拍賣會圖録第三二九號。

芋頭圖　爲王个簃作

芋火今猶熱，世無李泌客。鐘聲出白雲，殘缽幾灰刼。先師農髯先生去年題我畫芋句也，爲个簃吾兄寫此并録之。个簃嘗云：『其鄉產芋多佳種，與他處迥异。』佗日當有以厭我老饕。老饕善治芋，不與常味同，惜不能起先師共嘗之也。大千居士并記於癖斯堂下，時庚午七月十六日燈下。（圖五十四）

【按】　録自西泠印社二〇一二年秋季拍賣會圖録第三二五一號。

題張子鶴藏農髯師秋江圖卷

但作上海人，不爲上海鬼（師生前曾爲此語）。絶筆猶題歸未歸（師臨終前數日賦詩題畫云：自濬溪流常繞閣，手栽園柳已成堤。劫餘尚有敝廬在，惆悵年年歸未歸。），此恨綿綿隔湘水。子鶴手持秋江圖，乞我題詩書紙尾。婆娑熱淚不成行，每憶師友如异世。十載門墻感語深，視我如弟如驕子。衣鉢愧傳恩未報，展卷凄然痛欲死。老筆由來奪一峰，藏垢納污戲言耳（師喜用渴筆似垢道人，又得雲林《岸南雙樹》，因命予爲治『藏垢納污』章）。衡岳高高不可攀，嗚呼心喪何能已。

【按】録自曹大鐵、包立民編《張大千詩文集編年》，一九九〇年十月第一版，榮寶齋出版。

曾熙、李瑞清兩師遺像

辛未六月既望，敬寫於大風堂下，受業張蝯。

【按】上海博物館藏。

記俞劍華書畫個展

海上書畫家如林，舉行個展者多矣，顧只曇花一現，其連開至四次者，惟吾友俞子劍華一人。劍華稟齊魯豪爽之氣，運以江浙嫵媚之姿，故其作品，貌似秀逸，而骨質挺拔，有剛柔適中之妙，無萎靡不振之習。又能潛心古人，一洗時俗。性好游，足迹遍燕齊江浙諸名勝。今夏自雁蕩歸來，示我寫生紀游册，其構景奇峭，固由天造，而運筆超妙，則由寢饋石溪、石濤得來。戲題俚句：『昔聞雁山勝，十年未得游。龍湫南北斗，每向夢中求。俞子發清興，登山雙足遒。千峰撑眼底，一一筆底收。百回看不厭，憐予願始酬。若教起二石，拍肩笑點頭。』今俞子第四次個展，舉行於新世界飯店，出品百餘件。山水中雁蕩山寫生瀑布，至十餘幅之多，争奇鬥异，能令觀者目瞠口撟。旁及人物花卉翎毛，亦俱能別出新意，栩栩欲活。書法則自龜甲鐘鼎，以至篆隸行草，無不信手揮灑，俱皆佳妙。余年來僕僕風塵，雖隨二兄善孖登金剛，覽黄山，搜畫奇峰，備打草藁，奈疏懶性成，作品稀少。今觀俞子之奮勉，更增余之愧赧矣。

【按】録自一九三一年十二月十四日《新聞報·快活林》。

百果圖長卷

癸亥春日寫於先師農髯先生心太平庵。越九年，壬申之十二月從敗簏中檢出，重加點染，并記。大千居士爰。

【按】日本京都博物館藏。

題黄秉璣藏石濤山水圖

此大滌子極晚歲真跡也。敗煤禿管，幾不成法，然無法者，有法之極也。成安學兄收藏既富，鑒賞特精，以予此論爲何如？癸酉三月拜觀并題。大千居士。

按：録自上海道明二〇〇七年春季拍賣會圖録第五七一號。

仿石濤山水

癸酉三月八日將歸吴中，來與惠翁作別，遂及繪事，苦無佳紙筆，圖此殊不足觀也。幸教之，爰。

按：録自《張大千回顧展目録》，一九七二年亞洲藝術文化中心。

鄴侯書院

去年二月，衡陽拜謁師墓，歸途過南岳，積雨新晴，遂登絶頂，從南天門俯瞰鄴侯書院、磨鏡臺，峰巒起伏，帆檣明滅，真一幅殘道人畫稿也。《水經注》云：『望衡山九面，帆隨湘轉。』惜吾行未能乘舟耳。癸酉春日，蜀人張大千。

【按】　録自曹大鐵、包立民編《張大千詩文集編年》，一九九〇年十月第一版榮寶齋出版。

題曾髯師章草五言聯

此書先師爲寧波阿育王寺書聯也，以『肥』『花』字顛倒遂棄置之，爲十弟君綬拾得，今吾師與吾弟皆先後下世矣，記此腹痛。癸酉夏，爰。

題籤：曾夫子章草聯，弟子張爰。

【按】　録自《曾熙書法集》，上海辭書出版社二〇一三年十二月版。

題曾農髯師仿漸江山水圖

先農髯師仿漸江筆，畫時爰適侍筆硯。今季鳴五兄舉以贈養矯先生，師執留爲紀念，以無款識，敬爲題記。癸酉八月，張爰。（圖五十五）

【按】　録自《曾熙與上海美專書畫作品集》，二〇一〇年十一月上海辭書出版社出版。

季鳴即曾季鳴。

養矯即趙養矯。

題曾農髯師山水圖并設色補成

此先農髯師未竟之作，癸酉十二月，弟子張爰敬補并設色。（圖五十六）

【按】　録自《曾熙與上海美專書畫作品集》，二〇一〇年十一月上海辭書出版社出版。

南岳雨霽圖

竹杖穿雲蠟屐輕，春風扶我趁新晴。上方鐘磬松杉合，絶頂晨昏日月明。中歲漸知輪道路，十年何處問昇平。高僧識得真形未？破碎河山畫不成。癸酉二月，衡陽謁曾師墓，歸途過南岳。積雨新晴，遂登絶頂。浮屠寄緣，嚮導甚勤，殊不俗也。甲戌十月，寫圖并記。爰。（圖五十七）

【按】　録自中國嘉德二〇一三年春季拍賣會圖録第五八八號。

慈谿季康龍馬直例

康字寧復，吾友季守正先生之猶子也。先生工分隸篆刻，擅名於時，而寧復雅好丹青，尤工龍馬。龍師周璕，馬學郎世寧，古樸新穎，各擅勝場，求者甚衆。予因爲定其直例，聊當筆畊。乙亥夏，蜀人張爰大千。

按：録自《慈谿季氏叔侄書畫合册》，私印本。

題與黄起鳳合寫夜雨行舟圖

此予往在先農髯師齋中未竟之作，曉汀爲之補成。山色水光，悠然意遠，曉汀真點金手也。己卯十月，大千居士爰。

按：上海私人藏。此幅尚有黄曉汀題跋：『夜雨新添水半篙，小船安穩載松醪。高人與世無還往，醉向深山讀楚騷。季爰寫松，戊寅七月，鶴床逸史黄曉汀補完之并題[於]海上芝蘭室。

擬南唐顧閎中之鬥鷄圖

己未之秋，侍先師農髯、梅庵兩先生觀狄平子丈所藏書畫於平等閣，宋、元、明、清都百數十幅，皆一時妙絶之尤物，王叔明《青卞隱居》尤爲驚心動目。最後南唐顧閎中《鬥鷄圖》，主人頗自矜詡，嘆賞咨嗟，譽爲人間瑰寶。予方年少，未諳鑒賞，但覺其氣宇凡近，運筆平滯，證以《宣和畫譜》所載，殊爲不類，當非真迹。因暗掣梅師襟角以叩。師曰：『代遠年湮，末由證之，道君皇帝御題其上，宜勿疑耳。』蓋師礙於主人，心固未許。前年西出嘉峪，展佛漠（莫）高，歷時三載，得觀三唐五代壁畫，多至二百餘窟，倘以幅計，何止千百。追憶狄公此圖，决其爲僞。每與門生子侄言之，二三子數請圖寫，冀還舊觀。朅來成都，寇患方亟，空襲頻仍，坐不暖席。頃者寇虜摧伏，棲止略安，八年鬱鬱，一朝開顔，乃損益其稿，命筆爲此，未識與顧原迹作有少分相吻合處否？因縷記之，以寓一時興會，惜不能起兩師而請益，至深悵悵耳。乙酉八月，蜀郡張爰大千父大風堂下。

【按】　録自《張大千先生詩文集》，臺灣故宫博物館出版，一九九三年版

題倪瓚岸南雙樹圖

此倪高士真迹。庚申歲，予還蜀中省親，購於渝州盧雪堂先生家。時予初收書畫，以三千金得此，携至海上，先農髯師激賞之，且譽之曰：『子年才弱冠，精鑒若此，吾門當大。』遂以歸先師心太平庵秘篋。先師歸道山亦二十年往矣，復獲觀於仁壽先生齋中，追思函丈，曷深車過之感！辛卯二月，張爰謹識。

【按】　美國普林斯頓大學美術館藏

三賢圖

先師衡陽臨川曾李兩先生錫山楊仁山丈遺像。壬辰七月門人張季蝯敬寫。（圖五十八）

【按】　無錫博物院藏。

雲山遠道圖

竹杖穿雲蠟屐輕，春風扶我趁新晴。上方鐘盤松杉合，絶頂晨昏日月明。中歲漸知輸道路，十年何處問昇平。高僧識得真形未？破碎河山畫不成。二十五年前，展先農髯師墓歸，至南岳，遂登祝融。浮屠寄塵嚮導甚勤，殊不俗也。頃來巴黎，與子傑中表話五岳之勝，命筆寫此，并録乞教。丙申夏日，大千弟爰。

【按】　録自上海朵雲軒二〇〇五春季拍賣會圖録。

題藍瑛擬吴鎮王蒙兩家法山水圖卷

此高聾公舊物，曾影入《泰山殘石樓畫集》中，後歸四明方稼蓀先生。方君與先農髯師交至深，每有所得，必乞先師鑒題。已而中日戰起，又流入日本，日人即入《南畫大成》。勝利後，乃爲於髯翁之長君望德所得。此五十年中展轉易主，予皆寓賞，頃又歸之鋭兄。鋭兄收藏三代兩漢六朝宋元以來磁銅玉石甚富，鑒别書畫尤精，出此屬題，爲婕叟慶得所，而亦自慶墨緣不淺也。庚戌四月十五，時目障方小愈，書不成字，幸諒幸諒。大千居士爰。

【按】　録自中國嘉德二〇一一年春季拍賣會圖録。

游魚圖

先師文潔公嘗授爰爲此，五十年來謹守之，未敢稍失也。六十年辛亥八月，壁池弟自香港來省，爲寫此。爰并記於可以居，年七十有三。（圖五九）

【按】　私人藏。

壁池即馮壁池（一九一八—二〇〇九），原名棣，生於廣東順德。二十左右始學畫，先隨李鳳公習花鳥人物，旋從黄君璧學山水。一九四六年定居香港，不久又拜張大千爲師。五六十年代多次在東南亞舉辦個人畫展。一九九五年與唐鴻一起移居美國，四年後

結爲夫婦。

呂振原見訪環碧庵撫琴爲樂

昔先師嘗勸先曾農髯師來滬上鬻書爲活，如牛力作，亦足致富，安知他日不與歐美豪商大賈埒富乎？髯乎髯乎！吾與子其爲牛乎？呂振原兄見訪環碧庵，更出宋琴爲鼓高山流水，一再弄時，王渤生兄亦在座中，倶屬門外，但覺風生習習，水聲淙淙。予戲引先師語謂渤生曰：今日之會，吾與子其爲牛乎？因相與啞然。乙卯仲夏，大千張爰。

【按】　録自曹大鐵、包立民編《張大千詩文集編年》，一九九〇年十月第一版榮寶齋出版。

題趙氏名家書法選萃

炎午先生生前，曾擬建希夷先生祠於基隆，以所藏希夷手迹永藏祠中，而以先師曾農髯、李梅盦兩公配享饗焉。其後殿則祀趙清獻公，囑予繪諸公遺像長懸祠中，以資後人景仰。詎意先生遽歸道山，所志未遂。予亦未能踐其宿諾，今先生宗侄聞起仁兄輯《趙氏歷代名家法書選萃》，發先德幽光，爲後生楷模，亦炎午先生蒐集趙氏文獻之遺意也。丁巳一九七七年冬十一月，蜀郡張大千爰。

【按】　録自《趙氏名家書法選萃》，一九七七年趙柏森發行。

致張目寒書

寒弟：昨日得通話，極慰。此間苦熱，至爲悶損。今日即飛紐約，屏風已付裱，月底可完成，弟能托便人到六本木四川飯店，向馬晋三兄取爲最妥。因聞正式寄臺（屏風收到，照像寄兄爲盼望也），手續繁多，弟可與莊、馬兩兄聯络之，家勤弟盼由日南行，兄有行李數件托其帶去，船期爲十月二日，千萬勿誤。買票之款亦須於行前二十日左右匯交丁經章兄，否則買不到也。再則請與向無畏兄一晤，農髯夫子之孫，須兄爲之籌若干，以爲結婚之費。或現金，或要畫，來函，兄好籌措。又兄小同鄉張俊烈困在臺灣，欲求一事，乞弟代兄一爲援手，約其來臺北與弟一晤如何？其祖父敏文先生爲蜀中才士，寫蘇字，畫蘭皆妙絶，於族誼兄呼敏文先生爲伯父也。漢卿在新衡家，照像望寄南美，其新夫人名亦盼示及。八月十二日，兄爰匆上。

【按】　録自原件。

仿郭熙幽谷圖

郭河陽《幽谷圖》。此圖爲安麓邨舊物，清末歸西江蔡金臺先生。先生與先衡陽曾農髯師爲至友，其所收藏往往寄存齋中。三十年前兩公倶歸道山，此畫遂不知落於誰氏矣。予嘗爲髯橅之，尚能記其大略。摩耶精舍與二三朋好閑話，爲擬寫之。六十九年歲庚申歲不盡日，八十二叟爰。（圖六十）

又題：此原畫本爲半幅，若能窺全豹，其構景幽邃當不可思議也。大千再記。

【按】　録自匡時二〇一二年春拍圖録二二四六號。郭熙《幽谷圖》現藏上海博物館。

記我的曾李二師

曾經有人問過我，我在學業方面，世人皆知我曾拜在湖南衡陽曾子緝（熙）及江西臨川李梅庵（瑞清）兩位先生門下，曾、李二位都是清末民初的名士，我是否受到他們的影響？以言師道，哪裏敢説是影響，簡直是受益甚多啊！

在我拜曾、李二師門下之先，曾經留學日本。我十七歲即離開四川老家赴上海，當時我二家兄善孖在上海，我去上海見見世面，私心也就想留在上海學書畫，可是家裏不同意，第二年就遵從父兄的意思，到日本京都去學染織。學染織我學得很好，但是我後來一點也沒有用上，我自己開玩笑説：『綢不染了，我要染紙！』在日本的四年，我做了最闊綽的留學生，僱用翻譯留學，這件事説起來像挖苦人的笑話，但却是事實，我花了幾百塊錢，僱一個在天津長大的日本人跟我做翻譯，當時好在家裏供給我的錢很豐裕，别的留學生一年才花幾百元，我一個月就要花這麽多。

從日本回到上海之後，我先拜在曾老師門下學字。曾老師諱熙，字子緝，别號農髯；李老師諱瑞清，字仲麟，别號梅庵，又叫清道人。我拜在兩位老師門下，學書法。那時候，我們對老師恭敬極了，從來不敢問什麽問題。拜老師後，經常去伺候老師，静聽老師與朋友們談書論畫，就等於在授課，從來不敢插嘴接腔。每月把自己寫的字送到老師家裏，由於學生多，課業都堆在那裏，老師也未見得有時間批閲。

曾老師出身貧寒，降生時適逢大雪寒天，破屋積雪，太師母産後，抓吞生雪解渴，其貧窘可知。因此曾師事母至孝，人稱『曾孝子』，曾在水灾泛濫中，背負老母涉水逃難。

前清科舉，曾師在鄉試之後，揭榜之際，士林關注，曾師十載寒窗苦讀，爲報母恩，自亦以功名爲重。他因學友關係，得進入榜房看開啓密封評定的名次。鄉試題榜的規矩，從第八名開始報起，曾師對八、七、六、五等名唱名時，毫不在意，同伴皆急，也以嘲笑的語氣説他名落孫山了。曾師却以極有自信的肯定態度説：『我榜上一定有名！』當報過第四、第三名之後，曾師原本一直閉目，此際突然睜開眼睛説：『第二名亞元一定是我！』果然如此。友伴驚异地質問：『何以自籌必是第二名？如果要誇大口，何以又不乾脆説必定解元呢？』農髯先生答以：『我的文章生龍活虎，只能中第二名亞元，第一名解元，他們還是要選爐火純青的！』

我們曾老師人最厚道，對我們李老師感情最誠摯，李師在民國初年家境困窘，曾師把學生都介紹到李師門下，凡是有人向曾師求題字的，曾老師説：『李梅庵的字比我寫得好，應該求他定。』

曾老師不只對他的好朋友『清道人』如此，對我們學生輩亦十分厚道，我自己就有一次經驗，老師不但嘉惠於我，還要顧及我們學生的自尊心，以善意婉轉的方式出之，曾老師真是太仁厚了！

那一次，買了一位江西籍的老畫家一批收藏字畫，這位老畫家賣了收藏，要急於回原籍，我記得議的價是一千二百銀元，我只付了四百定洋，我人在上海，找四川家裏要的錢還未匯到，所以欠了八百銀洋未付，這件事不知怎麽被我們曾老師知道了。

有一天，曾老師突然到我住的寓所來了，這是向來沒有的事。老師光臨，當然是不勝榮幸，趕緊奉茶接待，心想不知老師有何指教。曾老師明明爲這件事而來，當時他却不直言，還繞個圈子説：『我聽説你家的廚子川湯做得很好，我今天就在你家裏吃中飯，不要麻煩弄什麽别的菜，川個湯就行了！』我當然受寵若驚，趕快吩咐下面準備，他纔對我説：『你是不是買了某人一批收藏品，不錯，都是珍品。我聽説他急於要回原籍，你的錢還沒有匯到吧？是不是還差八百大洋？這樣好了，我昨天恰巧收到一個晚輩送你師母的壽禮有一千塊錢，留二百銀洋給你師母，她就很高興了，這八百塊錢拿來給你先付給人家，以免誤了人家的歸期！』説了，立刻就叫進跟班的來，吩咐回家去拿了錢馬上送來。我纔明白，曾老師哪裏是要來我家吃飯，他要做出便中來的樣子，吃頓飯正好派人去取錢，以免我難堪不安。你看我們曾老師多能爲别人着想，對學生、對外人都處處體貼人情，真是忠厚長者之風！

曾老師、李老師早年在北京的時候，和康有爲過從甚密，康住在筠庵，二位老師時常去找康，熟稔到不用通報。有一天，曾李二位老師去松筠庵，忽然康有爲出來擋駕，請他們到另外一間客室中去坐，等一下，在門縫中見到康有爲送兩位老公（太監）上車，曾李二師相繼告辭，并説：『更生交通宦官，這樣的朋友交不得了！』從此就疏遠往來。

還有一件事有關書畫藝術，足爲後學矜式的。許多人學書習畫，往往自己認爲年紀大了，學習來不及了，其實此一觀念是要不得的，曾老師一代畫家，他的學畫却是在六十歲以後開始的，可見天下無難事，只怕有心人，真是不易之論。

李老師在清末民初年間，也是藝林中的傳奇人物。曾做過前清江蘇提學使，創辦兩江師範，民國後改爲東南大學，亦即中央大學的前身，中央大學校園裏還有紀念李老師的『梅庵』。李老師身材魁偉，方面大耳，儼然偉男子大丈夫氣概，飲食有兼人之量。

我被曾老師介紹拜在李老師門下時，李師究竟是在前清做過大官的人，雖然窮了，他家的排場架子還在，譬如説他的門房，總還以爲是藩臺大人的門官自居；我拜了老師好久，都見不到我們老師，都被這位門官大人給『擋』下來了。

起初我還不曉得是什麼道理，每天去了，那位門官也總是客客氣氣的，笑嘻嘻的，不是説大人正在書房見客，就是説大人欠安，在休息不見客。我也不疑有他，後來還是我父親注意到了，我纔知道屢被擋駕的道理。

我父親有一天突然問我到李老師處受教的情形，我説拜過師後，還未見到過李老師的面呢！他問爲什麼，接着我父親眉頭一皺，馬上又問：『送過門官見面禮没有？』我説：『没有啊，也不知道有這規矩！』我父親説：『難怪你總是被擋駕嘛，這份禮不但要立刻補送，而且還要送重禮。』結果是我父親帶我去拜訪李老師，門包就送了兩百塊銀洋。

送了門官的禮後，果然就不同了，每次去了，門官總是先有一番『情報』，説大人正在書房寫字，此刻進去正好，此後去李老師那裏，便早去早見，晚去晚見，這位門官老爺的神氣，每一想起便使我聯想到平劇裏『打嚴嵩』的門官，一般無二。

記得拜在李老師門下受教時，一日，門官老爺傳話，説大人今天請我陪他，因得叨陪末座。李師胃口奇大，且嗜肉食，他家的紅燒肉，半斤一塊，大如手掌，李老師那天在飯桌上對我説：『聽説你還能吃點肉，來陪我吃飯。』説着就夾了一塊紅燒肉給我放在飯碗上，那塊紅燒肉之大，已遮蓋了整個飯碗，我勉强吃完了之後，老師又夾了一塊給我。長者賜，不敢辭，那一頓飯，我竟吃了三大塊紅燒肉，真是吃不消。後來我能吃肥肉，可以説是李老師訓練的。

李老師胃口好是出了名的，他一人可以獨吃一桌酒席，盤盤皆空。如果請他吃飯，熟朋友都知道規矩，酒筵之後，要特别爲他準備兩隻燒鴨子，由他一人獨吃，否則他就不飽。

以前藝林中人稱清道人爲李百蟹，這件事我知道，實際上還不只此數，有位同學知道老師愛吃螃蟹，一次由崑山送來三百隻蟹，老師兩天就吃完了，不僅蟹黄，連爪子肉都吃得乾乾净净，確屬异數！

李老師後來窮了，但胃口又奇佳，上海文人雅集中有個組織叫『一元會』，每個人每次出一塊錢份金聚餐，我們李老師時常連這一塊錢都付不出來，開玩笑的朋友當時還有打油詩取笑他，我還記得幾句：『白吃一元會，黑抹兩鼻烟。道道非常道，天天小有天……』『小有天』是當時上海很有名的館子，後兩句是捧（小有天）的場。最缺德的是還有後面兩句：『敲門一道人，此處不結緣。』原來我們李老師常作道士装，上海的習慣，訪友若係熟人，多走後門。一次李老師去訪一個朋友，敲了後門，新换的娘姨不認識他，誤會爲化緣的道士，一看見他就關門，并説：『此地僧道無緣！』

李老師雖在前清做過大官，除了官服是絲綢而外，自己的衣物都是粗布衣履，除了吃得多，一切自奉甚儉。

李老師很固執，革命軍推翻滿清政府後，他一直以前清遺民自居，頭上的辮子不肯剪，只好盤在頭上作道士裝了，他寫的字也就愛署清道人的别號。

李老師由於本身在前清爲官時廉潔剛正，在學術界的地位又很崇高，病故後身後蕭條。曾師出面料理後事，學生們自應效力，曾師曾以李老師所藏墨寶多件交我，囑折價千元銀洋以理後事。當時我年幼不能當家，我二家兄認爲出錢收買老師的藏品，易於引起旁人的誤會，所以我兄弟二人凈送三百銀元作爲奠儀，其時我家經濟情形，已非我父親在日可比，所以只送了三百元奠儀，其故在此。

附帶應當説明的，許多人説李老師以食蟹致疾，其實不確，李老師是患高血壓病故的。我藏有李老師一副對聯，由大師兄胡小石和李老師的令侄仲乾世兄分題邊款，其中胡跋即説明李老師是患中風病卒的。

【按】　録自《傳記文學》，第七十五卷第四期。

曾熙書畫題跋録相关書畫作品

一　無量壽佛　縱二五厘米　横一〇八厘米　一九二三年

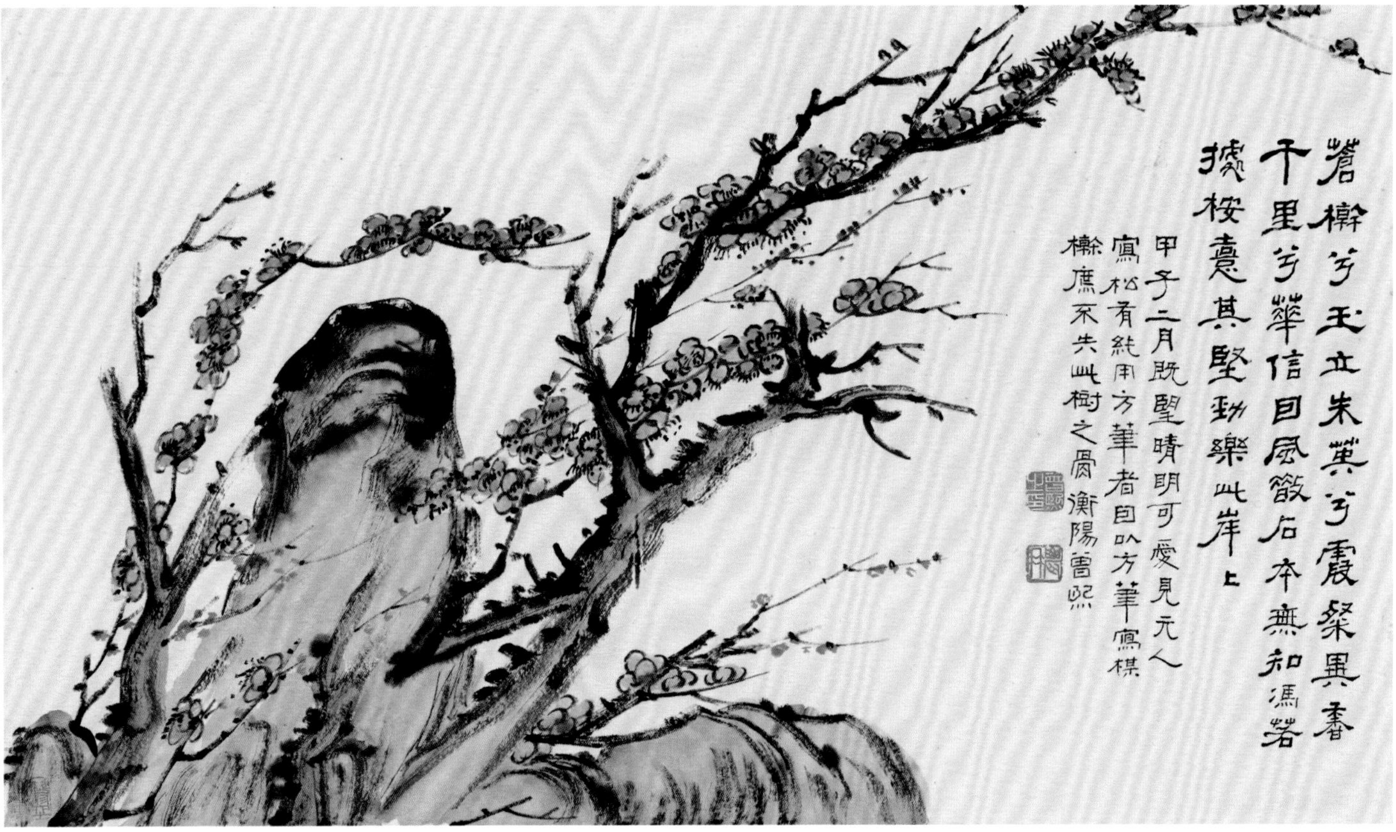

二　**梅石圖**　縱五十五厘米　横九十七·五厘米　一九二四年

三　松　縱五十六厘米　横九十八厘米　一九二四年

四　松　縱五十七厘米　橫九十八厘米　一九二四年

五 松石芝莠圖 縱九十八厘米 横五十五厘米 一九二四年

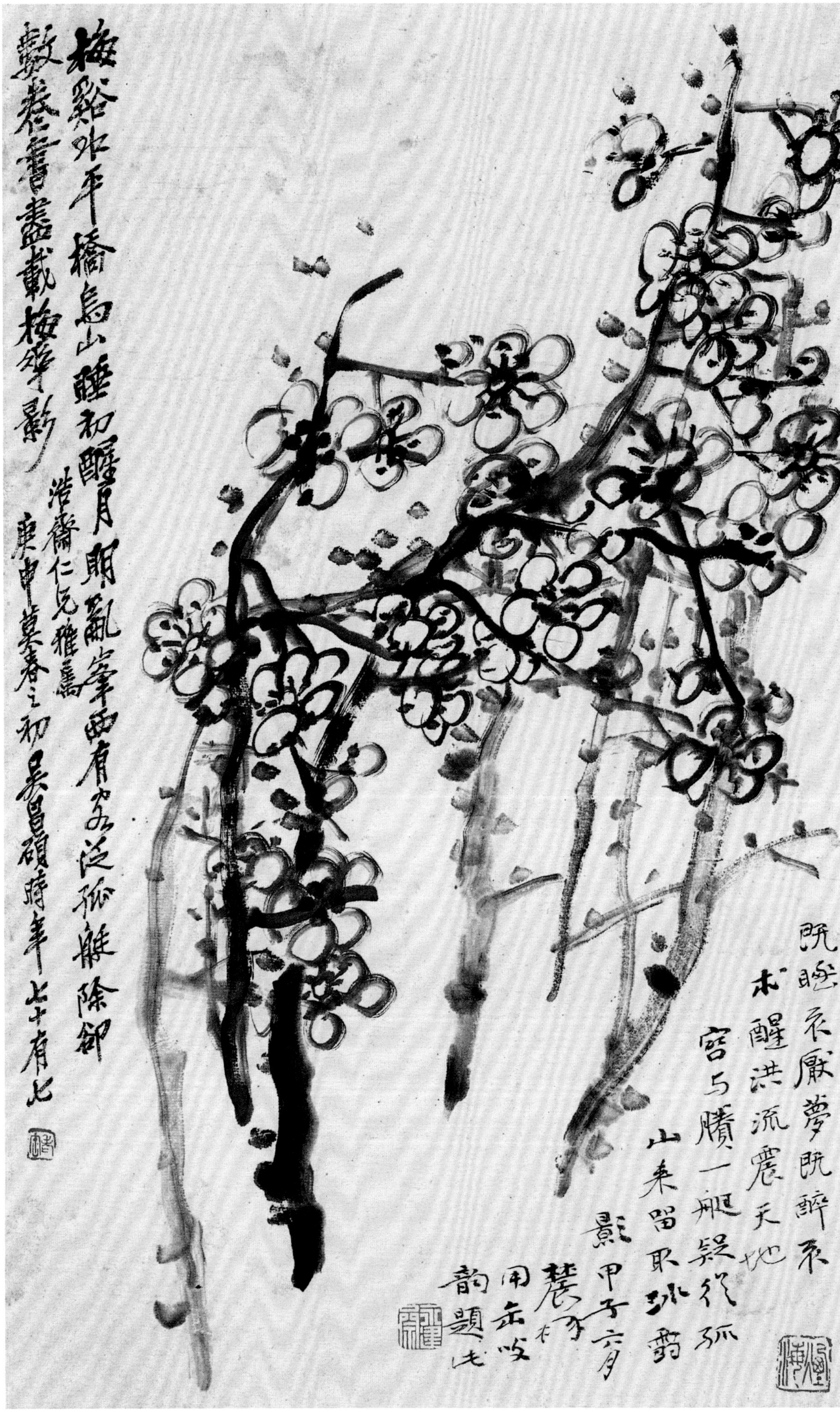
梅谿水平橋烏山睡初醒月明亂峯西有客泛孤艇除卻數卷書盡載梅花影
浩齋仁兄雅屬
庚申莫春之初吳昌碩時年七十有七
甲子六月農髯用缶老韻題此

六 題吴缶叟梅花 縱五十厘米 横三十五厘米 一九二四年

七 息廬校書圖 縱一〇〇厘米 横五十八厘米 一九二四年

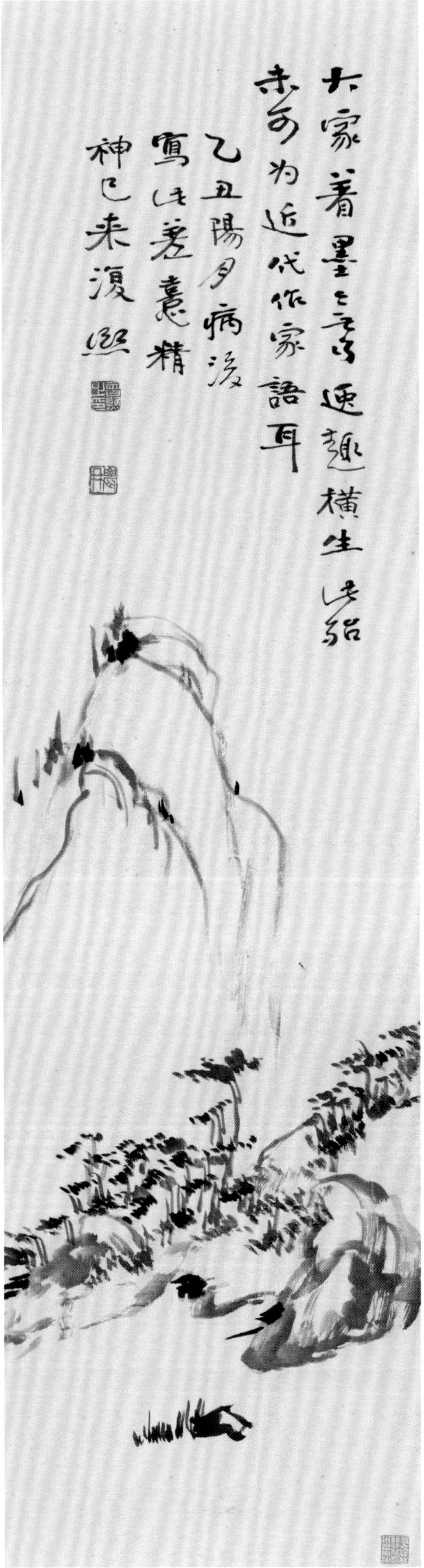

九　簡筆山水　縱一四二厘米　橫三十九厘米　一九二五年

八　論畫　縱一〇九厘米　橫四九厘米　一九二五年

十　册頁十二之一　縱二十六・五厘米　横十五・五厘米　一九二六年

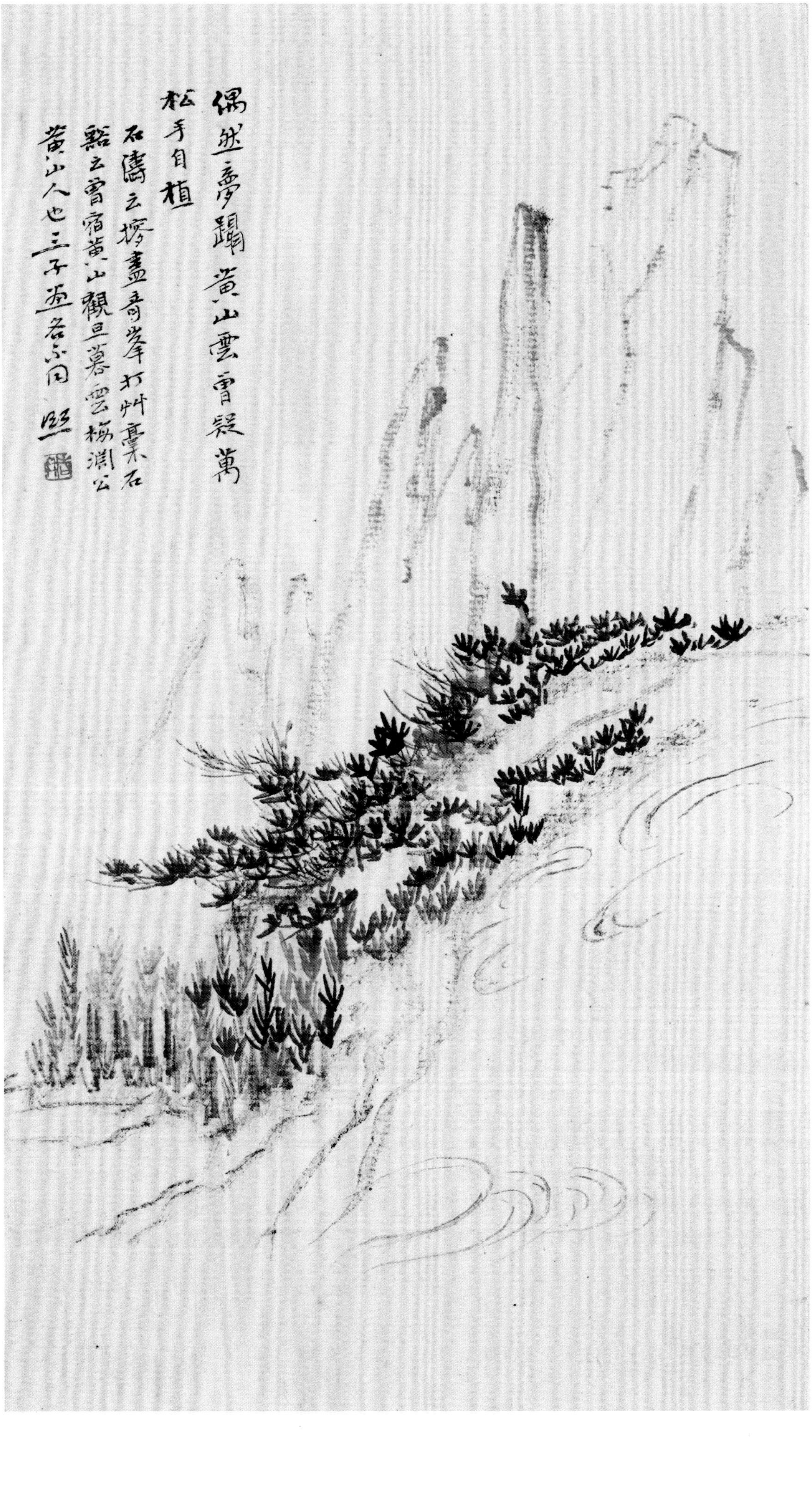
偶然夢躡黃山雲曾疑萬
松手自植
石濤云搜盡奇峯打艸槀石
谿云曾宿黃山觀旦暮雲梅淵公
黃山人也三子畫各不同 熙

十 册頁十二之二 縱二十六・五厘米 横十五・五厘米 一九二六年

十　册頁十二之三　縱二十六・五厘米　横十五・五厘米　一九二六年

十 册頁十二之四 縱二十六·五厘米 横十五·五厘米 一九二六年

十 册頁十二之五 縱二十六・五厘米 横十五・五厘米 一九二六年

十 册頁十二之六 縱二十六・五厘米 横十五・五厘米 一九二六年

十　册頁十二之七　縱二十六・五厘米　横十五・五厘米　一九二六年

十　册頁十二之八　縱二十六・五厘米　橫十五・五厘米　一九二六年

十 册頁十二之九 縱二十六・五厘米 横十五・五厘米 一九二六年

十 册頁十二之十 縱二十六・五厘米 横十五・五厘米 一九二六年

十 册頁十二之十一 縱二十六・五厘米 橫十五・五厘米 一九二六年

十　册頁十二之十二　縱二十六·五厘米　横十五·五厘米　一九二六年

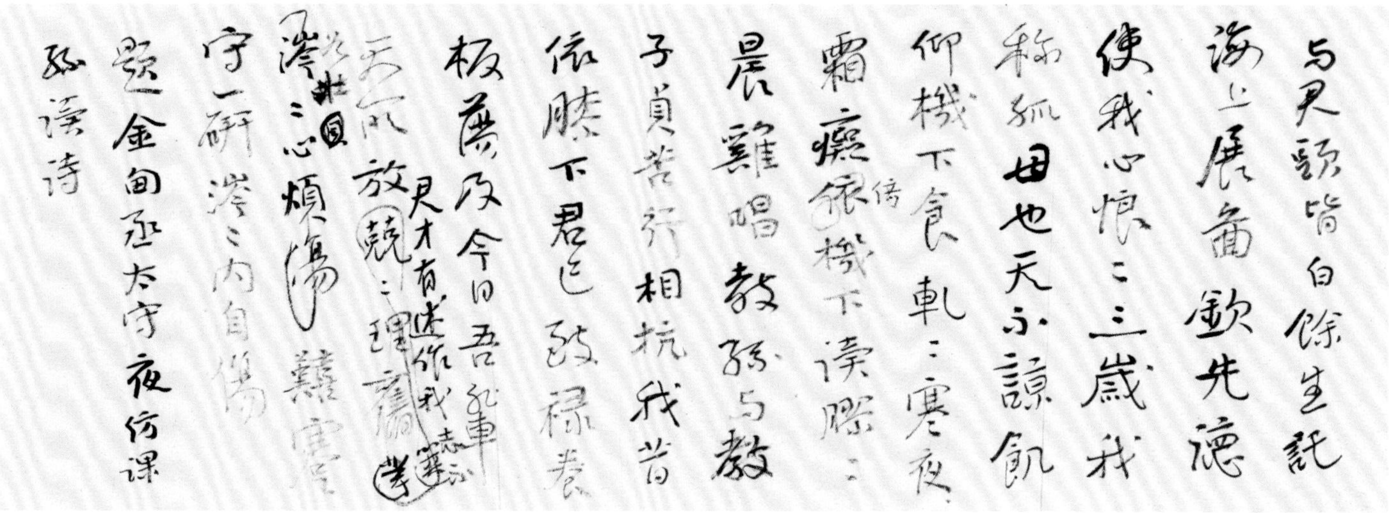

十一　題金句丞太守夜訪課孫讀詩　縱十八厘米　横五十八厘米　一九二六年

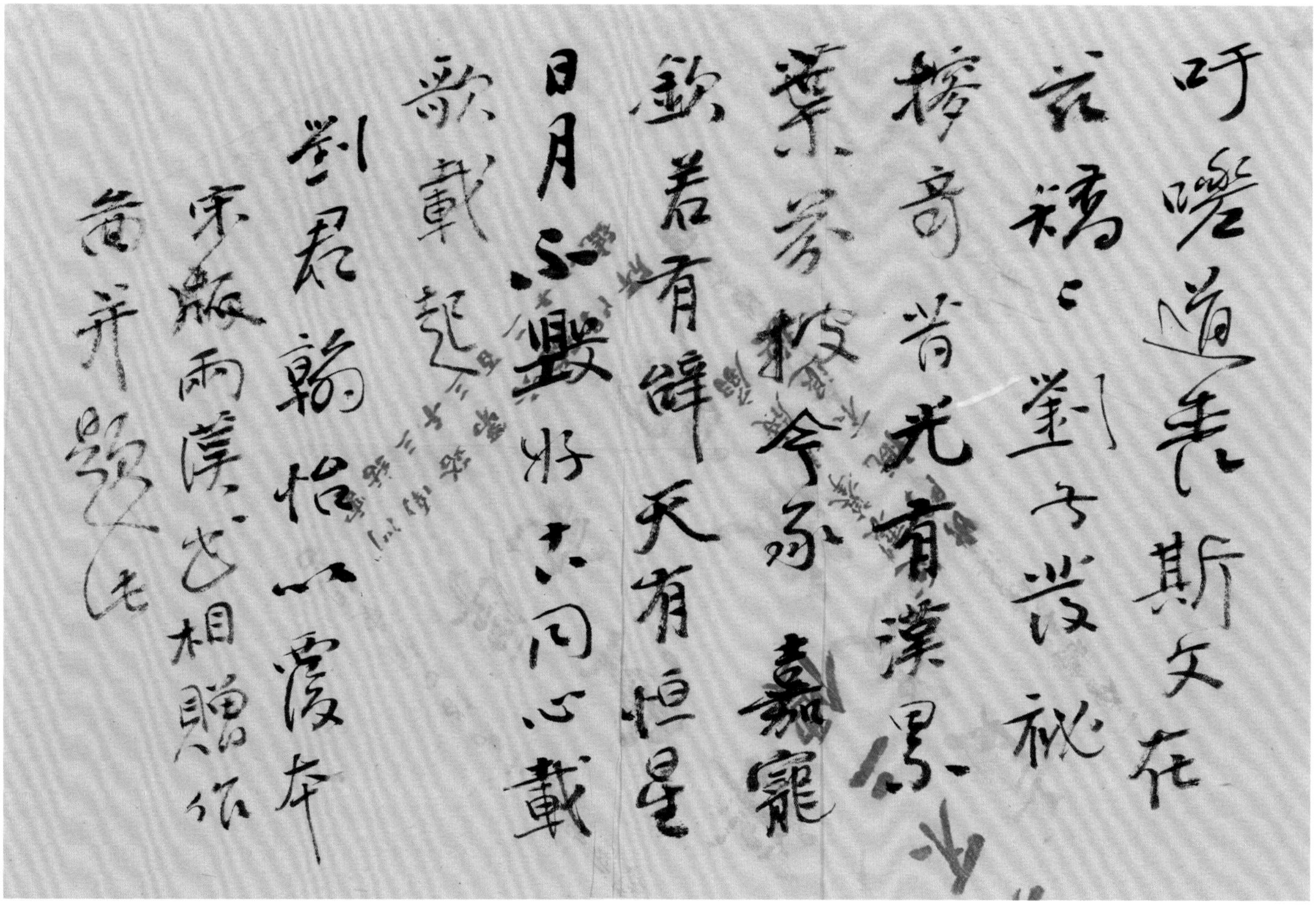

十二　山水立軸　縱二十四・五厘米　横四十八厘米　一九二七年

十三　設色山水立軸　縱八八厘米　橫四六厘米　一九二七年

十四　山水立軸　縱八九厘米　横四七厘米　一九二七年

十五　仿張大風松樹立軸　一九二七年

十六 山水立軸 縱八十二厘米 横四十四厘米 一九二七年

十七　素王　縱九一厘米　横四六厘米　一九二七年

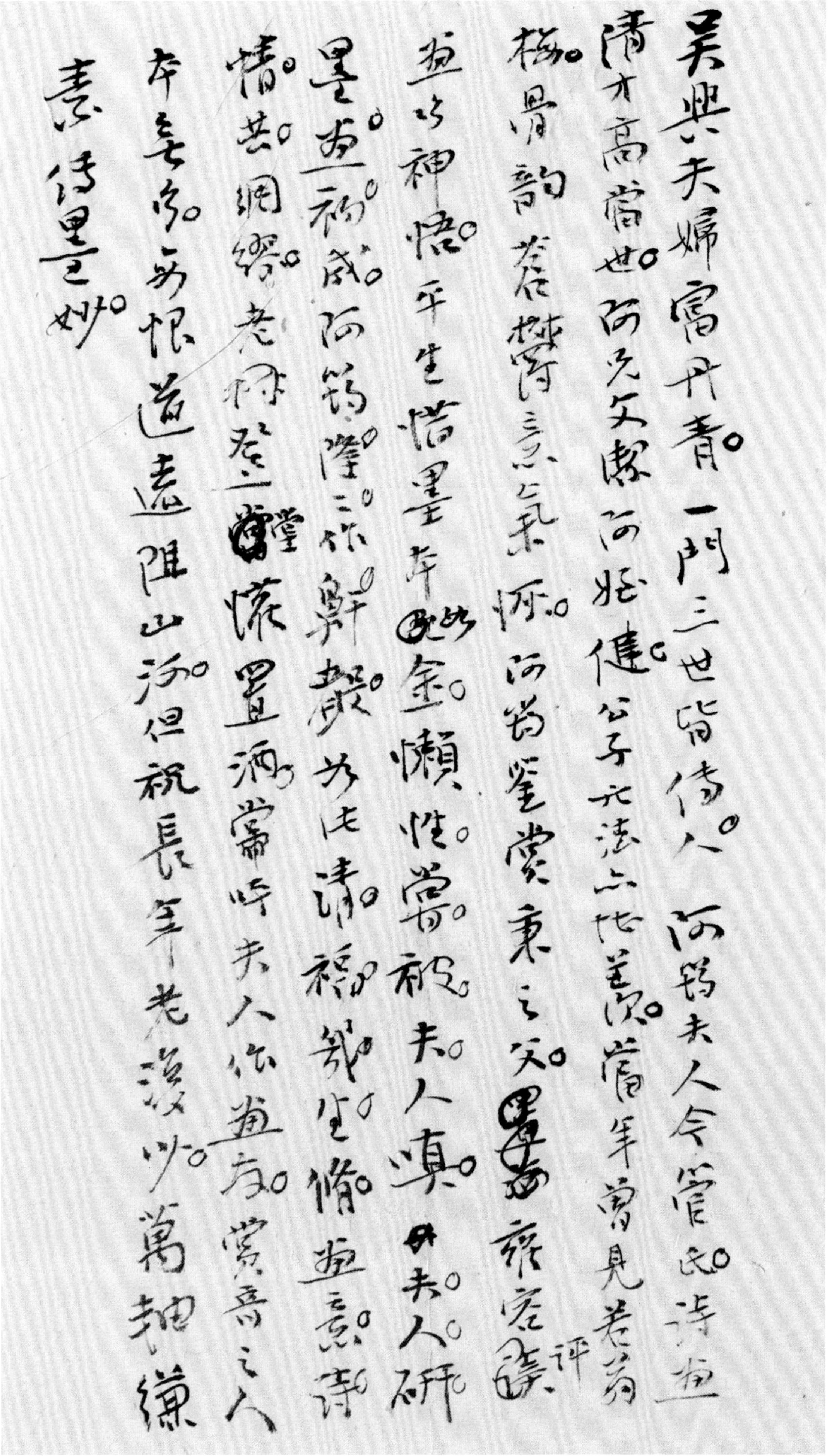

十八 壽筠安三弟及黄夫人詩 縱二十八厘米 橫一六厘米 一九二七年

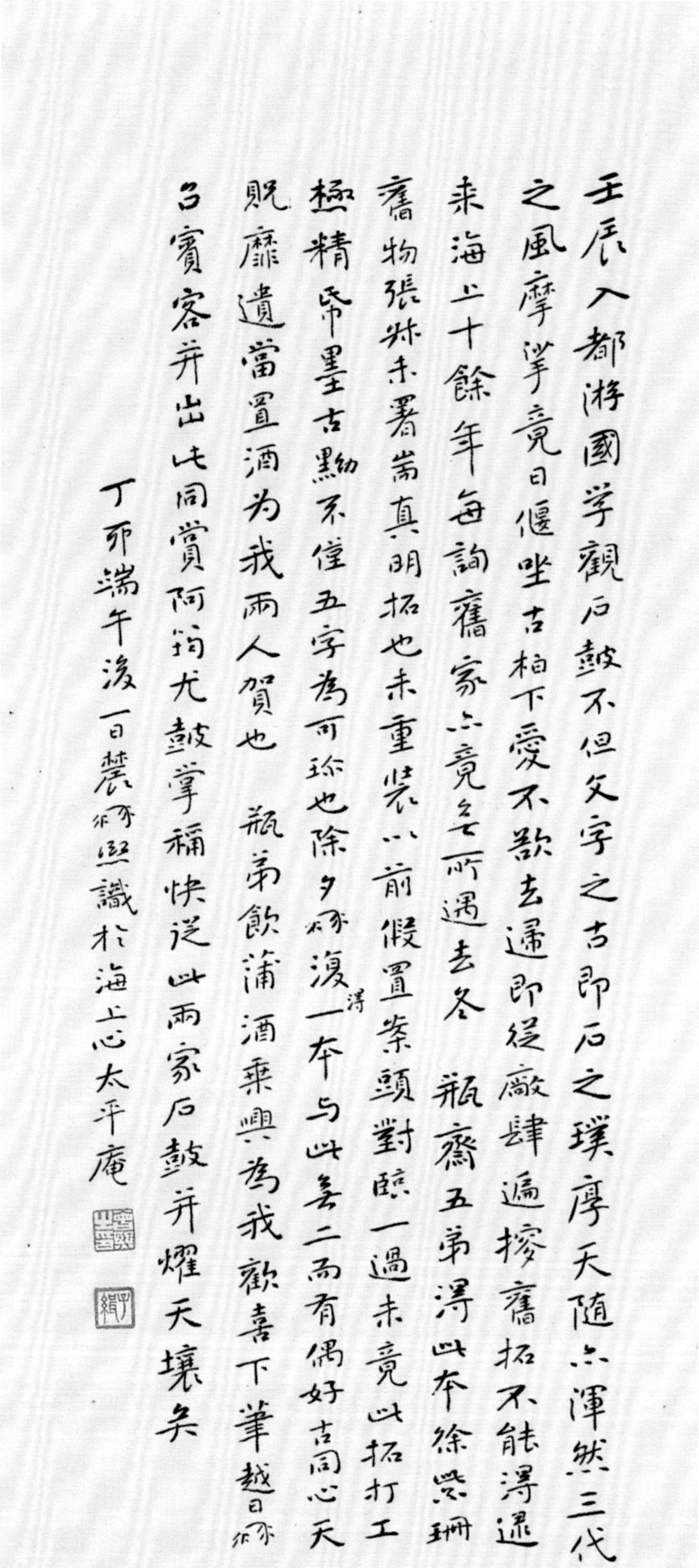

壬辰入都游國学觀石鼓不但文字之古即石之璞厚天隨亦渾然三代之風摩挲竟日偃坐古柏下愛不欲去歸即從廠肆遍搜舊拓不能得還來海上十餘年每詢舊家亦竟無所遇去冬　瓶齋五弟得此本徐紫珊舊物張叔未署嵩真明拓也未重裝以前假置案頭對臨一過未竟此拓打工極精紙墨古黝不僅五字為可珍也除夕爾作復得一本与此無二而有偶好古同心天既靡遺當置酒為我兩人賀也　瓶弟飲蒲酒乘興為我歡喜下筆越日爾作召賓客并出此同賞阿翁尤鼓掌稱快從此兩家石鼓并燿天壤矣

丁卯端午後一日農髯熙識於海上心太平庵

十九　題譚澤闓藏石鼓文　一九二七年

二十 山水立軸 縱一〇五厘米 横四十八厘米 一九二八年

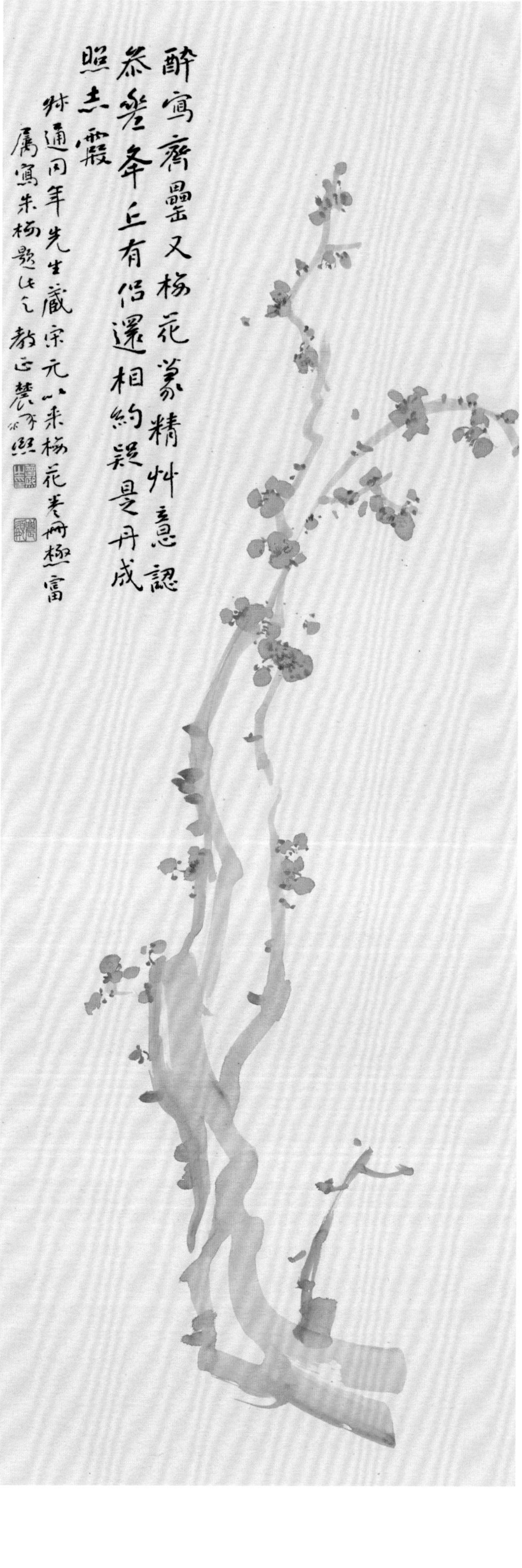

二十一 紅梅立軸 縱一一四厘米 横四十一厘米 一九二八年

二十二　梅　縱一四三厘米　横八十厘米　一九二八年

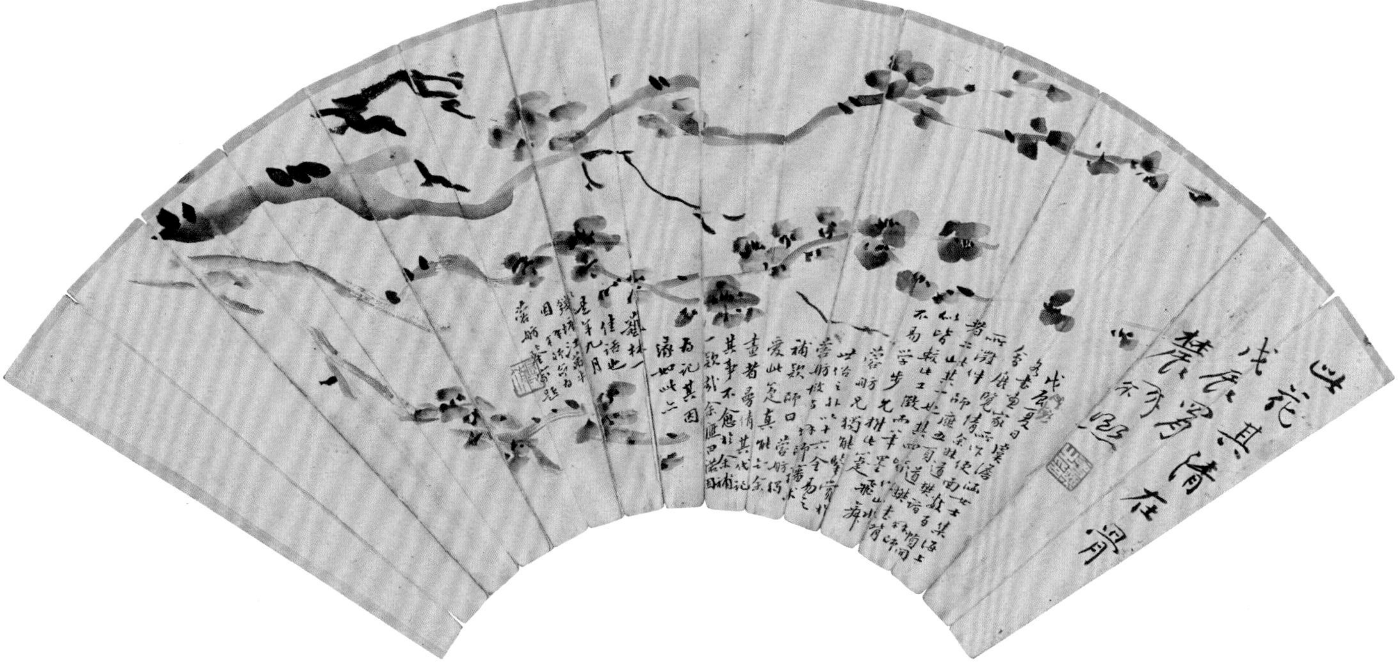

二十三　紅梅便面　縱一九厘米　横五〇厘米　一九二八年

二十四　題子久山水卷　一九二八年

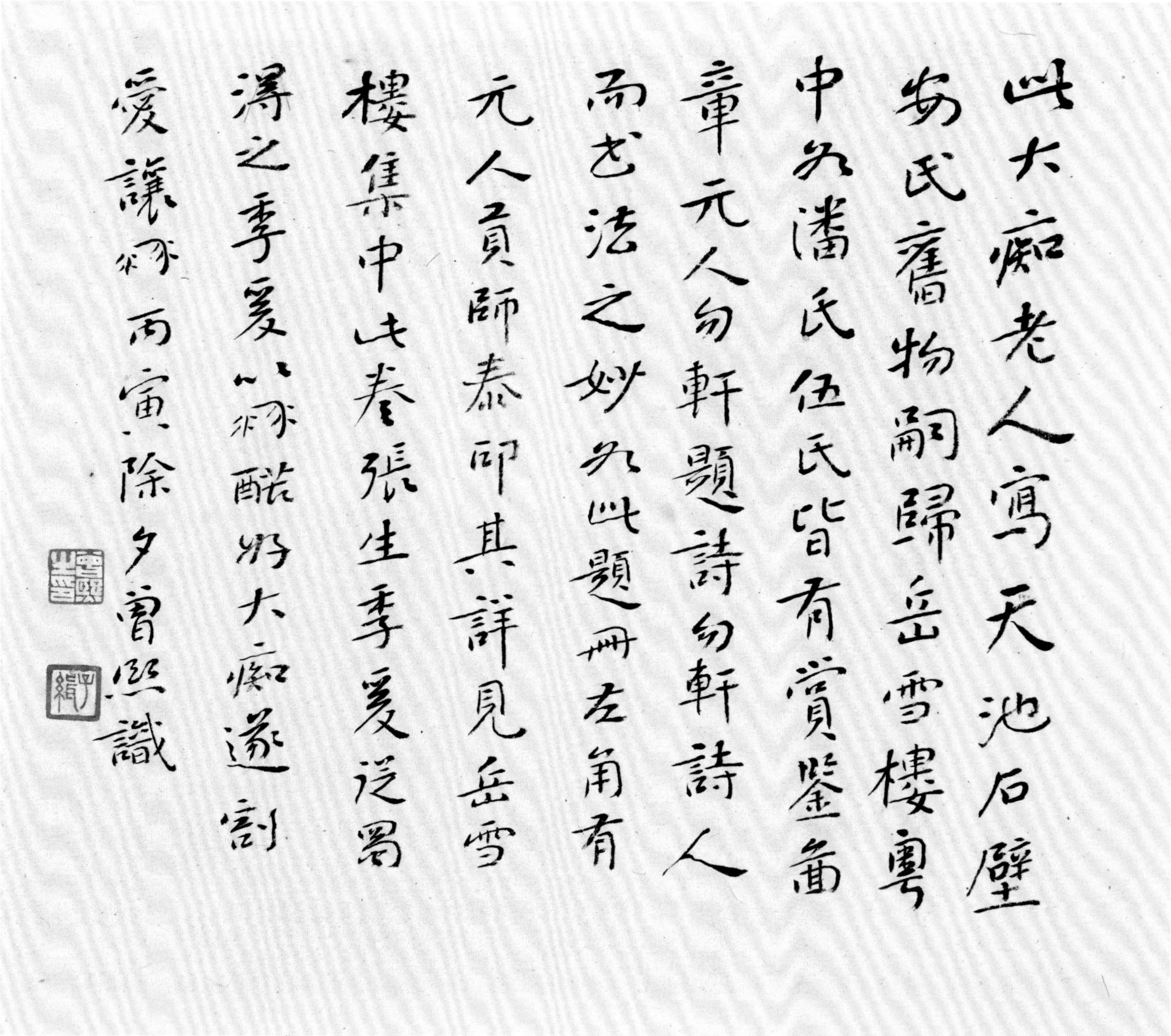
此大痴老人寫天池石壁
安氏舊物嗣歸岳雪樓粵
中為潘氏伍氏皆有賞鑒圖
章元人勾軒題詩勾軒詩人
而書法之妙為此題冊右角有
元人貢師泰即其詳見岳雪
樓集中此卷張生季爰從蜀
得之季爰以髯酷好大痴遂割
愛讓髯　丙寅除夕曾熙識

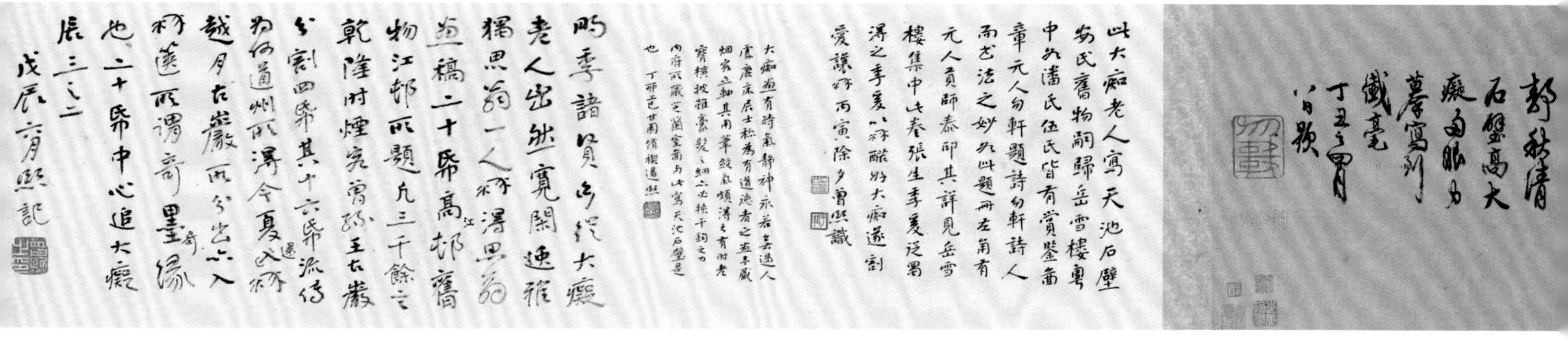

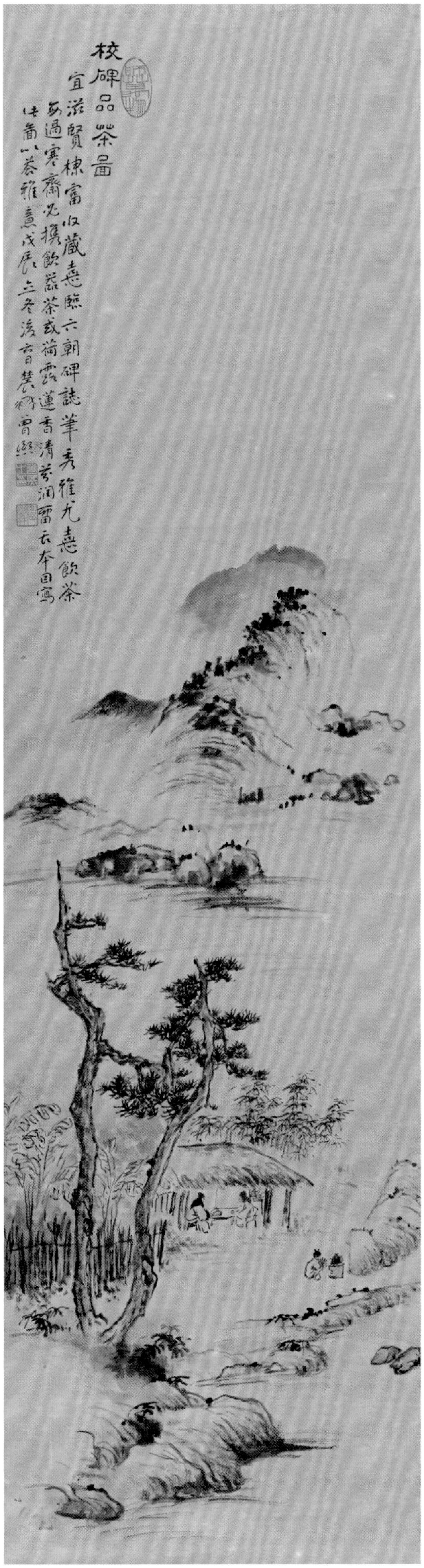

二十五　校碑品茶圖　縱二四〇厘米　横三九厘米　一九二八年

二十六 五岳圖 縱九十八厘米 横五十八厘米 一九二八年

二十七　梅　縱一〇二厘米　横五一厘米　一九二八年

二十八　山水軸　縱一三二厘米　横四五厘米　一九二八年

二十九　江天秀氣　縱九十三厘米　横三十七厘米　一九二九年

三十 山水軸 縱一〇四厘米 橫二六厘米 一九二八年

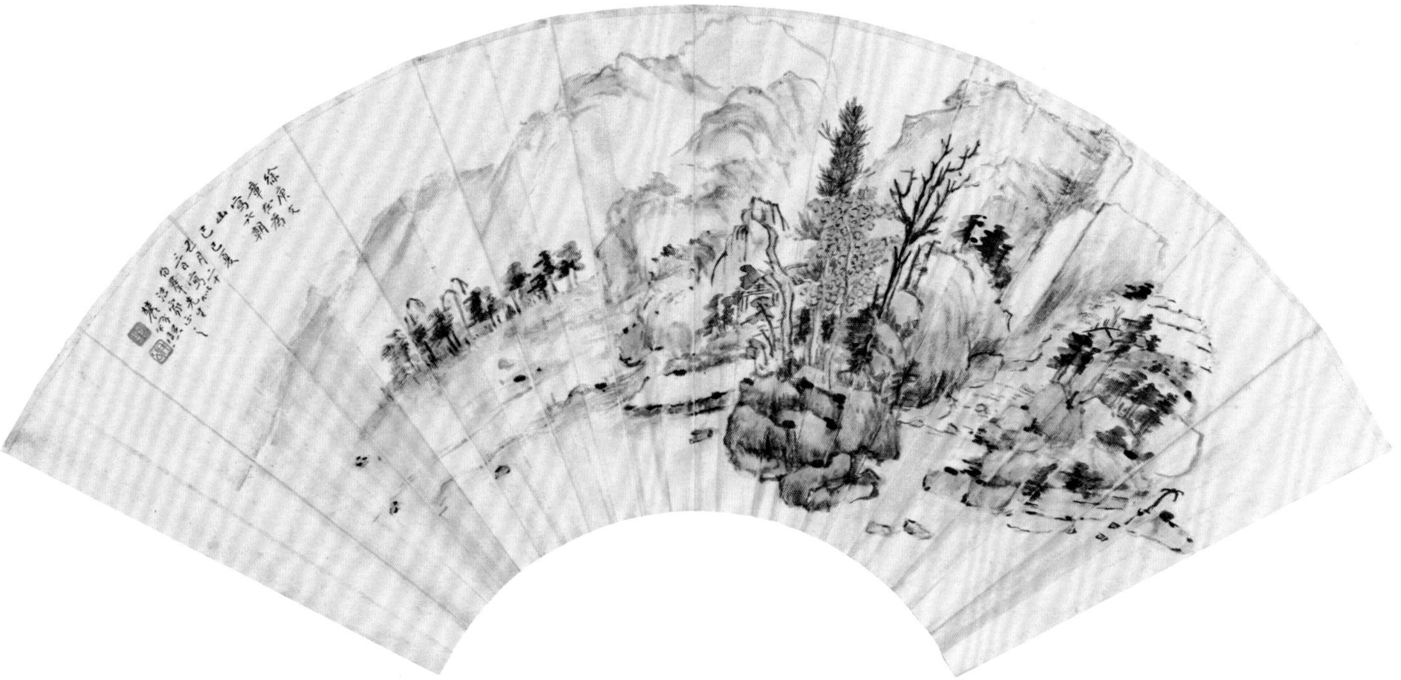

三十一　山水扇　縱十九·五厘米　横五十五·五厘米　一九二九年

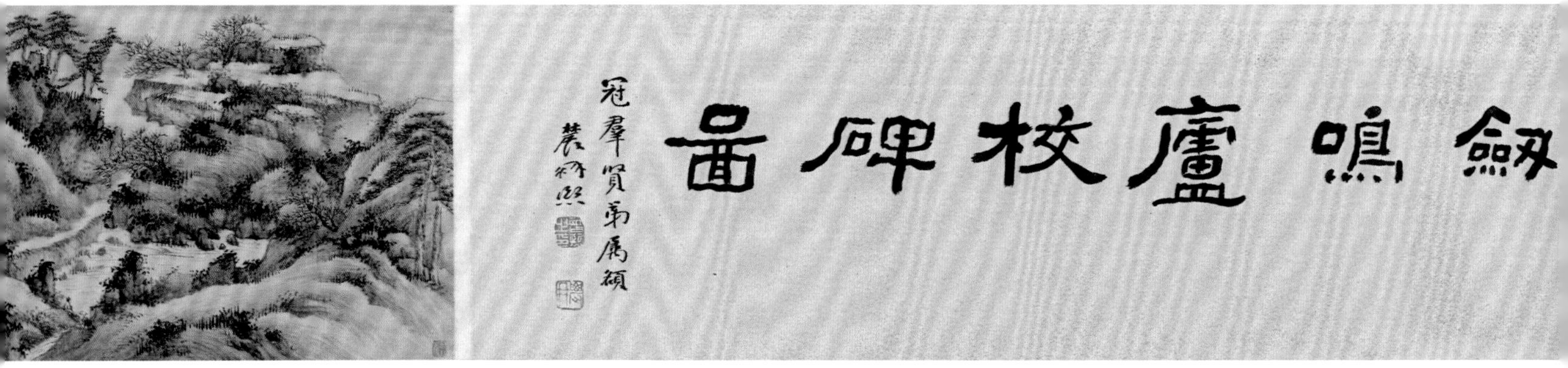

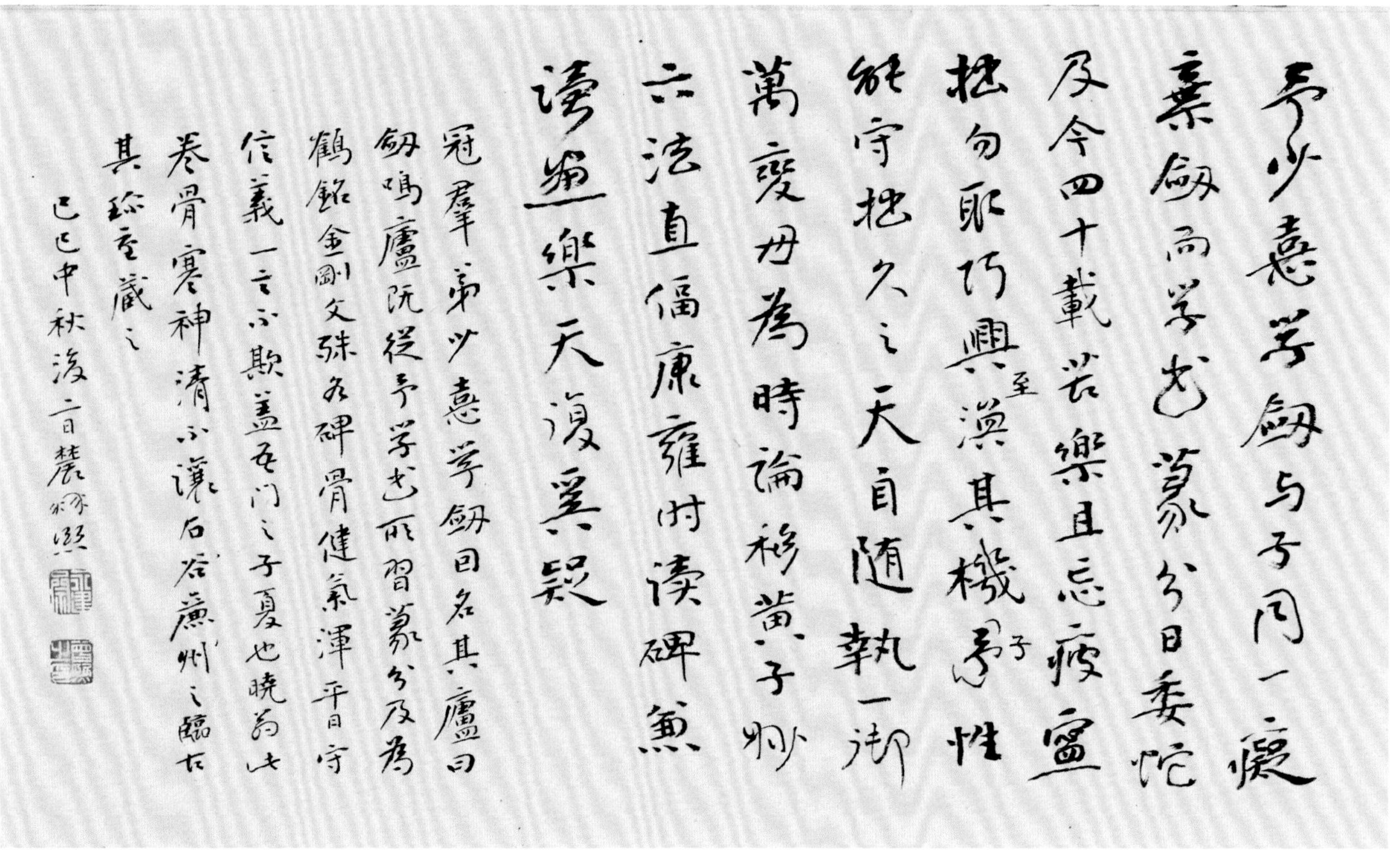

三十二　題劍鳴盧校碑圖　一九二九年

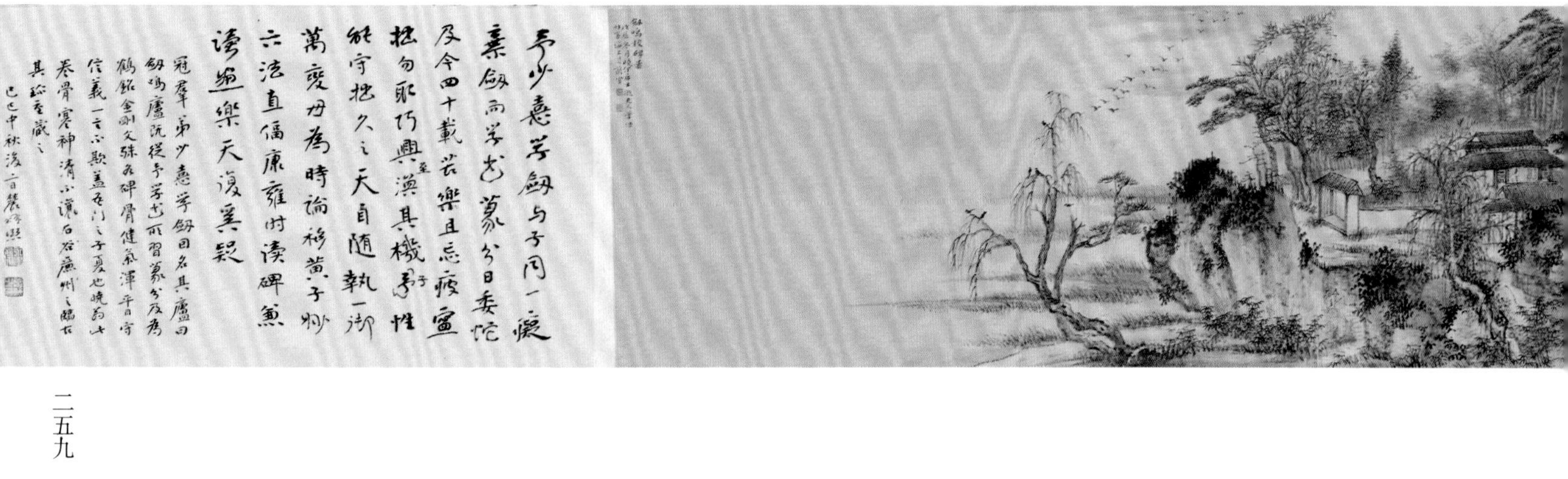

三十三　戊辰戲與阿梅　縱二十二厘米　橫五十厘米　一九一八年

三十四 烟水泛舟圖 一九二三年

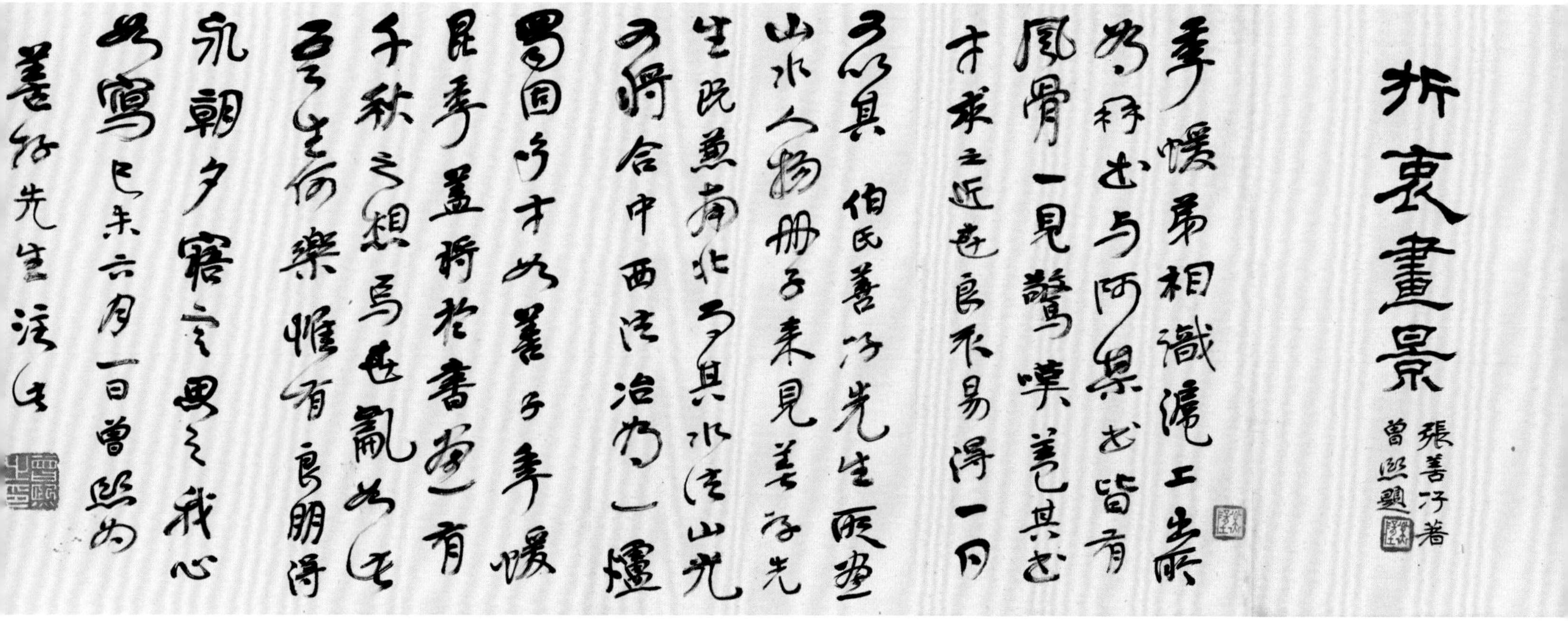

三十五　跋張善孖折衷畫景册　縱三三厘米　橫五十厘米　一九一九年

六塵非塵萬空非空
佛無眼耳鼻舌身意
安用其明洞中香滿別
造鴻濛

三十六 題張大千藏李瑞清無量壽佛圖 縱四五厘米 橫九三厘米 一九二一年

三十七　爲張大千題廢弃章草五言聯　縱一三四厘米　横三八厘米　一九二二年

三十八 都門烟柳圖 縱一三六厘米 橫六七厘米 一九二三年

三十九　與張大千合寫蘭石圖　縱二七厘米　橫五二厘米

四十 仿二石山水圖 縱一〇五厘米 横三七厘米 一九二三年

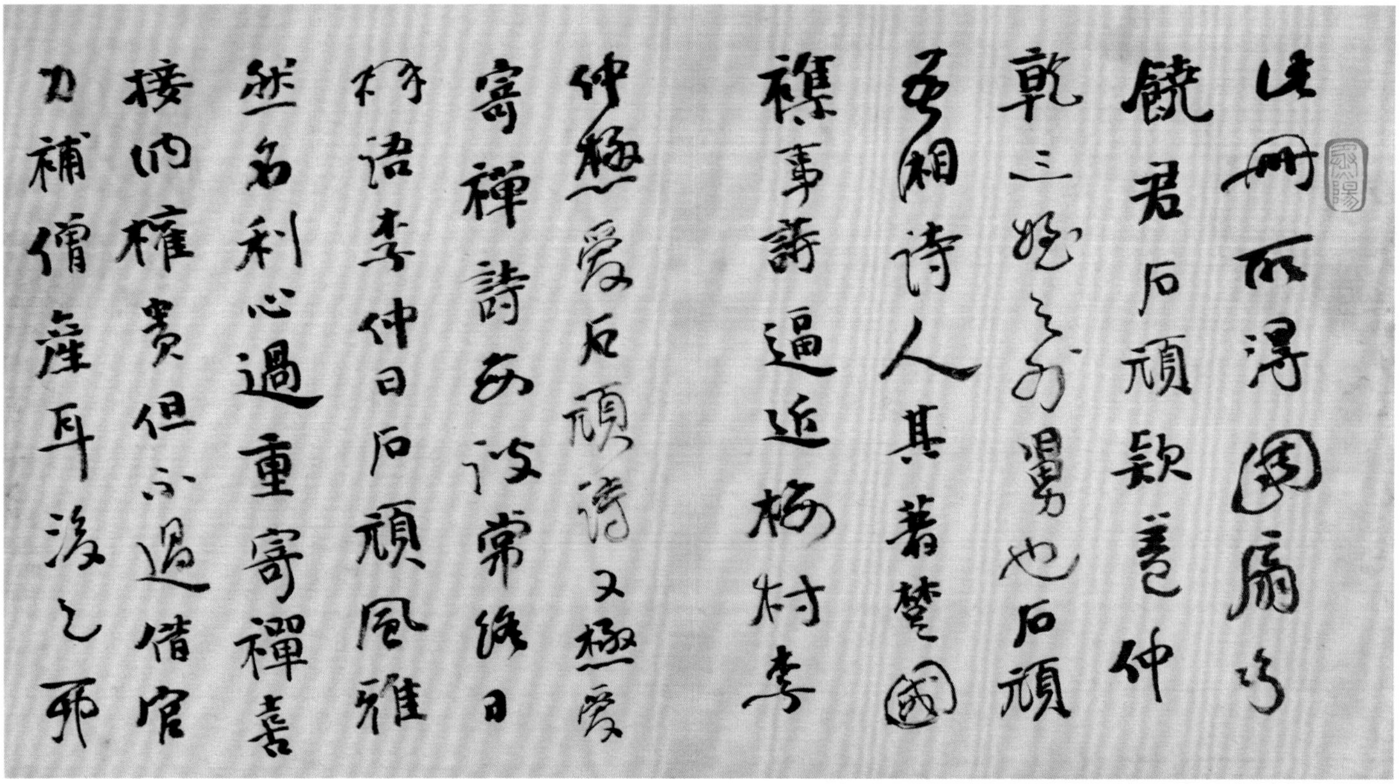

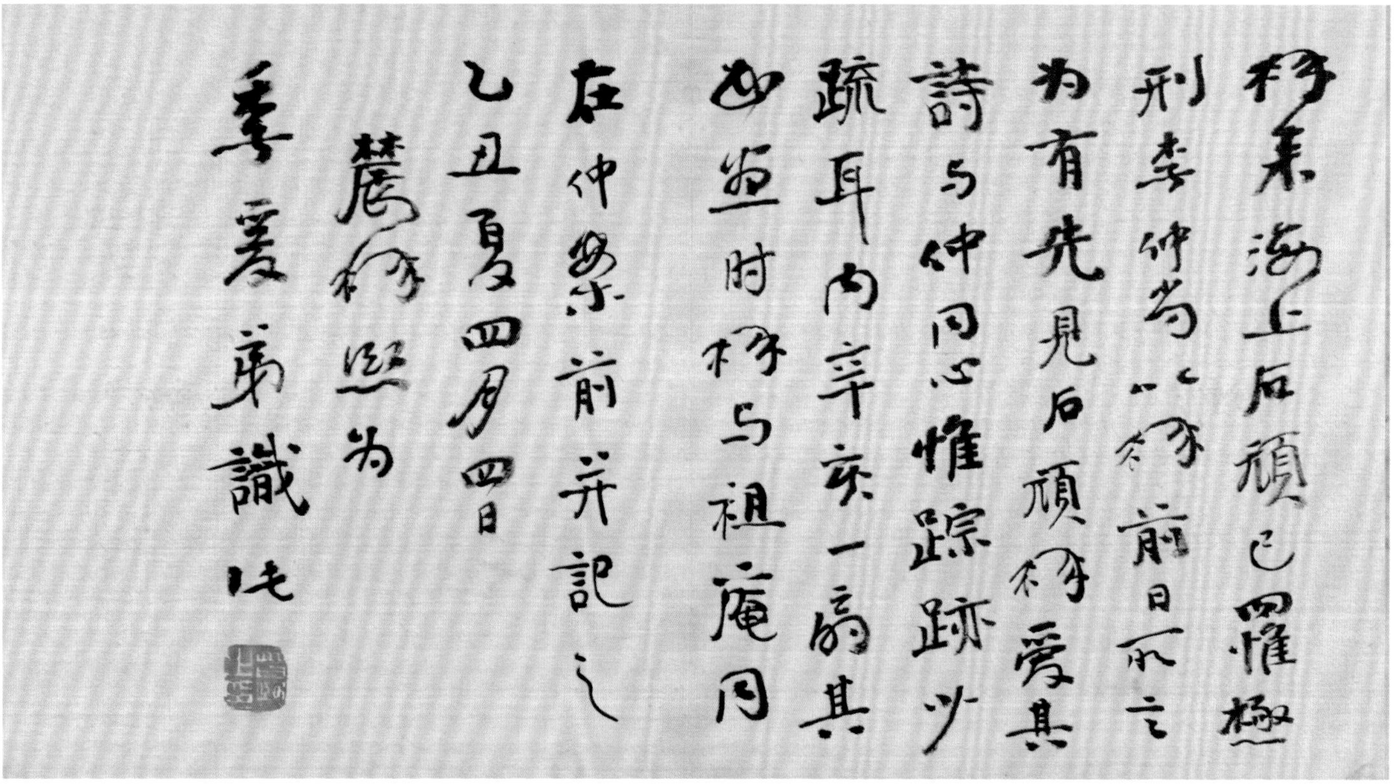

四十一　題張大千藏李瑞清書畫團扇八幀册　一九二五年

四十二　題張大千藏李瑞清團扇洞庭君山圖

直徑二五厘米　一九二五年

四十三 題張大千藏李瑞清落英繽紛圖 縱一四八厘米 横三九厘米 一九二五年

四十四 仿石溪山水圖 縱一一四厘米 横四七厘米 一九二五年

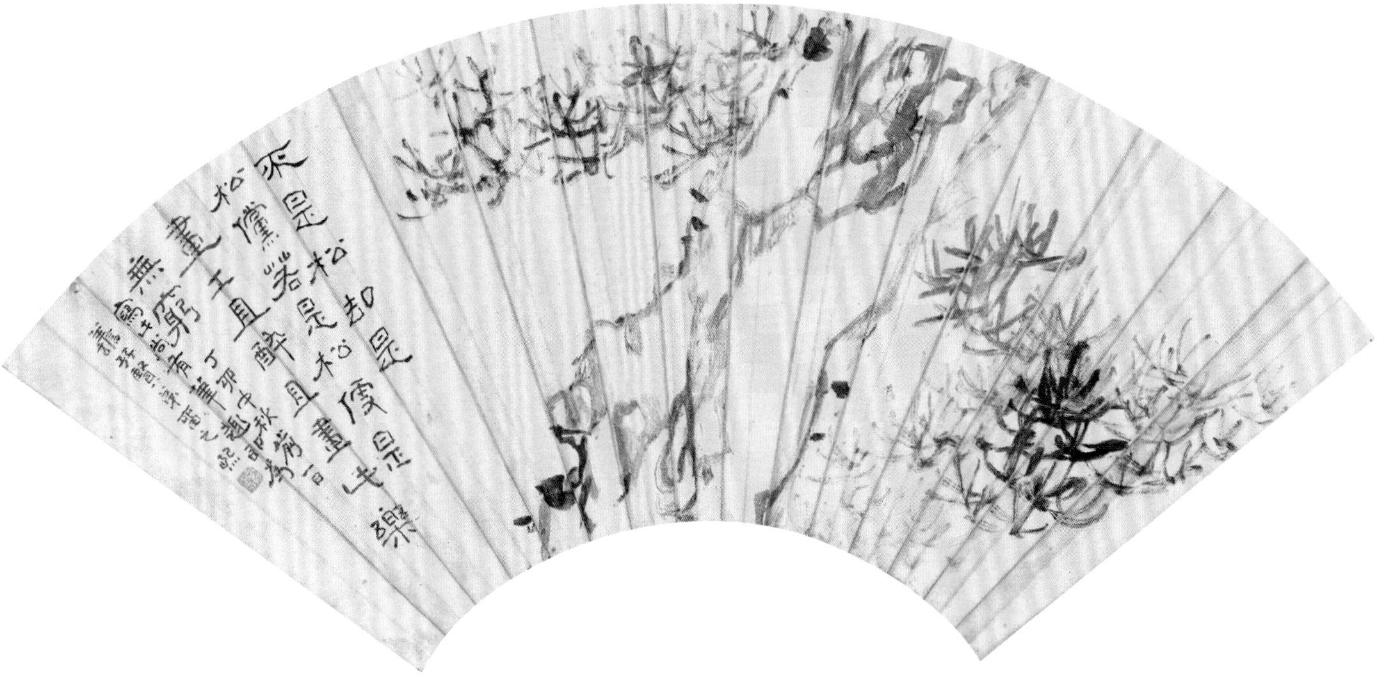

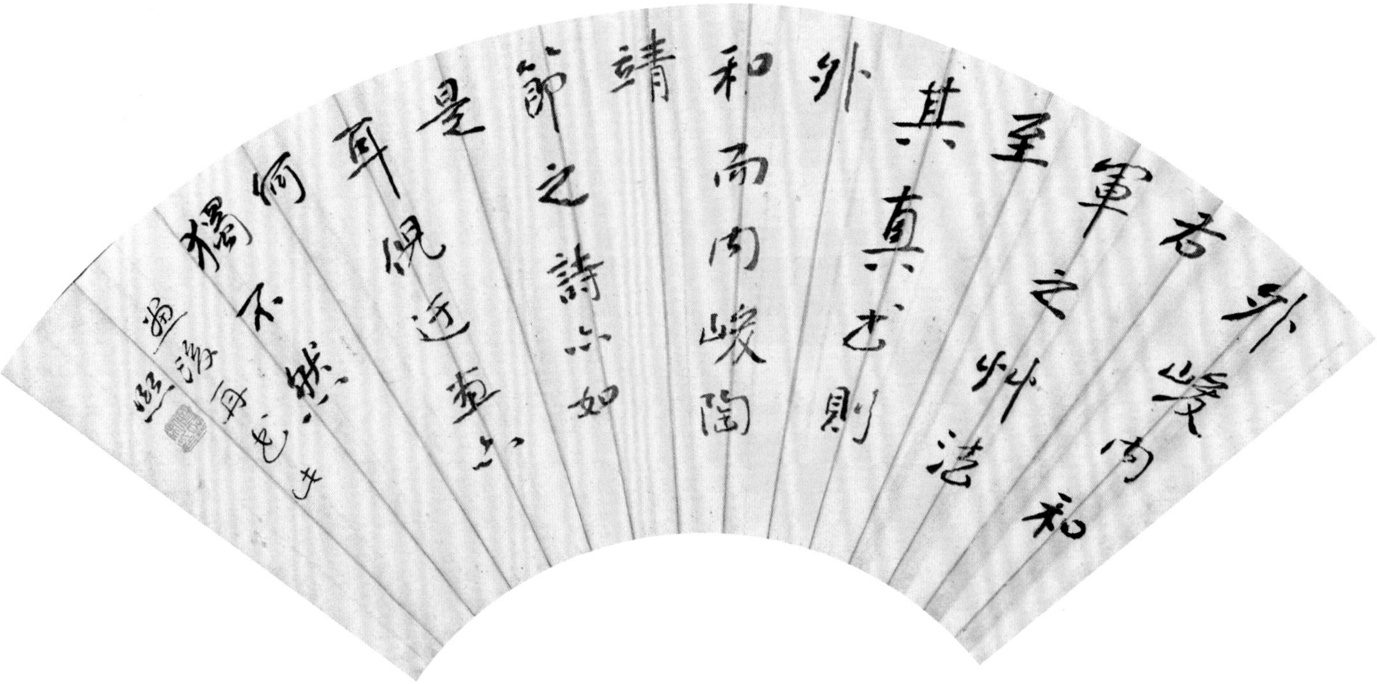

四十五　贈張善孖書畫合璧扇

縱十九厘米　横五二厘米　一九二七年

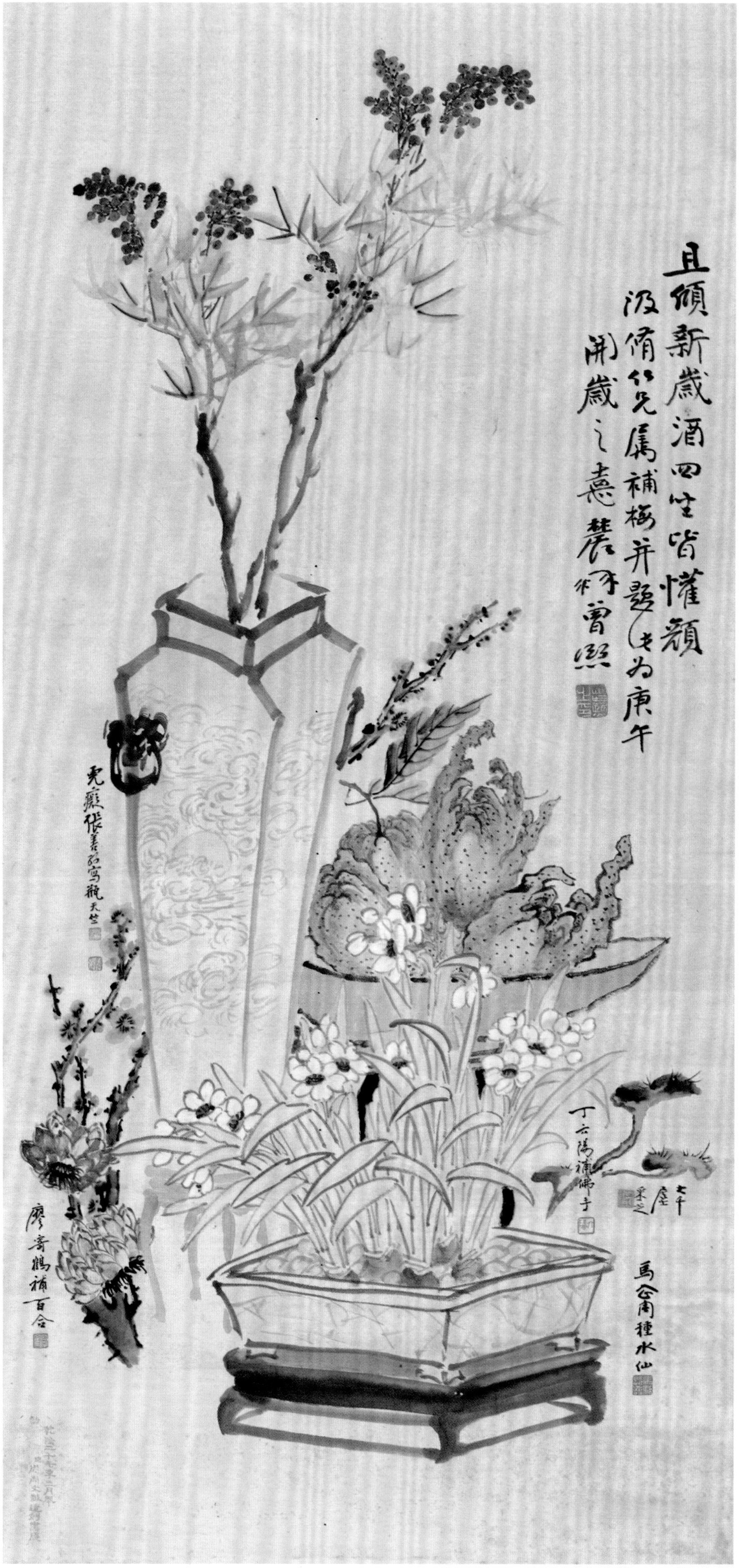

四十六　歲朝清供圖　縱一三〇厘米　橫六三厘米　一九三〇年

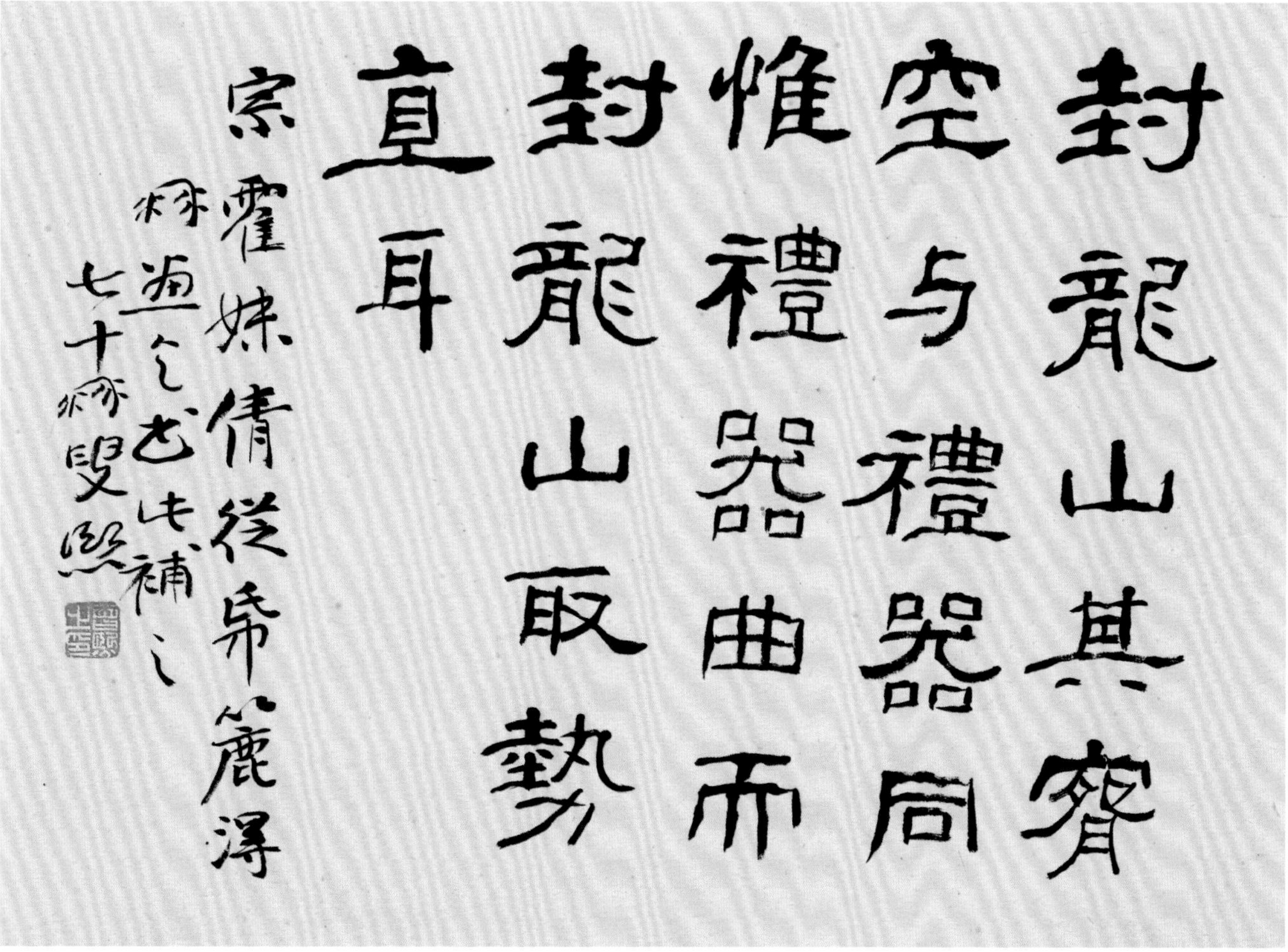

四十七 仿白陽山人牡丹圖 縱二八厘米 橫三九厘米 一九三〇年

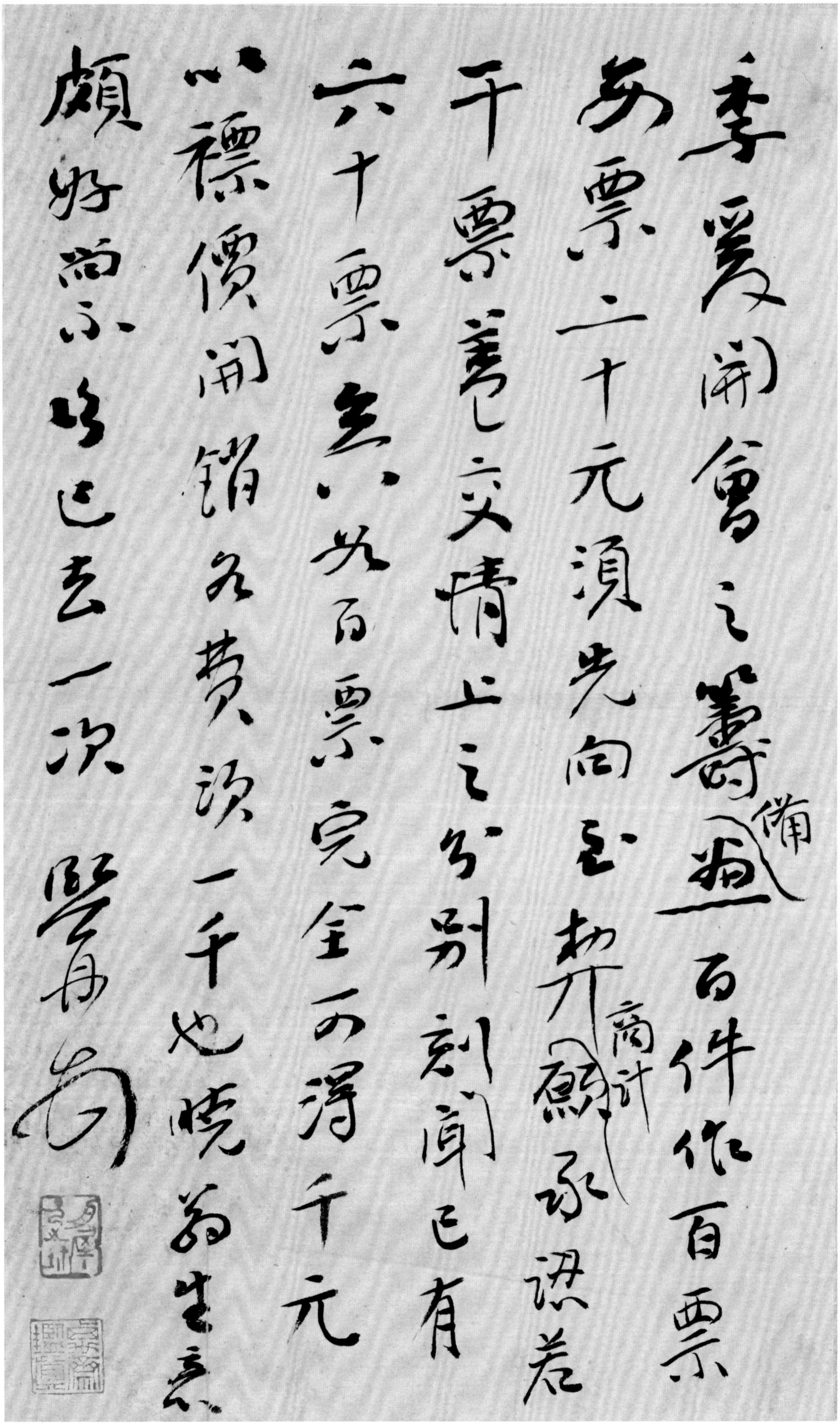
季爰開會之壽畫（備）百件作百票
每票二十元須先向王柳（商計）願承認者
千票蓋已交情上之分別刻聞已有
六十票矣。如百票完全可得千元
以標價聞錯爲貴須一千也曉爲生意
頗好尚不妨試去一次　熙頓首

四十八　殘札　縱二九厘米　横十七厘米

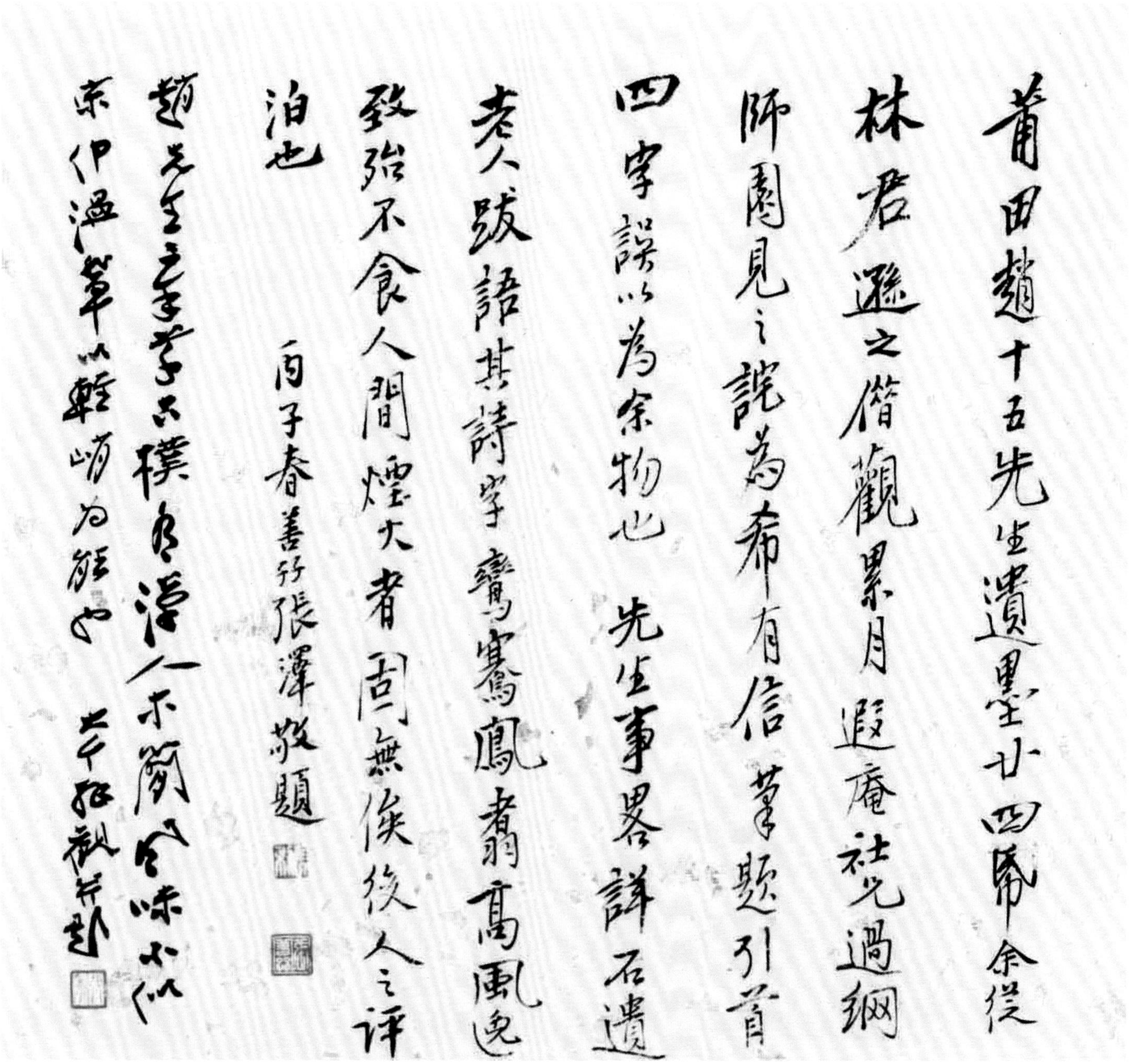

四十九　張善孖題林遜之藏趙之璧草書册　縱二八厘米　横二九厘米　一九三六年

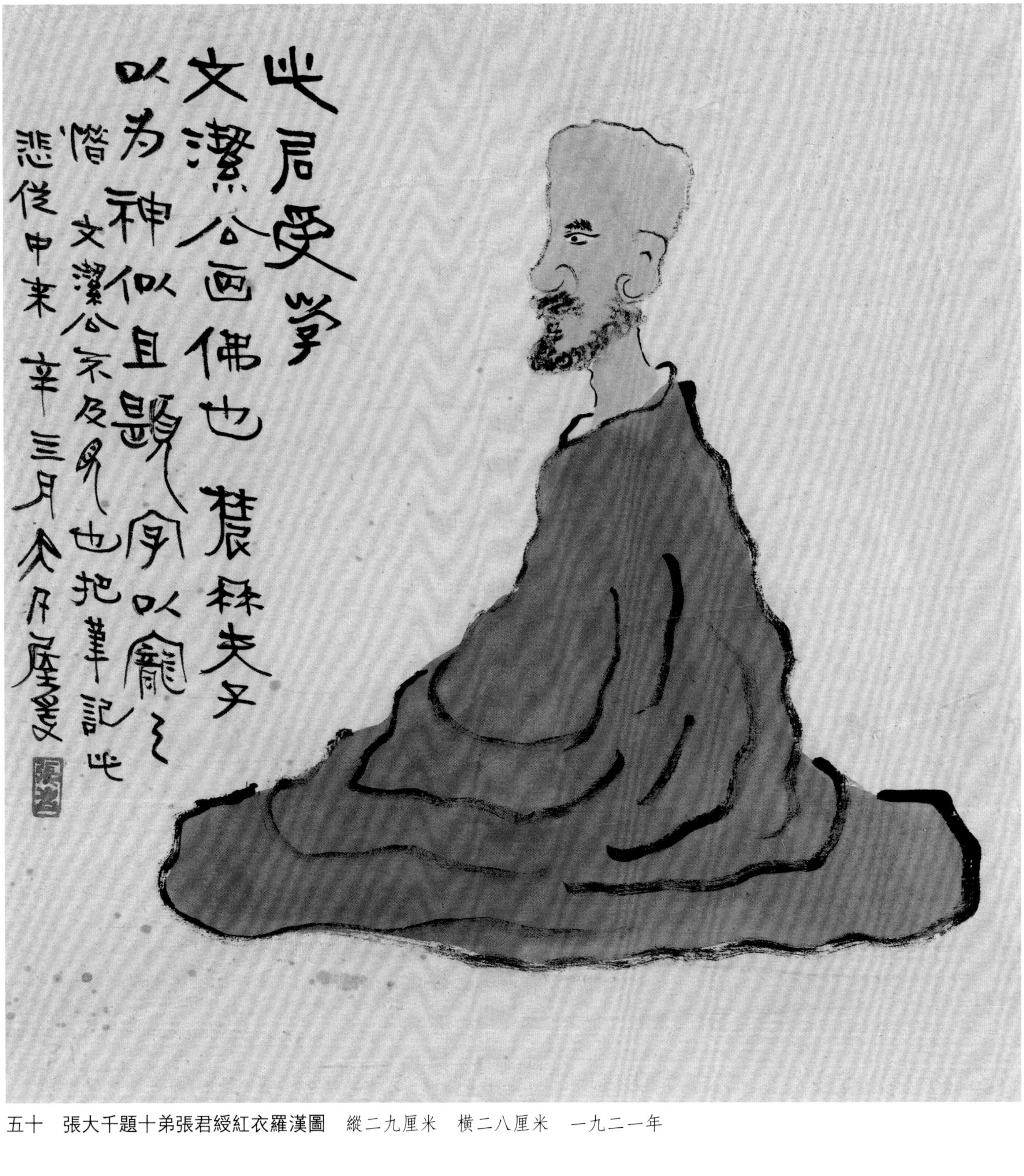

五十　張大千題十弟張君綬紅衣羅漢圖　縱二九厘米　橫二八厘米　一九二一年

五十一 張大千題六朝銅鏡拓片 縱六七厘米 橫二〇厘米 一九二二年

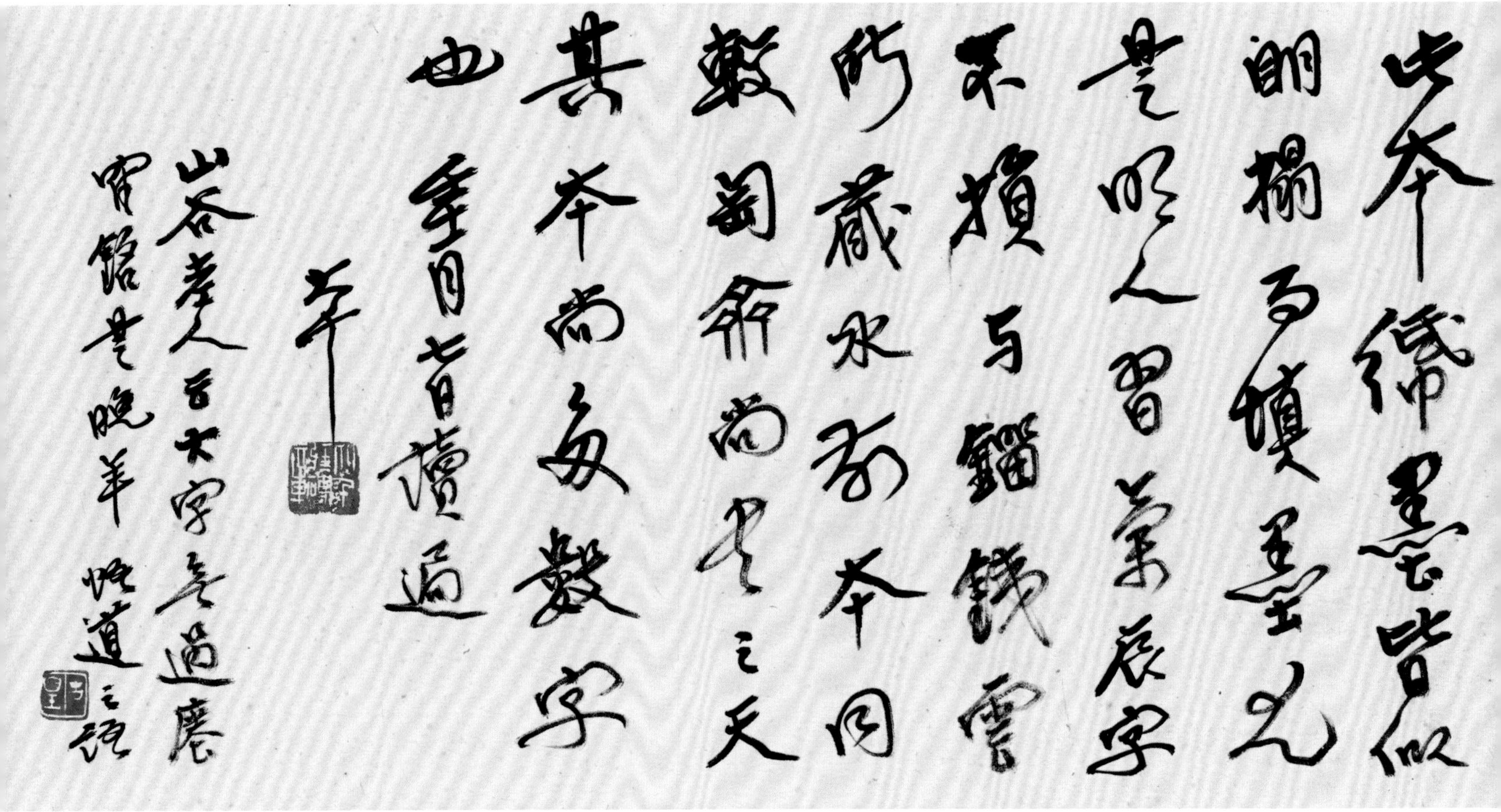

五十二　張大千題明拓《瘞鶴銘》　一九二二年

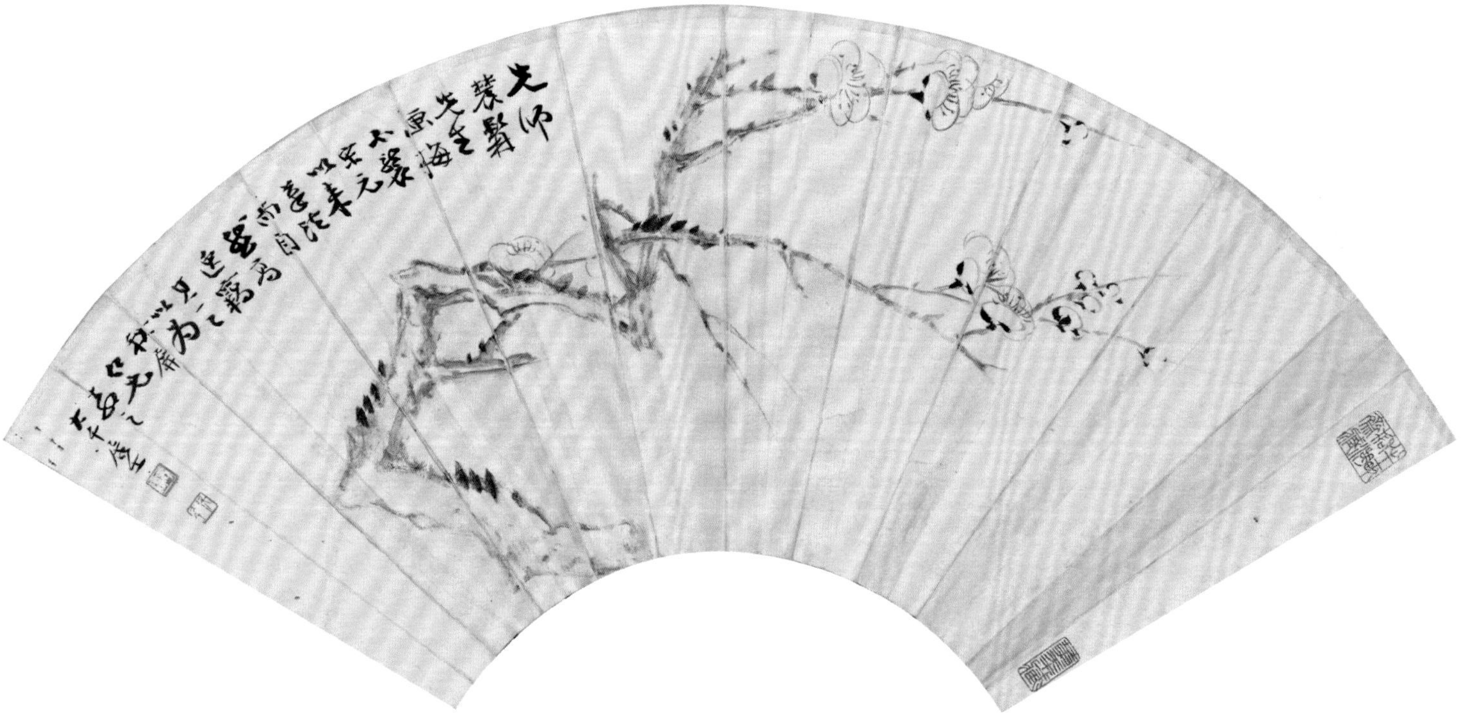

五十三　張大千　墨梅扇面

縱一九厘米　橫五五厘米　未記年

五十四 張大千 芋頭圖 縱一三六厘米 横三五厘米 一九三〇年

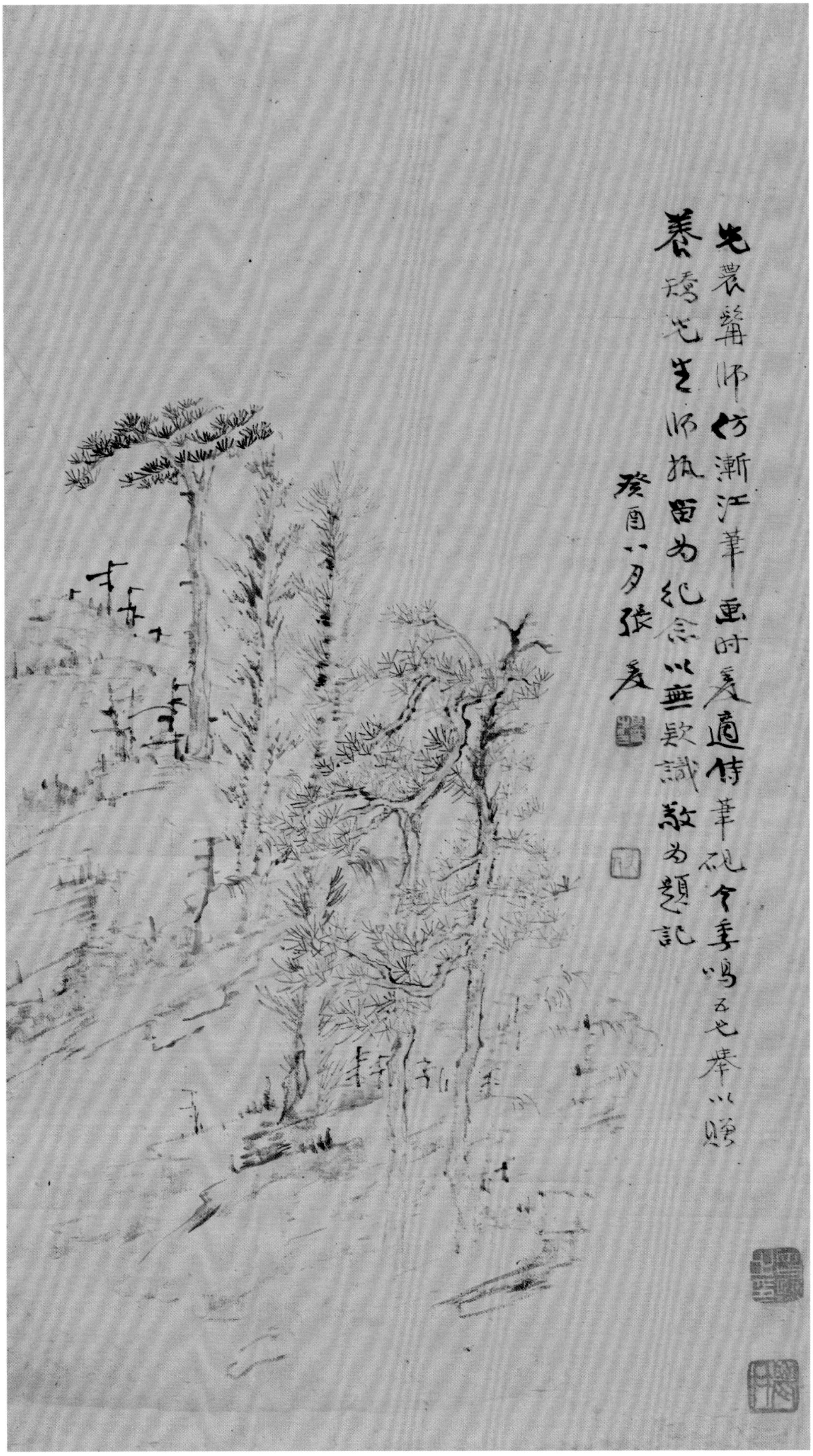

五十五　張大千題曾農髯師仿漸江山水圖　縱六〇厘米　横三三厘米　一九三〇年

五十六 張大千題曾農髯師山水圖并設色補成 縱八〇厘米 横四八厘米 一九三三年

五十七　張大千　南岳雨霽　縱一一三厘米　横四二厘米　一九三四年

先師衡陽臨川曾李兩先生錫山楊仁山丈遺象
壬辰七月門人張季蝯敬寫
三賢圖
南海桂坫拜題
曾楊李三公並爲鄉會試同年　平苗世兄年來同旅香海持圖屬題愴念故人其何能已壬辰秋八月坫樹記

五十八　張大千　三賢圖　縱四九厘米　橫八四厘米　一九五二年

五十九　張大千　游魚圖　縱三四厘米　橫四四厘米　一九七一年

六十 張大千 仿郭河陽幽谷圖 縱一六〇厘米 橫四九厘米 一九八〇年

後記

二〇〇三年夏，我經友人介紹初識知名畫家、鑒定家馬燮文先生。馬先生畢業於上海大學美術學院國畫系，後長期任職於上海友誼商店，從事國畫創作與古玩鑒定工作。一日應邀到他的『扶風樓』欣賞藏品，赫然見到了張善孖遺稿數十册，其中即有《大風堂存稿》册。此存稿爲宣紙，共計一百二十九頁，主要抄録余曾祖父農髯公詩文書畫題跋墨迹，其時張善孖、張大千昆仲正在上海隨太公學習書畫詩文。即詢問馬先生此稿本淵源，乃知是其恩師兼岳丈、大風堂弟子顧翼遺物，而顧先生得之於張善孖夫人楊浣青。二十世紀六十年代初，楊浣青獲准出國探親之前（後赴巴西定居，終老於八德園），雖然張大千在經濟上時有接濟，但她在生活上仍然拮据，而作爲大風堂弟子的會計師顧翼對『師母』亦多有所接濟（據説每月三十元）。一九六一年，楊浣青在上海獲准前往探親，臨行前，她將數十册張善孖遺稿托付於顧翼保存。顧氏卒後，遂歸馬先生珍藏。

我當時正在收集資料，擬編著《曾熙年譜長編》，遂向馬先生借閲《大風堂存稿》册，隨即予以複印。但要將此稿本進行整理、釋文時，感覺難度不小，頗有力不從心之感，因爲原稿中，除有許多錯字、漏字、衍字之外，還有諸多不辨字及异體字、别體字、俗體字、假借字等，而且對某些文字所涉及的時代背景、人物生平、古今書畫作品的資訊等缺乏了解，故文字校釋過程頗爲艱難和緩慢。而一字一句之研判，一人一事之鈎沉，一書一畫之遞傳，曾經備受困擾與糾結，亦可謂『吟安一個字，捻斷數莖須』。

但在整個校釋的三年左右時間中，幸得到了許多海内外師友無私的鼎力相助，他們或幫助查詢和提供有關的資料，或是説明釋讀疑難文字，或是代爲校對釋文初稿等，此情此義，令我感動并銘記於心。在此我要對他們表達最誠摯的感謝，他們是已故的黄賓虹研究專家、《曾熙年譜長編》的合著者王中秀先生，以及曹大民、萬君超、劉嘉鼎、羅宗良、袁嘯波、王亞法、周越佳、周曉勇、馬雲中、王學雷、孫田等先生。

在《曾熙年譜長編》付梓時，擬將《大風堂存稿》作爲年譜附録於書後。後經年譜責編王彬先生提議，曾熙生前并無專門的詩文書畫題跋結集傳世，不妨將原稿影印本及釋文單獨出版。我欣然接受。

從事歷史研究（包括藝術史研究）之基石，離不開對原始史料的整理、歸集、研判等基礎性工作，亦能嘉惠後學。否則皆可能成爲無根之學，沙上建塔，可不慎乎？

今年適逢曾祖父農髯公誕辰一百六十周年，謹以此書作爲紀念。

曾繁滌　二〇二一年六月八日於上海

圖書在版編目（CIP）數據

大風堂存稿：曾熙書畫題跋録 / 曾繁滌編. — 上海：上海書畫出版社，2021.7
ISBN 978-7-5479-2655-0

Ⅰ. ①大… Ⅱ. ①曾… Ⅲ. ①題跋－中國－當代－選集②漢字－法書－中國－現代③中國畫－作品集－中國－現代 Ⅳ. ①I267②J292.28③J222.7

中國版本圖書館CIP數據核字（2021）第129053號

大風堂存稿：曾熙書畫題跋録

曾繁滌 編

責任編輯	朱孔芬
審　讀	曹瑞鋒
責任校對	朱　慧
技術編輯	包賽明
出版發行	上海世紀出版集團 上海書畫出版社
地址	上海市延安西路593號　200050
網址	www.ewen.co www.shshuhua.com
E-mail	shcpph@163.com
製版	上海文高文化發展有限公司
印刷	上海展强印刷有限公司
經銷	各地新華書店
開本	635×965mm　1/8
印張	39
版次	2021年9月第1版 2021年9月第1次印刷
書號	**ISBN 978-7-5479-2655-0**
定價	**360.00圓**

若有印刷、裝訂質量問題，請與承印廠聯係